AF534796

Marlene Menzel wurde 1992 in Berlin geboren. Bereits in ihrer Kindheit entdeckte sie die Liebe zum Schreiben und zu spannenden Geschichten. Ab 2021 arbeitete sie als selbstständige Vollzeit-Autorin und veröffentlicht inzwischen als Marlene von Mainau, Mel Maroon sowie unter Klarnamen regelmäßig romantische und spannende Heftromane für Bastei Lübbe. Zum dp Verlag verschlug es sie 2023 gleich in mehreren Genres.

Ein Mord auf
der Speisekarte

Erstausgabe November 2023

Ein Mord auf der Speisekarte

ISBN 978-3-98778-820-8
E-Book-ISBN 978-3-98778-686-0
Hörbuch-ISBN 978-3-98778-830-7

Covergestaltung: ARTC.ore Design / Wildly & Slow Photography
Umschlaggestaltung: ARTC.ore Design
Unter Verwendung von Abbildungen von
stock.adobe.com: © evannovostro, © boedefeld1969, © faiz,
© Keitma, © MVProduc;ons
Lektorat: Katrin Gönnewig
Satz: dp DIGITAL PUBLISHERS GmbH
Druck und Bindung: Books on Demand GmbH, Norderstedt

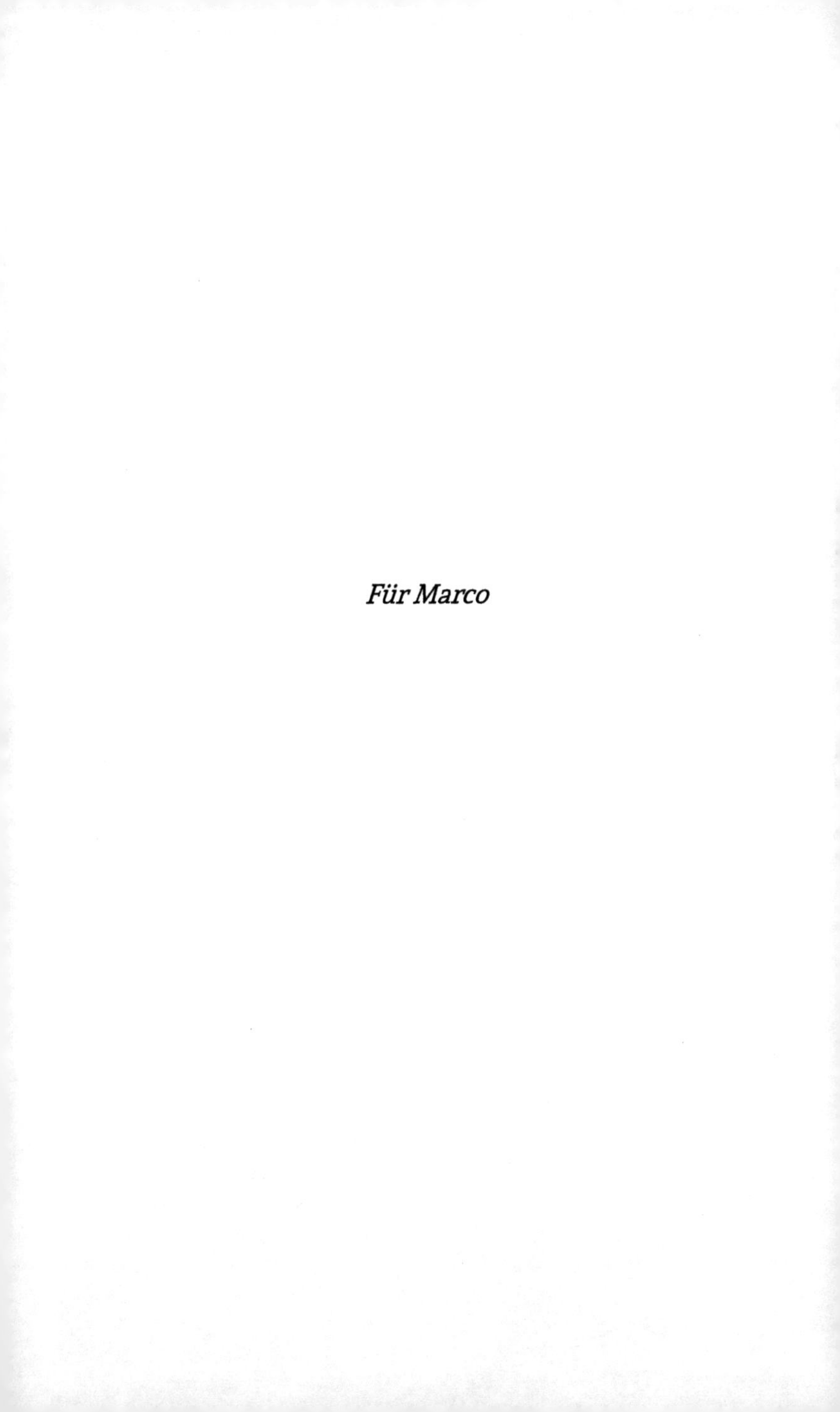

Für Marco

Prolog

Lancashire, 2021

»Wo bleibt das Lamm für Tisch acht? Und wieso stehen hier immer noch keine Parfaits? Muss man denn alles selbst machen? Bewegt gefälligst eure Ärsche!« Die Stimme der herrischen Küchenchefin scholl wahrscheinlich durch das halbe Restaurant, wenn sie nicht endlich ihre Lautstärke drosselte.

Gott, wie ich dieses Biest hasse!, dachte er und wich einer heißen Pfanne aus, die ein Koch im weiten Bogen schwenkte. *Wie hieß sie doch gleich? Pam? Pamela? Ja, Pamela ist ihr Name. Hoffentlich bleibt dieser fetten Gans das trockene Kotelett nächstes Mal im Halse stecken.*

»Lamm für Tisch acht kommt sofort!«, schrie einer ihrer weiß gekleideten Untertanen.

Es wurde geklappert und gescheppert, gejammert und gerufen. Der Lärm war ohrenbetäubend, als er sich fast unsichtbar durch Menschen, Töpfe und Saucieren schlängelte. Eine gleißend helle Feuerfontäne lenkte ihn ab und schmerzte in den Augen. Mussten diese Leute denn gleich so übertreiben mit ihrem Können?

Zu Hause kochte doch auch niemand mit einem Feuerlöscher direkt daneben.

Niemand beachtete ihn, als er durch die Tür in den Korridor ging. Das taten sie nie – erst recht nicht, wenn sie so beschäftigt waren wie heute. Das Restaurant war an diesem Abend rappelvoll. Jede Hilfe wurde gebraucht. Die Köche und Kellner arbeiteten am Limit. Der perfekte Zeitpunkt für sein Unterfangen.

Vom Flur gingen diverse Türen zu Umkleidekabinen und Vorratsräumen ab. Auf Gäste würde er hier nicht treffen, da sich die Toiletten und die Garderobe auf der anderen Seite des Lokals befanden.

Er lauschte in die Stille. Bis auf die dumpfen Geräusche und Stimmen aus der Restaurantküche war alles ruhig. Als das zänkische Rufen dieser Möchtegern-Diktatorin ertönte, die ihre Mitarbeiter herumkommandierte, als wären sie in einem Straflager, wurde aus seinem Schleichen ein Rennen. Sie würden ihn ohnehin nicht hören. Besser, er beeilte sich, ehe jemand auf die Idee kam, eine Pause zu machen.

Er suchte die Umkleidekabine der Frauen auf, weil er wusste, dass sie für gewöhnlich mehr lagerten als die Männer. In diese Handtaschen passten ganze Welten hinein. Außerdem mussten sie Schmuck und Handys während der Arbeit ablegen.

Eilig zückte er einen Schraubendreher und machte sich an die Arbeit. Er setzte das Werkzeug an und knackte mehrere Vorhängeschlösser. Das war einfacher, als man dachte. Es konnten noch so viele Zahlenkombinationen daran hängen – der Bügel blieb bei den meisten gleich dünn und ebenso angreifbar.

Schnell räumte er die Spinde aus, nahm aber nicht alles mit, weil das zu früh auffiel. Er hatte es auf Geldscheine, Scheckkarten und Schmuck abgesehen. Aus den Smartphones entfernte er die SIM-Karte und ließ diese ohne Gehäuse in der Tasche zurück. Er war ein Dieb, aber kein Monster. Auch die Eheringe blieben da, wo sie waren.

Als er alles in seinem Müllsack verstaut hatte, suchte er die passenden Schlösser für die drei ausgewählten Spinde heraus. Er hatte welche gefunden, die den Originalen haargenau glichen. So würden die Bestohlenen eine Weile rätseln, was passiert war, und es auf den Schlüssel oder die Kombination schieben, dass sie nicht an ihre Sachen kamen. Bis dahin wäre er längst über alle Berge.

Als er gerade das letzte Schloss anbrachte, knarrte die Tür in seinem Rücken. Instinktiv packte er seinen Besen und fegte wie selbstverständlich einmal durch den Raum. Der Müllsack lag an der Seite. Es juckte ihm in den Fingern, danach zu greifen und zu verschwinden.

»Was machst du denn noch hier?«

Er gab sich erstaunt und hob den Besen. »Nach was sieht es denn aus?«

Pamela beäugte ihn misstrauisch mit ihren Schweinsäuglein. Das Grün darin blitzte gefährlich, als sie näher kam und ihn ins Visier nahm.

»Du gehst gefälligst erst nach Dienstschluss in die Kabine der Frauen, verstanden? Jetzt hätte sich eine meiner Angestellten umziehen können. Bist du etwa pervers?«

»Was? Ich? Nein!«, rief er und lachte gequält. »Ich mache nur sauber, wenn alle beschäftigt sind. So ist es praktischer.«

Ihm entging ihr umherschweifender Blick nicht. Bei einem schwankenden Schloss blieb dieser hängen und trieb ihm den Schweiß auf die Stirn. Er schluckte fest und rührte sich nicht von der Stelle, bis Pamela endlich davon abließ und ihn mit einer hochgezogenen Augenbraue strafte.

»Beeil dich gefälligst und lös dich in Luft auf!«, blaffte sie. »Es soll dich niemand sehen, erst recht nicht der Chef.«

»Schon gut, schon gut!«, erwiderte er mit erhobenen Händen, als wäre er verhaftet. »Ich gehe ja. Lassen Sie mich wenigstens einmal durchfegen, dann nehme ich meine Sachen und bin auch schon weg. Kein Koch oder Kellner wird mich zu Gesicht bekommen.«

»Ja, du gehst, und zwar *jetzt*!«, polterte sie und scheuchte ihn nach draußen. »Ständig musst du hier herumschleichen! Ich habe genug davon!«

Er konnte gerade noch den Müllsack greifen. Ihren strengen Blick im Nacken verließ er den Korridor in Richtung Hintertür.

Noch ein einziges Mal, dann habe ich die Summe beisammen, dachte er und wäre vor Freude beinahe gehüpft. *Dann kann ich endlich nach Amerika und diesem Kaff entkommen.*

Er stellte sich die Wolkenkratzer, schrillen Reklametafeln und Menschenmengen vor, in denen er genauso anonym und unsichtbar war wie hier. Mit einem entscheidenden Unterschied: Dort drüben konnte man trotzdem groß rauskommen, während man in Lancashire vergessen und begraben wurde.

Vielleicht würde er sich auf eine Farm irgendwo im Süden zurückziehen und Rinder züchten. Alles war möglich, wenn man nur das nötige Kleingeld und einen Kopf voller Ideen hatte.

Ein letzter Beutezug, dann ist es geschafft. Jetzt hält mich nichts mehr auf!

Pfeifend setzte er sich in den nächsten Bus nach Hause. Auch hier beachtete ihn niemand.

Wenn sie wüssten, was ich alles in meiner Tasche habe …

***

So knapp vor dem Ziel wurde er ungeduldig. Ihm fehlten bloß noch ein paar Scheine oder ein altes, wertvolles Schmuckstück, um sich endgültig abzusetzen. Ein neues Leben jenseits des Atlantischen Ozeans wartete auf ihn. Ein Neuanfang nach einer sehr langen Durststrecke. Seine Sehnsucht nach der Ferne schmerzte jeden Tag mehr, und die englische Einöde fühlte sich fortwährend wie ein grausames Gefängnis an.

Normalerweise wartete er immer ein paar Tage, manchmal sogar Wochen, bis er wieder zur Tat schritt, doch heute wollte er endlich einen Schlussstrich ziehen. Er konnte nicht mehr länger dasitzen und sich erniedrigen lassen. Erst recht nicht von Menschen wie Pamela, die als Handlanger eines erfolgreichen Unternehmers ihre Kollegen malträtierten.

Er achtete darauf, dass ihr Team gut beschäftigt war. Erst dann schlich er mit dem Besen im Anschlag zum

Korridor hinter der Küche. Nichts, was er nicht schon getan hatte. Das letzte Mal war ihm allerdings Pamela nachgegangen und hatte ihn beinahe auf frischer Tat ertappt. Noch so ein Erlebnis brauchte er nicht.

Er sah sich heute mehrmals im Flur um und kontrollierte die anderen Türen und Zimmer. Niemand war da.

Sogleich machte er sich in der Umkleidekabine der Männer ans Werk. Dieses Mal arbeitete er schlampiger als am Vortag. Er hatte nicht vor, noch einmal zurückzukommen, also brach er ein Schloss nach dem anderen auf und warf sie achtlos zu Boden. Ersatzschlösser hatte er heute ohnehin nicht dabei. Bargeld und Uhren wanderten in seinen Müllbeutel.

Plötzlich wurde er brutal zurückgerissen. Er ließ die Beute fallen und strauchelte.

»Hab ich dich endlich! Ich wusste doch, dass mit dir was nicht stimmt«, zischte Pamela und grinste grimmig.

»Ich habe nichts getan! Wirklich!« Er wusste bereits, dass seine Beteuerungen aussichtslos waren. Diese fette Gans glaubte ihm sowieso nicht. »Ich mache hier nur sauber!« Die Panik schnürte ihm die Kehle zu. Sofort suchte sein Verstand nach einem Ausweg.

»Sag das der Polizei, du elender Dieb! Wir haben alles auf Band! Leugnen ist zwecklos!« Sie deutete in die obere Ecke des Zimmers, in der eine nigelnagelneue Kamera hing, von der er nichts wusste.

»Aber wie ...«

»Du hältst mich wohl für blöd!«, keifte sie in sein Ohr und brachte es zum Vibrieren. Speicheltropfen trafen seine Haut. »Wir haben die Diebstähle längst bemerkt, und der Einzige, der immer in der Nähe der Sachen war, warst du. Als der Bewegungsalarm auf meinem Handy losging und ich live gesehen habe, wie du die Spinde ausgeräumt hast, wusste ich Bescheid. Tja, du hast wohl nicht damit gerechnet, dass ich dir auf die Schliche komme.«

Seine Schultern erschlafften. Pamela hielt ihn immer noch fest am Kragen gepackt. Auf einmal kam sie ihm riesengroß vor, fast wie ein hungriger Saurier. Dennoch ließ er sich zu einem Fluchtversuch hinreißen. Er hatte keine andere Wahl.

Mit ganzer Kraft stieß er die füllige Frau zurück. Erschrocken ließ sie ihn los und landete mit ihrem Allerwertesten auf dem Boden. Ein dumpfes Geräusch war zu hören, als wabbeliges Fleisch auf Stein traf, und ein Keuchen drang aus ihrer Kehle.

»Hiergeblieben! Stopp!« Ihre Schreie wurden leiser, als er ins Freie rannte.

Nur noch der Parkplatz, dann verlieren sie mich aus den Augen, dachte er hoffnungsvoll.

Seine Flucht endete abrupt, als sich ihm jemand in den Weg stellte und er gegen eine breite Brust knallte. Kurz blieb ihm die Luft weg. Durch die Wucht des Aufpralls stürzte er in den Dreck und schürfte sich seinen Handrücken auf. Der stechende Schmerz war nichts im Gegensatz zu seiner Angst, die sich bleischwer auf sein Herz legte und ihn gleichzeitig im Nacken packte und paralysierte. Er dachte daran, wegzulaufen, aber seine Glieder gehorchten ihm nun nicht mehr.

Aus der Traum vom großen Glück und einem neuen Leben in den Vereinigten Staaten!

»Wohin denn so eilig?«, fragte jemand mit tiefer, knurrender Stimme und hielt ihm die Hand hin. »Das können wir doch anders klären.«

Er sah auf und in ein Gesicht, dass er nicht so schnell wieder vergessen würde.

1. Kapitel

Lancashire, 2023

»Das müsste dann die letzte Kiste gewesen sein«, sagte Myrna.

Thea breitete ihre Arme weit aus und nahm den schweren Karton entgegen. Sie machte einen Ausfallschritt ins Chamberling-Anwesen. »Was hast du alles eingepackt? Steine vom Pendle Hill? Ich dachte, du besitzt seit deinem Umzug aus London nicht mehr so viel Kram.«

»Nur ein paar Bücher und meine Kleidung. Du solltest langsam mit dem Krafttraining anfangen, wenn dir dieses bisschen schon zu viel ist.« *Wenn das mit Thea und mir so losgeht, wie soll dann erst das Zusammenleben ablaufen?*, dachte Myrna amüsiert und konnte sich ein Schmunzeln nicht verkneifen.

Sie mochte die kleinen Rangeleien mit ihrer Freundin, auch wenn Thea ihr meistens den letzten Nerv raubte.

»Und ich dachte, du hättest Jolene beklaut und ihre hässlichen Katzenfiguren aus Porzellan mitgehen lassen«, sagte Callan aus dem Hintergrund. Er grinste schief, wurde aber von seiner roten Lockenmähne abgelenkt, die ihm der Herbstwind in die Augen wehte.

»Du, pass lieber auf, dass du dir nicht selbst einen Nagel in den Daumen schlägst!«, rief Thea ihm über die Schulter zu. »Ich bin gegen solche Dinge nicht versichert!«

Callan winkte ab. »Keine Sorge, das ist nicht das erste Haus, bei dessen Renovierung ich helfe. Hier in Pendle geht man sonst ein vor Langeweile.«

Myrna verschloss ihren Kleinwagen und folgte Thea in das alte, düstere Anwesen. Sie atmete auf. Endlich hatte sie Jolene Downings Cottage hinter sich gelassen. Deren Neugier und die Katzenhaare im Essen würde sie ganz sicher nicht vermissen. Außerdem nahm die alte Dame horrende Preise für ein kleines Zimmer mit schiefen Wänden und knallbunter Einrichtung. Für so farbenfroh hätte man eher ihre Feindfreundin Lucretia gehalten. Die beiden terrorisierten Pendle länger mit ihren Marotten, als Myrna hier lebte. Da war ihr Theas Vorschlag, in das Haus ihres verstorbenen Vaters zu ziehen, gerade recht gewesen.

Jene holte sie aus ihrer Trance. »Du wirkst froh.«

»Und wie!«, erwiderte Myrna. Sie konnte nicht in Worte fassen, wie erleichtert sie war. »Ich hätte es keine Minute länger bei den Downings ausgehalten. Nicht nur, dass Jolene Männerbesuche verbietet und viel zu viel Knoblauch verkocht, ich habe vor ein paar Tagen auch noch ihren Sohn vor meiner Zimmertür erwischt. Er wollte mir wohl nachspionieren.«

»Brian kann dir nicht das Wasser reichen. Apropos ...« Thea holte eine Flasche Wasser aus der Küche und reichte Myrna eines von zwei Gläsern. »Der hat eher

Angst, dass er wieder einen Schlag einsteckt.« Sie zwinkerte verschmitzt und setzte sich auf eine Kiste im Foyer.

Myrna ließ sich neben ihr nieder und war erleichtert über die Pause nach dieser ganzen Schlepperei. Sie stießen an und tranken schweigend mitten im Flur, obwohl nebenan Sessel und Stühle standen. Sie wollten es sich aber nicht gemütlich machen, solange Myrnas Kartons noch nicht im Obergeschoss waren.

Interessiert beugte sich Thea vor. »Aber nun lass uns lieber über dich und unseren kernigen Wirt ›Hills Inn‹ reden, wenn wir schon einmal am Plaudern sind.«

Myrna unterbrach den Augenkontakt. Sie errötete nicht, aber verlegen war sie dennoch. »Was soll ich da schon groß erzählen?«

Durch das Fenster konnten sie Callan bei der Arbeit beobachten. Er hätte eine Pause sicher genauso gut gebrauchen können, ließ sich aber von nichts und niemandem ablenken. Dass er ihnen mit der brüchigen Fassade des alten Hauses half, war ein Segen für sie, da sie sich um so viele andere Dinge kümmern mussten, bis die Renovierung beendet war.

»Ihr seid doch heute verabredet, oder nicht?«

Empört drehte sich Myrna um und stellte ihr Glas auf den Holzboden. Sie stemmte die freie Hand stattdessen in ihre Hüfte. »Woher weißt du das schon wieder?«

Thea zuckte mit den Schultern. Dabei rutschte ihr eine braune Strähne aus dem Pferdeschwanz. »Callan hat es mir gesagt.«

Myrnas Gesicht verfinsterte sich. »Hat er mich etwa gehackt? Ich habe ihm schon tausendmal gesagt, dass er sich damit strafbar macht. Der kann was erleben!«

Thea hielt sie am Arm zurück. »Nichts da! Ich habe ihn beauftragt. Es tut mir leid.«

Myrna stoppte mitten in der Bewegung. Es kam selten vor, dass Thea sich entschuldigte und reumütig zeigte. Ihr Misstrauen war geweckt.

»Was verheimlicht ihr mir noch? Wenn du ohne Widerrede zugibst, dass du meine privaten Nachrichten durchstöbert hast, muss da noch etwas Schlimmeres lauern.«

Thea ließ ihren Arm wieder los und verlagerte das Gewicht von einem Bein auf das andere. Sie wirkte beinahe scheu, was nicht zu ihr passte. »Nun ... Also ...«

»Raus damit, oder muss ich dich erst mit auf die Wache nehmen? Harrison freut sich sicher, dich ins Kreuzverhör zu nehmen.«

»Deinen Kollegen kannst du gern allein auf dem Revier sitzen lassen. Der macht den lieben langen Tag sowieso nichts anderes, als Däumchen zu drehen.«

»Du versuchst, das Gespräch auf ihn zu lenken. Ich kenne diese Taktik.«

»Ich habe nichts verbrochen, außer ...«

Myrna beugte sich noch ein Stück vor. »Außer? Thea, wenn wir als Wohngemeinschaft Tür an Tür zusammenleben wollen, dann muss ich darauf vertrauen, dass du keinen Unsinn anstellst und mir die Wahrheit sagst. Und meine Privatsphäre ist meine Angelegenheit.«

Wütend schnappte sie sich ihr Handy und änderte die PIN. Wäre Myrna schneller aus der Fassung zu bringen, hätte ihr Kopf inzwischen geleuchtet wie eine Tomate. Sollten Callan und Thea alle ihre Nachrichten durchgelesen haben, erst recht ihren Chatverlauf mit Hank ... Sie wollte gar nicht daran denken!

»Das bringt nichts. Er kann immer noch rein«, meinte Thea kleinlaut und deutete auf ihr Smartphone.

»Wer hat euch das erlaubt? Ich dachte, wir vertrauen einander!« Myrna gestikulierte wild.

Callan stellte sich wie aus dem Nichts zwischen die beiden. Er musste sie durch das offene Fenster gehört haben. »Was ist hier los?«

»Sie weiß es.«

»Was weiß sie?«

Thea warf ihm einen vielsagenden Blick zu.

Nun wandte sich Myrna an den Dritten im Bunde. »Callan, du bist fünfzehn Jahre alt. Ich werde dich also nicht allzu hart bestrafen, aber ich verlange, dass du dich sofort aus meinem Handy entfernst und auch nicht noch einmal einschleust.« Sie hielt ihm das Gerät fordernd hin.

Er wechselte einen verdächtigen Blick mit Thea und seufzte. »Ich brauche dein Gerät dafür nicht. Das läuft über eine App, die ich heimlich auf deinem Telefon installiert habe. Du kannst sie nicht sehen, der Button ist unsichtbar.«

Myrna fasste es nicht! Sie schüttelte den Kopf und hätte beinahe laut gelacht, weil das alles so surreal war. Sie hatte es hier anscheinend mit zwei Superspionen zu tun.

Callan zückte sein eigenes Handy und tippte ein paarmal aufs Display. »Ich bin ausgeschlossen und die App ist weg. Ab sofort habe ich keinen Fernzugriff mehr.«

Myrna sah von einem zum anderen und suchte nach Einsicht. »Was zum Henker habt ihr euch davon versprochen? Wolltet ihr wissen, ob Hank und ich zusammenkommen, oder wie viel ich auf dem Konto habe? Ich dachte, wir wären Freunde und nutzen diese Dinge bloß für Verdächtige und Verbrecher. Und selbst da drücke ich beide Augen zu, weil es strafbar ist und ich jedes Mal meinen Job riskiere. Wir sind doch *Churchyard Crimes*, das Ermittlertrio aus Pendle. War euch das nicht immer wichtig?«

Thea wirkte dieses Mal ehrlich bestürzt. »Es ist anders, als du denkst.«

»Das habe ich schon einmal gehört, und damals stellte sich heraus, dass mein Freund mich jahrelang betrogen hat. Ich hoffe, eure Erklärung ist besser als seine.«

»Nun sag es ihr schon. Wir haben uns sowieso verraten«, meinte Callan. Er drängte Thea förmlich. Seine Augenbrauen schoben sich bis unter die roten Locken.

Myrna wandte sich hoffnungsvoll an ihre Freundin. Sie war enttäuscht und verwirrt zugleich. An ihrer Mimik sah sie, wie sehr Thea mit sich kämpfte.

»Okay, wir sagen es dir. Es ist wirklich harmlos. Ich habe von Sergeant Harrison erfahren, dass du nächste Woche Geburtstag hast, und da wir beide keine Idee hatten ...«

»... dachtet ihr, es wäre besser, mein Handy zu hacken, als mich einfach zu fragen, was ich mir wünsche?«, rief Myrna fassungslos. Nun musste sie doch lachen und schlug sich die Hand vor die Stirn.

Callan schürzte die Lippen. »Hätten wir gefragt, hätten wir uns verraten.«

Myrnas Lachen verstummte schlagartig. Sie funkelte die beiden nacheinander an und hielt ihnen den Zeigefinger unter die Nase. »Nie wieder werdet ihr in mein Telefon schauen, außer, ich erlaube es euch. Habt ihr das verstanden?«, zischte sie mit zusammengekniffenen Augen.

Sie nickten wie reumütige Kinder.

Myrna atmete auf und prüfte ihr Handy lieber einmal. Thea und Callan schienen weder in ihren Chats gewühlt zu haben, noch hatten sie Dateien verfälscht oder Berufsgeheimnisse gesehen. Es war ihnen schlicht und ergreifend um Myrnas persönliche Interessen gegangen. Und ein wenig gerührt war sie tatsächlich, dass sich ihre Freunde solche Mühe für sie gaben, auch wenn es der falsche Weg gewesen war.

Sie musste dennoch nachhaken. »Und über meine Verabredung mit Hank seid ihr wie gestolpert?«

Callan sog zischend die Luft ein. »Seine Frage ploppte auf, als ich mich gerade umgesehen habe. Tut mir leid. Ich war froh genug, dass es nichts Versautes war. Das hätte ich sonst nie wieder aus meinem Kopf bekommen.«

»Mein Browserverlauf, die Online-Einkäufe und meine Fotos hätten genauso anstößig sein können«, antwortete Myrna trocken und schüttelte den Kopf. »Du hast Glück, dass ich von einer Anzeige absehe, weil du mein Freund bist, Callan. Ein anderer hätte sich bereits in Handschellen wiedergefunden.« Noch ein Nicken. »Das nächste Mal fragt ihr einfach Ward oder Hank. So schwierig kann es doch nicht sein, ein Geschenk zu finden. Andere nisten sich dafür auch nicht in fremden Telefonen ein. Außerdem bin ich keine komplizierte Person und werde meinen Geburtstag wahrscheinlich nicht einmal feiern. Ein Courting Cake im ›Café Healy‹ reicht völlig aus.« Myrna warf einen schnellen Blick auf die Uhr. »Und jetzt muss ich langsam los. Wir reden später weiter.«

Callan machte auf dem Absatz kehrt und ging wieder an die Arbeit. Myrna hoffte, dass ihre kleine Standpauke länger vorhielt als die bisherigen. Wenn sie ihren Freunden nicht vertrauen konnte, wem dann?

»Musst du dich für dein Date mit Hank so beeilen?« Thea hob und senkte ihre Augenbrauen. »Viel Spaß.«

»Es ist kein Date, es ist ...« *Ja, was ist es eigentlich? Wir treffen uns seit einem Monat gelegentlich und schreiben nicht zu knapp, aber geküsst haben wir uns bis jetzt immer noch nicht*, dachte sie verunsichert.

Was, wenn diese ominöse Alison von seinem Notizzettel mehr als eine Mitbewohnerin war? Immerhin hatte er ein Herz neben ihrem Namen notiert. Vielleicht war es auch Myrnas Arbeit, die zwischen ihnen stand. Es gab sicher viele Dörfler, die sich von einem Detective Inspector aus der Stadt eingeschüchtert fühlten. Hank hatte bisher zwar nicht dazugezählt, aber Myrna gingen so langsam die Erklärungen für sein zaghaftes Verhalten aus, nachdem er erst so inständig um ein Treffen gebuhlt hatte.

Sie drängte ihre Befürchtungen beiseite und schnappte sich ihren Mantel. Als sie gerade auf dem Weg nach draußen war, hielt sie inne. »Moment mal! Du hast mir immer noch nicht verraten, wovon du ablenken wolltest, Alethea Shaw!«

***

Wenn Myrna ihren vollen Namen gebrauchte, war es ernst. Thea sah keinen Ausweg mehr. Man konnte dieser Kommissarin einfach nichts vormachen. Nicht einmal die kleine Ablenkung bezüglich Hank hatte etwas genützt. Callan war schlauer vorgegangen und hatte sich längst aus der Schusslinie gebracht.

Ja, lass mich ruhig allein mit ihr. Besten Dank! Sie schenkte ihm einen todbringenden Blick durch das Fenster. Danach wandte sie sich wieder der unnachgiebigen Myrna zu. »Ich mache es kurz, aber bitte sei nicht wütend.«

Sie war spät dran für ihr Date, ob sie es so nennen wollte oder nicht, doch für die Wahrheit blieb einer Myrna Evans offenbar immer Zeit.

»Wenn es noch schlimmer ist als die Spionage auf meinem Handy, kann ich für nichts garantieren.« Sie klang mittlerweile erschöpft statt sauer.

Thea ging voran in die alte Bibliothek, um einen Moment zu haben und sich zu sammeln.

Myrna folgte ihr auf dem Fuß und hakte nach. »Ich höre.«

Sie seufzte geschlagen. »Callan und ich haben gestern in den Geheimgang geschaut.« Als Thea Myrnas entsetztes Gesicht sah, fügte sie hinzu: »Nur kurz und gar nicht weit. Wir hatten den Rückweg immer im Blick.«

Myrna sah automatisch zu dem Regal, das sich mit einem Mechanismus verschieben ließ. Dahinter lag eine verborgene Tür, die sie mit einem Schloss gesichert hatten, um Fremde fernzuhalten und so etwas wie vor ein paar Wochen zukünftig zu verhindern.

»Wir hatten eine klare Abmachung, was dieses Labyrinth unter deinem Haus betrifft.«

»Callan ließ einfach nicht locker, und seit er da unten war, bin ich auch neugierig geworden.«

»Ich dachte, du willst es dir lieber nicht ansehen, weil du Angst hast, dass du etwas Schlimmes über deinen Vater erfährst. Immerhin hatte er Geheimnisse vor dir und deiner Mutter. Er hat lieber ein Leben in Pendle gewählt, als bei euch zu bleiben. Du erzählst mir doch ständig, dass du erst fünf warst und kaum Erinnerungen an ihn hast.« Myrna runzelte die Stirn. »Oder glaubst du plötzlich doch an einen Goldschatz unter der Erde? Du weißt, dass Jolene und Lucretia verrückt sind und man ihnen außerdem nicht trauen kann. Sie sind nicht nur einmal in dein Haus eingebrochen.«

»Es wäre zumindest ein interessanter Fall für meinen Blog. Vielleicht gibt es sogar ein altes Verbrechen aufzuklären, von dem wir nur noch nichts wissen.«

Myrna seufzte. »Du weißt auch nie, was du willst. Wir können nicht einfach unter fremden Häusern entlangspazieren, wie es uns passt. Auch dafür gibt es Vorschriften. Und es sind noch zu viele Fragen offen, die wir klären müssen: War das Tunnelsystem abgesegnet, als es gebaut wurde? Gibt es einen Plan dafür? Wie alt sind die Gänge und Türen? Sind sie einsturzgefährdet? Welchem Zweck dienten sie?«

»Es ist immerhin *mein* Haus. Ich habe es geerbt.«

»Ob die Tunnel ebenso zu deinem großen Erbe gehören, müssen wir erst noch herausfinden. Harrison kümmert sich darum, aber im Archiv war ja leider nichts zu finden, bis auf ...«

»Ja, ja, ich weiß. Ein paar alte Legenden und Hirngespinste. Aber der Eingang zu den Tunneln gehört trotzdem zu meinem Grundstück. Habe ich dann nicht ein Recht darauf, sie zu erkunden?«

»Schon einmal daran gedacht, dass sich dein Vater in den Tunneln eine Krankheit zugezogen haben könnte, die ihn getötet hat? Es könnte Pilze, gefährliche Insekten oder schwarzen Schimmel geben. Von dem vielen Staub will ich gar nicht erst anfangen.«

Thea war nicht überzeugt. »Er hatte einen Herzinfarkt. Ich glaube kaum, dass ihn da unten ein Geist erschreckt hat.«

Sofort kam eine Stille auf, die sich wie eine unheilvolle Aura in der alten Bibliothek ausbreitete. Theas Nackenhaare stellten sich auf. An Myrnas Miene erkannte Thea, dass auch sie an Jolenes und Lucretias Erzählung aus den Tunneln dachte.

Nach ihrem Abenteuer mit Callan tief unter der Erde hatten die restlichen Mitglieder von *Churchyard Crimes* geglaubt, dass die alten Damen halluzinierten. Nun drängte sich doch wieder ein ganz bestimmter Gedanke auf: Hatten sie da unten wirklich noch jemanden gesehen? Callan beschrieb ihn als einen unheimlichen Laternenmann, der ihnen geholfen hatte, aus dem Labyrinth zu entkommen, während sich die zwei Schreckschrauben von Pendle einig waren, dass es Nathan Shaw höchstpersönlich gewesen war, der sie in die Irre geführt hatte, um sie zu bestrafen.

Die kurze Stille war vorüber, als beide Frauen gleichzeitig in Gelächter ausbrachen. Die Anspannung im Zimmer verflog.

Sie hörten Callan draußen hämmern. Er arbeitete seit Monaten fast jeden Tag im oder am Haus. Beinahe erschien er Thea *zu* fleißig. Etwas stimmte nicht. Sie hatte das Gefühl, als würde er seiner Mutter aus dem Weg gehen, aber Thea hatte ihn bis jetzt noch nicht darauf angesprochen.

Sie sortierte fast schon liebevoll Myrnas blonden Pixie. »Du siehst super aus. Hank wird die Augen nicht von dir lassen können. Es sei denn, er hat keinen Geschmack.«

»Danke, dass du das sagst. Was ist mit dir und Oakley? Wird es ernst zwischen euch? Werden wir bald alle zu einer großen Wohngemeinschaft? Er will doch sicher nicht auf immer und ewig bei seiner launischen Tante leben.«

Theas Wangen erhitzten sich, und sie schüttelte den Kopf. »Wir lassen es langsam angehen. Es standen einfach zu viele Lügen und Geheimnisse zwischen uns. Aber es geht bergauf. Ich fasse langsam wieder Vertrauen.«

»Und das, obwohl er ein Miller ist.« Myrna machte ein vielsagendes Gesicht. »Zum Glück hat Lucretia nicht auf ihn abgefärbt.«

»Das weiß ich zu verhindern. Er ist endlich schuldenfrei, seit ich ihm einen Teil unseres Krimidinner-Gewinns überlassen habe. Lucretia hat ihn nun nicht mehr in der Hand.«

»Sehr gut. Dann ist es ja bestens angelegt. Und mit dem Rest renovieren wir dein Haus weiter.«

»Ab sofort ist es *unser* Haus«, sagte Thea und hob einen Finger. »Willkommen im Chamberling-Anwesen. Ich freue mich auf etwas Leben hier.«

»Ausgerechnet eine Eigenbrötlerin wie du?« Myrna zog sie gern auf.

Thea war nicht dafür bekannt, viele Leute in ihre Nähe zu lassen. Myrna war einer von wenigen Menschen, denen sie vertraute.

»Geh lieber, bevor ich es mir anders überlege und nachher deine Koffer wieder vor der Tür stehen.« Sie scheuchte die lachende Myrna nach draußen zu ihrem Auto.

***

Callan wartete, bis Myrna losfuhr, ehe er wieder reinging. Sein Blick ruhte auf Thea, die die Hosenträger ihrer Latzhose sortierte und den Zopf in ihrem braunen Haar nachzog, um gleich darauf zur Arbeit nebenan auf den St. Benet's Churchyard zu gehen.

Ihr kleiner Nasenring leuchtete in der Sonne, als sie sich umdrehte. »Passt du so lange auf das Haus auf?«

»Kann ich machen.«

»Und was sagt Fiona dazu? Deine Mutter wird dich sicher zum Essen erwarten.« Da war es wieder. Seit ein paar Tagen bohrte Thea nach, bekam aber meistens nur vage oder gar keine Antworten von ihm.

Callan schaffte es kaum, ihr in die Augen zu sehen. Gegenüber seiner Mutter war es noch schlimmer.

Noch nicht, sagte ihm eine Stimme, die ihn davon abhielt, Thea zu erzählen, was er vor ein paar Wochen auf dem Friedhof am Grab ihres Vaters beobachtet hatte. *Zuerst musst du dir sicher sein.* Es wäre zu früh, sie einzuweihen. Callan würde damit unnötige Gerüchte in

Pendle streuen, die keiner von ihnen gebrauchen konnte.

»Ich habe, ehrlich gesagt, genug von den Café-Resten vom Vortag. Da mache ich mir lieber ein schnelles Sandwich in deiner Küche.«

Ein skeptischer Blick streifte ihn, aber Callan schauspielerte gut genug, sodass sie nicht nachhakte. Jedenfalls heute nicht mehr. Die erfahrene Myrna hätte ihn wohl längst durchschaut und ins Verhör genommen.

»Wie du meinst. Falls etwas ist, bin ich nicht weit weg.« Sie deutete hinüber zur Kirche, deren Glocke in diesem Moment läutete.

Reverend Hughing war pünktlich wie eh und je. Selbst nachts ließ er es sich nicht nehmen, die Glocke zu läuten. Callan fragte sich, wann dieser Mann einmal schlief. Immerhin war er über siebzig und hatte einen kaputten Rücken. Manch einer hielt ihn wahrscheinlich für einen Vampir. Da die Einwohner an Hexen auf dem Pendle Hill glaubten, lag dieser Schluss nah.

»Geh ruhig. Ich bin hier und mache meine Hausaufgaben.«

»Danke, Callan.«

Thea verschwand hinter der Friedhofsmauer.

Als er allein war, schnappte er sich sofort seinen Laptop, machte es sich in Theas Ohrensessel in der Bibliothek gemütlich und durchforstete das Internet nach Informationen über das unterirdische Tunnelsystem, zu dem Nathan Shaw einen Zugang hatte. Anschließend checkte er Theas True-Crime-Blog nach neuen Nachrichten.

Er hatte Jolene und Lucretia nach ihrem gemeinsamen Abenteuer in den Tunneln versprochen, dass diese

Geschichte nicht auf dem Blog landete, aber er würde Thea nicht mehr lange davon abhalten können. Erst recht, wenn sich herausstellte, dass da unten wirklich ein Schatz verborgen lag, den die Mönche vor fünfhundert Jahren versteckt hatten. Die Geschichte als solche klang schlüssig. Immerhin hatte es viele Raubzüge gegeben. An der Stelle des ehemaligen Klosters war später das Chamberling-Anwesen errichtet worden. Callan fragte sich, ob das Haus nur erbaut worden war, um den Eingang in die Katakomben zu verbergen.

Er durchforstete das Netz nach Stichwörtern, auch in anderen Sprachen. Das Geheimnis um die Tunnel ließ sich nicht finden, als hätte man dafür gesorgt, dass es für immer eines blieb. Oder die beiden alten Frauen waren auf eine Legende hereingefallen, die sich Jolenes Familie einst ausgedacht hatte, um sich wichtig zu nehmen. Immerhin fußten die Gerüchte auf nichts weiter als ihren Erzählungen. In Pendle war schließlich alles möglich.

Dagegen sprach, dass der Eingang zum Labyrinth gut versteckt war und man sich die Mühe gemacht hatte, ein ganzes Tunnelsystem unter der Erde zu graben. Und Nathan Shaw hatte bis zu seinem Tod darüber gewacht, die Türen und Schlösser erneuert sowie Fremde von diesem Ort ferngehalten. Wieso, wenn es keinen Schatz gab? Allerdings könnte Nathan auch ein Verrückter gewesen sein, der selbst an nichts weiter als eine Verschwörungstheorie geglaubt hatte.

Callan lehnte sich zurück und hielt seinen Blick aufmerksam auf das Regal an der Wand gerichtet. Allein würde er nie wieder durch die Tür dahinter gehen, hatte er sich geschworen.

Ein Schauer lief ihm über den Rücken. Er schloss die Augen und versetzte sich zurück in die düsteren Tunnel. Callan sah die große Gestalt mit der Laterne vor seinem Geiste, als wäre es gestern gewesen.

Er fasste einen Entschluss, als er an Jolenes und Lucretias erschrockene Mienen zurückdachte. Sie waren sich sicher gewesen, was Nathan Shaw betraf. Dass er seit über einem halben Jahr auf dem Friedhof nebenan lag, störte die zwei offenbar nicht. Sie waren auch Tage später bei ihrer Version der Geschichte geblieben, für die sie sogar der befreundete Ward Harrison belächelte.

Callan wusste, wie er sich in Behörden und Ämter einschleuste. Er umging die Firewall mit nur wenigen Klicks und Befehlen. Da Lancashire ohnehin nicht auf dem neuesten Stand war und keinen Angriff aus dem Netz erwartete, hatte er leichtes Spiel. Sie würden seine Spuren nicht einmal bemerken.

Sein Finger schwebte über der Enter-Taste. Sollte er die Suche nach Nathan Shaws Totenschein wirklich veranlassen? Immerhin hatte Myrna ihm erst vor einer halben Stunde eine Moralpredigt zum Umgang mit sensiblen Daten und persönlichen Angelegenheiten gehalten. Andererseits musste er ja niemandem davon erzählen. Das hier war seine ganz eigene Ermittlung, um seine Fragen zu beantworten. Jeden Augenblick würde ein Totenschein aufleuchten und ihm mitteilen, dass Theas Vater an einem Herzinfarkt gestorben und kurz darauf beerdigt worden war. Ende der Geschichte.

Sein Finger schnellte herab, ehe er es sich anders überlegte. Die Suche dauerte eine Weile, weshalb er sich ein Sandwich in der Küche zubereitete. Kauend kam er zurück und las das weiße Schild auf dem Bildschirm:

Keine Ergebnisse gefunden.

Callan atmete nun schneller. Er stellte den Teller achtlos beiseite und wiederholte die Suche. Um zu testen, dass sie überhaupt funktionierte, nahm er einen entfernten Verwandten seiner Mutter als Beispiel, der ebenfalls auf dem Friedhof von St. Benet's begraben lag. Ihn fand das System nach nur wenigen Sekunden und spuckte Callan alle möglichen Infos über Onkel Niall aus.

»Ganz ruhig«, sagte er laut zu sich selbst und wischte sich den Schweiß von der Stirn. Trotz Herbstwetter war ihm auf einmal furchtbar warm. »Du hast dich bestimmt nur vertippt.«

Er probierte es erneut, doch das Ergebnis war das gleiche: Es gab keinen Eintrag über einen Nathan Shaw, nicht einmal über Nathanael Shaw oder vergleichbare Namen und Abkürzungen.

Denk nach und dreh jetzt nicht durch, verflucht!, schalt er sich. Callan schob seine Aufregung in den Hintergrund, atmete tief ein und aus und konzentrierte sich mit aller Macht auf andere Gedanken. *Es muss einen Eintrag geben. Schließlich ist er tot. Hat er einen falschen Namen angegeben? Aber dann würde sein echter nicht auf dem Stein stehen.*

Bestürzt schlug er sich die Hand vor den Mund, als ihn die Erkenntnis wie ein Faustschlag traf. »Das ... Das kann nicht wahr sein«, hauchte er dumpf in seine Finger.

Aber es gab nur diese eine Erklärung für den fehlenden Totenschein. Nun musste er wohl oder übel doch mit Thea reden.

2. Kapitel

Myrna kontrollierte ihre Frisur im Rückspiegel und stieg aus dem Auto. Vor der urigen Kneipe namens ›Hills Inn‹ stoppte sie noch einmal und atmete durch. Sie konnte ihren Herzschlag im Kopf fühlen. Ein stetiges Pochen, das sie daran erinnerte, wie sehr sie sich zu Hank hingezogen fühlte.

»Du schaffst das«, sprach sie leise auf sich ein und betrat den Pub.

Sofort prallte sie auf eine unsichtbare Wand aus Rauch, Bratenfett und Alkohol. Vor dem Tresen blieb sie stehen und wartete darauf, dass Hank und seine Angestellte Candice die Bestellungen der Gäste entgegengenommen hatten, die um die vielen Wurzeltischen verteilt saßen und lauthals mitsangen. Da heute irische Livemusik angesagt war, hatten sie volles Haus und schenkten jede Menge Ale aus. Myrna schmunzelte, als sie die Flaschen auf der zerkratzten schwarzen Theke stehen sah. Sie trugen das Bild einer Hexe, die auf einem Besen ritt.

»Ich mache gleich Feierabend und übergebe an meine Kollegen«, sagte Hank dicht an ihrem Ohr. Sofort wanderte eine Gänsehaut über Myrnas ganzen Körper. »Noch fünf Minuten, dann können wir los.«

»Ich habe Zeit und bringe Geduld mit. Mach dir keinen Kopf«, erwiderte sie munter.

Sein charmantes Lächeln zwischen dem modischen Anchor-Bart brachte sie beinahe aus der Fassung. Myrna wusste aber, wie sie sie bewahrte. Das hatte sie in ihren vielen Berufsjahren bei der Polizei gelernt.

Heimlich beobachtete sie den breitschultrigen Wirt bei jeder Geste und konnte sich kaum an ihm sattsehen. Dass ein Mann nach ihrem letzten Reinfall derart stark auf sie wirkte, hätte Myrna nicht mehr für möglich gehalten.

»Wo ist Foster?«, fragte sie ihn über den Lärm hinweg. »Ist er dienstags nicht sonst bei dir?«

Hank schenkte derweil ein paar Getränke aus und kassierte ab. Daraufhin machte er sich ans Abtrocknen der nassen Gläser. Hinter ihm glitzerten im Licht ganze Regale voller Whiskyflaschen. Die Hektik war ihnen allen anzusehen. Ihre Gesichter waren gerötet, und unter seinen Armen breiteten sich dunkle Flecken aus. Kein Wunder bei dieser Hitze im voll besetzten Pub.

»Für ihn wäre es heute selbst in meiner Wohnung zu laut.« Er deutete zur Decke. »Ich möchte nicht, dass sein Hundegehör Schaden nimmt, und habe ihn deshalb lieber bei Sergeant Harrison auf der Wache gelassen. Er und Harry verstehen sich bestens, haben wir vor Kurzem bei einem Spaziergang bemerkt. Außerdem kann Ward dann mit beiden gleichzeitig Gassi gehen, und ich muss Foster nicht ins Restaurant mitnehmen.«

Das klang schlüssig. Dass sich der Labradorrüde mit dem kleinen Jack Russell Terrier verstand, war ihr allerdings neu. Eine glückliche Fügung für alle Beteiligten.

»Na, wen haben wir denn da? Ist das nicht unsere Vorzeige-Kommissarin aus der Stadt?«

Myrna drehte sich um. Nate Custer und Brian Downing standen vor ihr, die Fäuste geballt, die Mienen verhärtet.

»Reicht euch unser erstes Aufeinandertreffen etwa nicht? Habt ihr vergessen, wie es das letzte Mal ausgegangen ist, als ihr mich angepöbelt habt?«, fragte sie provokant und rollte mit den Augen. »Lasst gut sein, Jungs, genießt eure Drinks und stört mich nicht weiter. Ich wüsste nicht, dass ich euch je etwas getan habe.«

»Ach nein?«, brüllte Brian. Seine Stimme hob sich kaum vom Lärm ringsherum ab, weshalb auch niemand etwas bemerkte. Alle konzentrierten sich auf die Bühne. Brians markante Elvis-Frisur wippte auf und ab, als er sich in Rage redete. Zum ersten Mal fragte sich Myrna, ob er in seinen jungen Jahren schon ein Toupet trug. »Ich konnte mehrere Wochen nicht schlucken, weil du meinen Kehlkopf eingedrückt hast!«

»Und weshalb war das so? Überlegt bitte, wo diese Verkettung von Umständen angefangen hat. Soviel ich weiß, nicht bei mir. Ich wollte bloß zu Mittag essen.«

Brian funkelte sie wütend an. Er sah seiner Mutter Jolene ziemlich ähnlich, wenn er so grantig dreinschaute.

»Du dämliche Ziege kannst uns gar nichts!«, fauchte Brians ebenso plumper Freund, dem die aschfahlen Haare strähnig in die Augen fielen. Ein Wunder, dass Nate sie überhaupt sah. Seine Boxernase leuchtete rot vom vielen Alkohol.

Sie drehte sich unbeeindruckt weg und wartete geduldig auf Hank. Es hatte keinen Sinn, mit den beiden größten Raufbolden von ganz Pendle zu streiten. Wenn sie angetrunken waren wie heute, noch viel weniger.

»Du hörst uns gefälligst zu, du ...«

Als eine Pranke auf ihrer Schulter landete, packte Myrna sie und verdrehte das Gelenk so, dass Brian vor Schmerz in die Hocke ging.

»Was hast du gesagt? Ich glaube, du wolltest dich gerade entschuldigen.«

Als Nate seinem keuchenden Freund zu Hilfe eilen wollte, wurde er von Hank in den Schwitzkasten genommen und mit wenigen Schritten nach draußen befördert.

»Entschuldige, dass ich so lange gebraucht habe, aber ich wollte mich noch schnell frisch machen und umziehen.«

»Kein Problem«, erwiderte Myrna. »Diese Bengel habe ich im Griff.«

»Wortwörtlich.« Hank nickte zu Brians verdrehter Hand.

Jener wimmerte vor Schmerz. Er folgte ihr ganz von allein. Myrna ließ ihn vor der Tür los und stieß ihn von sich, um etwas Abstand zwischen ihn und sich zu bringen. »Macht das nicht noch einmal, sonst findet ihr euch in der Arrestzelle von Pendle wieder.«

»Und Hausverbot im ›Hills Inn‹ bekommt ihr gleich obendrauf, wenn das so weitergeht.«

Hanks Drohung zeigte mehr Wirkung als Myrnas, hatte sie das Gefühl.

»Komm, Nate, lass uns woanders feiern. Hier will man unser Geld nicht. Das wirst du uns büßen, Evans!«

Myrna seufzte. »Ich frage mich immer noch, was ich den beiden getan habe. Sie werden wohl nie erwachsen.«

Hank zuckte mit den Schultern. Er trug inzwischen nicht mehr das karierte Hemd, sondern ein dunkelblaues, das perfekt zu seinen treuen braunen Augen passte, in die sich Myrna gleich verliebt hatte.

Hank lächelte warm. »Die bekommst du mit Mitte dreißig auch nicht mehr dazu, an sich zu arbeiten. Ich kenne sie nicht anders, und ich lebe schon seit meiner Kindheit in Pendle. Jolene hat bei ihrer Erziehung ganze Arbeit geleistet.«

In der Ferne verschwanden Brian und Nate in der Dunkelheit. Erst danach atmete Myrna auf. Ihr war es unangenehm, ständig ihren Dienstgrad zu betonen. Heute war sie inoffiziell und als Freundin gekommen, nicht als Detective, der durchgreifen musste. Leider verschwamm in letzter Zeit die Grenze zwischen Privatleben und Beruf immer häufiger.

»Mach dir nichts draus«, sagte Hank und legte liebevoll seinen breiten Arm um ihre Schultern. Sofort wurde Myrna warm ums Herz. »Ein paar Draufgänger hat jedes Dorf. Du darfst sie nicht so ernst nehmen. Brian und Nate reden bloß, aber dahinter ist nichts als heiße Luft.«

Myrna nickte nachdenklich, war aber nicht überzeugt. »Auch heiße Luft kann geballt zu einer Explosion führen.«

***

Thea jätete das letzte Unkraut, bevor Herbstlaub und Äste den Friedhof bedeckten. Der Wind wehte bereits stärker als vor einer Woche. Sie erwartete die ersten Stürme in den nächsten Tagen. Zum Glück war sie hinter der Friedhofsmauer des St. Benet's Churchyard relativ geschützt, aber sie machte sich Sorgen um das halb renovierte Chamberling-Haus gleich nebenan.

»Möchten Sie auf einen warmen Tee ins Pfarrhaus kommen?«, fragte Reverend Hughing milde lächelnd. »Für die Arbeit ist es heute doch viel zu frisch.«

»Sagte der Mann, der mich sogar im Winter zum Schneeschippen hier rausscheuchen möchte«, entgegnete sie grinsend. »Ich bin gleich fertig. Und noch scheint die Sonne. Mir ist sogar warm.«

»Eine so emsige Totengräberin hatte ich noch nie.« Die Falten um seine Augen vertieften sich.

Thea stellte Schaufel und Schubkarre letztlich beiseite, klopfte sich den Schmutz von der Hose und rieb die Erde von ihren Handflächen, während sie ihm folgte.

»Nicht einmal mein Vater? Wissen Sie inzwischen, wer ihm die Lilien aufs Grab legt?« Ihr Blick wanderte zu einem einsamen, schmucklosen Stein nahe der Mauer.

»Wie gesagt: Ich spioniere den Trauernden nicht hinterher. Vielleicht hatte Nathan eine gute Freundin hier in Pendle. Er war ein beliebter Mann in der Gemeinde.«

»Fragt sich nur, wieso. Ich kenne ihn kaum, aber das, was ich von ihm weiß, ist nicht besonders positiv.« Theas Laune sackte in den Keller. »Außerdem weichen Sie mir aus, habe ich das Gefühl.«

»Unsere Gefühle können uns täuschen, werte Alethea. Denken Sie immer daran.«

»Und schon wieder weicht er aus«, murmelte sie. Sie würde ja doch nichts aus dem geheimnisvollen Pfarrer herausbekommen.

Thea wollte dem knöchrigen Siebzigjährigen die Tür aufhalten, doch er war schneller und zeigte sich ganz als Gentleman. »Nach Ihnen, Miss Shaw.«

»Danke, Reverend.«

Kurz danach fand sie sich in einem gemütlichen Sessel wieder und trank heißen Himbeertee.

»Wie gefällt Ihnen die Arbeit bis jetzt?« Hughing setzte sich ihr gegenüber.

»Es ist körperlich definitiv eine Herausforderung, aber ich war noch nie so häufig an der frischen Luft wie in Pendle. Es hat alles sein Gutes. Außerdem bezahlen Sie mich dafür.«

»Die Gemeinde tut das, nicht ich«, widersprach er. Er stellte die Teetasse ab und beugte sich vor. Ein Leuchten trat in seine Augen, das Thea aufmerksam werden ließ. »Haben Sie sich denn schon im Chamberling-Anwesen eingefunden?«

»Ich habe es ein wenig ... erkundet«, sagte sie vorsichtig.

Worauf wollte der alte Mann hinaus? Wusste er von den Tunneln unter dem Haus?

»Wie schön. Sie bleiben uns also erhalten?«

»Wir renovieren das Anwesen gerade. Also ja.«

»Wir? Meinen Sie damit *Churchyard Crimes*?«

Thea nickte. »Evans, Callan und ich.«

»Und liegt ein neuer Fall an? Gibt es ein Verbrechen, das Sie drei aufklären werden?«

Thea wunderte sich über den reißerischen Tonfall des Pfarrers. Er verlangte ja beinahe, dass sie ihm von den Verbrechen vor der eigenen Haustür berichtete. Sollte ein Mann wie er nicht an das Gute im Menschen glauben?

»Derzeit ist alles ruhig. Das macht meine Follower fast wahnsinnig«, erzählte sie. »Auf ›Churchyard Crimes‹ ist man es sonst gewohnt, zu mutmaßen und Hinweise zusammenzutragen.«

»Wie nennt sich diese Sparte doch gleich? True-Crime-Podcast?«

Thea musste lächeln. »Nicht ganz. Für einen Podcast gefällt mir meine Stimme zu wenig. Ich habe einen Blog, der sich ursprünglich mit weit vergangenen, ungelösten Verbrechen wie zum Beispiel dem Rätsel der Isdal-Frau beschäftigt.«

»Reden wir vom Isdal in Norwegen?«

»Ich merke, Sie kennen sich aus.« Thea bedachte ihn mit einem beeindruckten Gesichtsausdruck.

»Bloß geografisch, nicht geschichtlich. Was ist mit ihr passiert?«

»Das weiß man bis heute nicht so genau, sonst wäre das Rätsel um sie sicher gelöst. 1970 wurde ihre halb verbrannte Leiche nahe der Stadt Bergen gefunden. Sie war nackt und wies nur auf der Vorderseite Verbrennungen auf. Außerdem waren aus sämtlichen Kleidungsstücken ringsherum die Etiketten herausgetrennt. Eine Rückverfolgung war ab da unmöglich. Sie wurde nicht identifiziert und der Fall auch nie gelöst.«

»Eine schaurige Vorstellung. Hat sie denn niemand vermisst? Sie muss doch Familie, Freunde oder wenigstens Kollegen gehabt haben.« Hughing bekreuzigte sich in Ehrfurcht. Sicher dachte er bei der Beschreibung der verbrannten Frau an die Überreste von Hope Fernsby, die Thea am Pendle Hill gefunden hatte.

»Es gab Fingerabdrücke auf zwei Koffern, die im Bahnhof von Bergen aufgegeben worden waren. Sie stimmten mit denen der Toten überein. Darin befanden sich Perücken, Kosmetik, falsche Pässe, in- und ausländisches Geld sowie eine Einkaufstüte aus einem Schuhgeschäft. Der Verkäufer konnte sich an eine Frau mit Akzent erinnern.«

»Und weiter?«, hauchte der Reverend gebannt und beugte sich so weit vor, dass er beinahe auf die Nase fiel.

Thea half ihm zurück auf den Stuhl. »Nichts weiter. Sie soll durch ganz Europa gereist sein und dabei mindestens neun Pseudonyme benutzt haben. Es kam nie heraus, ob sie eine Verbrecherin oder sogar Spionin gewesen ist. Bis heute bleibt sie die unbekannte Isdal-Frau.«

Hughing wischte sich die Stirn mit einem Tuch trocken. »Und mit solchen scheußlichen Dingen beschäftigt sich eine junge Frau wie Sie den lieben langen Tag?«

Thea lächelte. »Unter anderem. Seit ich den Blog umgestellt habe, kümmere ich mich mehr um die aktuellen Verbrechen vor der Haustür. Aber wie gesagt: Sie lassen auf sich warten. Eine Tote am Pendle Hill und ein mörderisches Krimidinner in Manor Hall sind nicht gerade viel für meine Abonnenten.«

»Zudem haben Sie sich beide Male in Gefahr begeben. Das war leichtsinnig, Alethea.«

Sie tätschelte ihm beruhigend die Hand. »Sie wissen doch: Mit Evans an meiner Seite kann mir nichts passieren. Sie passt gut auf mich auf. Außerdem ist Pendle nun genauso langweilig wie davor.«

»Es hat alles sein Gutes. Das bedeutet, dass in Lancashire endlich wieder Ruhe einkehrt. Inspector Evans geht ihrer Arbeit also mehr als richtig nach.« Er legte die Hände auf die Oberschenkel und erhob sich stöhnend. Hughing ging zu einem Schrank und öffnete ihn. »Ich glaube, mir ist jetzt nach etwas Stärkerem als Tee. Auch ein Gläschen?« Er wedelte mit einer Flasche, deren Inhalt nach einem klaren Schnaps aussah.

»Lieber nicht während der Arbeitszeit. Apropos Arbeit: Ich müsste bald weitermachen, wenn ich die Beete heute noch schaffen will.« Sie sah ungeduldig auf die Uhr und machte Anstalten, aufzustehen.

Hughing drückte sie sachte, aber bestimmt in den Sessel zurück. »Morgen ist auch noch ein Tag. Sie arbeiten vorbildhaft, Alethea. Ich kann nicht klagen. Außerdem wird es bereits dunkel. Sie sollten für heute Feierabend machen.« Er goss ihnen beiden ein Gläschen ein und reichte ihr eines davon, ehe sie wieder Nein sagte.

Thea machte sich Sorgen um ihn. Normalerweise benahm sich der Reverend nicht wie eine Klette. »Ich wollte Sie nicht aufregen. Tut mir leid.«

»Nicht doch! Ich habe im Beichtstuhl weitaus schlimmere Geschichten als die der Isdal-Frau gehört. Sie glauben nicht, wie verdorben die Menschheit ist.«

»Das glaube ich Ihnen sogar aufs Wort. Warten Sie ab, bis ich Ihnen von Hinterkaifeck erzähle. Dann können Sie ganz sicher nicht mehr schlafen.«

»Danke, aber für heute verzichte ich.«

Sie lachten gemeinsam.

Thea überwand sich, stieß mit ihm an und schüttete das klare Getränk ihre Kehle hinab. »Ach herrje!« Sie hustete und klopfte sich auf die Brust. »Ist der stark! Haben Sie Brennspiritus beigemischt oder mich jetzt vergiftet?«

Hughing schlug ihr beherzt auf den Rücken. »Weder noch, sonst muss ich mich ja wieder selbst um die Gräber kümmern.« Er gluckste. »Diesen Walnussgeist habe ich vor langer Zeit mit Ihrem Vater gebrannt.«

Theas Lachen verstummte abrupt. Die vage Erinnerung an Nathan schmerzte tief in ihr, auch wenn sie es nicht zugab. Sie hätte liebend gern einen Vater gehabt. Erst recht hatte ihre Mutter unter der Trennung gelitten, bis sie schwer erkrankt war. Die harte Zeit von der Diagnose zur Chemotherapie hatte Thea früh erwachsen werden lassen. Und Nathan hatte sich kein einziges Mal erkundigt, wie es ihnen gegangen war. Sie war sich nicht einmal sicher, ob er je Geld geschickt hatte.

»Reverend?«

»Ja?« Hughing befüllte die Gläschen von Neuem.

Thea betrachtete sein faltiges Gesicht. Sein schlohweißes, dünnes Haar schimmerte im Schein der Lampe.

»Was wissen Sie über meinen Vater und die Tunnel unter dem Haus? Callan hat jemanden gesehen, als er sich da unten verlaufen hat. Einen großen Mann mit Laterne.«

Hughing verschluckte sich an seinem Walnussschnaps. »Sie hatten recht, er ist viel zu stark. Ich hole mal den Himbeergeist vom letzten Jahr. Der ist verträglicher. Entschuldigen Sie mich.«

Er eilte aus dem Zimmer, ehe Thea nachsetzen konnte. Wütend ballte sie die Fäuste. Nicht einmal Hughing war ehrlich zu ihr. Wie sie es hasste, belogen zu werden! Sie wollte ihm gerade hinterherjagen, als sie über sich Geräusche hörte.

Ist er nicht gerade erst im Keller verschwunden?

Als der Reverend tatsächlich mit einer neuen Flasche zurückkam, fragte sie: »Wer oder was verursacht die Schritte über unseren Köpfen?«

Hughing kniff die Augen zusammen. »Was meinen Sie? Ich höre nichts.«

»Da oben ist jemand.« Im selben Moment hörte das Knarren auf. »Oder war jemand. Wie auch immer.«

»Das müssen Sie sich einbilden, Alethea. Ich lebe allein, und das seit vielen Jahren. Die Kirche ist mein ganzes Leben, wie Sie wissen. Vielleicht waren das ein paar Mäuse. Der Nagetierbefall ist dieses Jahr besonders schlimm.«

Sein Lächeln sah so freundlich aus, dass sie ihm nicht böse sein konnte. Dennoch hatte er Geheimnisse vor ihr, die er ihr freiwillig nicht preisgab. Sie sorgten für Zweifel und trieben einen Keil zwischen sie. Thea war sogar enttäuscht, weil sie geglaubt hatte, Hughing als einem von wenigen Einwohnern blind vertrauen zu können.

Sie sprang auf und brauchte einen Moment, um den Schnaps zu verkraften und wieder klar zu sehen. Ihr war schwindelig, und sie schwankte leicht. Es war eine Weile her, dass sie getrunken hatte. »Ich muss jetzt los. Danke für den Drink, Reverend. Wir sehen uns morgen.«

»Schönen Feierabend!«, rief er ihr nach.

Ihr letzter Blick glitt die Leiter hinauf zu einer alten Luke, die den Beginn des Dachbodens markierte. Bevor sie verschwand, lauschte sie in die Stille, aber bis auf den säuselnden Herbstwind, der an den Fenstern rüttelte, hörte sie nichts.

Vielleicht hast du es dir wirklich nur eingebildet, dachte sie und warf sich ihre Jacke über. *Dein Wunsch nach einem neuen Geheimnis für deinen Blog lässt dich anscheinend durchdrehen.*

Thea verließ das Pfarrhaus und sah nicht zurück.

***

Peter hielt die Füße still, bis die junge Shaw außer Sichtweite war. Erst dann schloss er das Pfarrhaus von innen ab, setzte das Glas ein weiteres Mal an die Lippen und schüttelte sich vor Ekel. Dieser Himbeerschnaps schmeckte noch schrecklicher als der widerliche Walnussgeist. Was hatten sich Nathan und er bloß dabei gedacht, das Brennen überhaupt auszuprobieren? Ihre Talente lagen eindeutig an anderer Stelle.

Dann nahm er die knarzende Leiter nach oben. Als er die Luke öffnete, zuckte die große Gestalt am Fenster kurz zusammen.

»Ich bin es bloß. Geh lieber weg da, ehe sie dich sieht.«

Er tat wie aufgetragen. »Du hast mich erschreckt.«

»Ich weiß, aber Alethea hätte es umso mehr. Sie ist neugierig und wird bald dahinterkommen.«

»Wie sollte sie? Niemand hat mich je gesehen.«

Peter setzte sich aufs Bett und klopfte neben sich. »Der junge Callan Healy hat es, auch wenn er dein Gesicht nicht erkennen konnte. Genauso wie Jolene und

Lucretia, die ihr Erlebnis in den Tunneln nicht gerade für sich behalten haben. Ich wusste nicht, dass du schon wieder im Labyrinth gewesen bist. Du wirst leichtsinnig.«

Ein raues Lachen erfüllte das Zimmer. »Nicht mehr als sonst. Ich brauche noch Zeit, also verschaff sie mir bitte. Du bist es mir schuldig.«

Peter faltete die Hände wie zum Gebet. »Auch ohne meine tiefe Dankbarkeit würde ich dir helfen. Das weißt du. Aber du kannst Alethea nicht ewig zum Narren halten. Sie ist intelligent und wird nicht lockerlassen. So langsam gehen mir außerdem die Ausreden aus.«

Ein Seufzen. »Na schön, aber noch nicht jetzt. Sie ist kaum in Pendle angekommen. Gib uns allen etwas Zeit.«

»Und wenn sie wieder nach den Tunneln fragt?«

»Dann sagst du ihr die Wahrheit. Vielleicht versteht sie es dann.«

Peter war von dieser Idee alles andere als begeistert. »Du solltest es ihr selbst erklären.«

Seine Schulter wurde brüderlich gedrückt. »Bald, alter Freund. Sehr bald.«

3. Kapitel

Myrna ließ sich auf dem Stuhl nieder, den Hank zurückschob. »Danke.« Sie trug ein glückliches Lächeln auf den Lippen.

»Warte erst ab, wenn ich dir den Schirm halte«, sagte er zwinkernd und brachte sie zum Schmunzeln. »Es soll heute Nacht noch regnen.«

»Umso besser, jetzt im Trockenen zu sitzen.« Sie sah sich in dem behaglichen Lokal um, in dem es nach Fleisch und Kamin roch. Das prasselnde Feuer sorgte für Behaglichkeit. »Nett hier. Ist das deutsche Küche?«

Hank nickte und winkte den Kellner heran, der ihnen die Karten reichte und die Getränkebestellung aufnahm. Dann verschwand er so schnell, wie er gekommen war.

Myrna ließ ihre nervösen Finger über die Maserung der Tischplatte gleiten. Sie betrachtete Hank über die Karte hinweg. Dass sie beide einmal hier sitzen würden, hätte sie nicht für möglich gehalten. Das Klirren von Gläsern lenkte sie ab.

Hank hatte ihren kreisenden Blick bemerkt. »Das Restaurant ist ganz neu. Ich dachte mir, wir könnten es einmal ausprobieren. Falls du doch woanders hingehen willst …«

»Nicht doch, ich finde es sogar schön hier. Diese heimelige Stimmung gefällt mir«, erwiderte sie eilig, ehe er wieder aufsprang. Myrna war gerührt, dass er sich Mühe für sie gab und auf ihre Wünsche einging.

Hank wirkte nervös. Ständig fuhr er sich durch sein kurzes Haar oder nestelte an seinen Fingern. Sicher fehlten ihm die Zigaretten, von denen er loskommen wollte. Immer, wenn er schwach geworden war, roch er nach Pfefferminz, weil er den Gestank des Tabaks mit Kaugummis zu überdecken versuchte. Heute hatte sie ihn allerdings noch nicht kauen sehen.

»Ich schwanke zwischen Geflügel und Fisch«, meinte Myrna, während sie die Karte studierte. »Das klingt alles köstlich, aber auch sehr sättigend.« Sie überlegte, vielleicht sogar eine vegetarische Speise zu wählen, die ihren Magen nicht unnötig aufblähte.

»Was du nicht schaffst, kannst du dir ja mitgeben lassen. Oder ich esse es auf.« Er grinste breit.

»Das glaube ich dir gern.« Wieder lachten sie.

Langsam entspannte sich die Stimmung zwischen ihnen. Myrna wurde mit jedem Schluck Wein lockerer, während Hank auch endlich mehr von sich erzählte, statt immer nur sie reden zu lassen.

»Dass du Kapitän einer Fußballmannschaft gewesen bist, hätte ich nicht gedacht.«

»Traust du mir Sport etwa nicht zu?«

»Doch, auf jeden Fall, aber ich habe einfältig geglaubt, du hättest immer hinter dem Tresen gestanden wie dein Vater. Du sagtest, du seist damit aufgewachsen.«

Myrna hielt ihm ihr leeres Glas hin, damit er nachschenkte. »Das bin ich auch, aber man braucht einen

Ausgleich zum Beruf. Da erzähle ich dir sicher nichts Neues, Detective Inspector.«

Myrna wurde ernst. Sie setzte das Glas an die Lippen, trank aber nicht. Sofort wanderten ihre Gedanken zurück nach London. »Ich hoffe vergeblich auf eine Beförderung. Sie haben mich einfach abgeschoben, weil ich ihnen zu unbequem wurde.«

Hank langte über den Tisch und fasste ihre andere Hand. Der Hüne ging so behutsam dabei vor, dass Myrna beinahe Tränen in die Augen schossen. Wie konnte ein Berg von einem Mann bloß so sanft sein?

»Sag das nicht. Jeder hier weiß, was du leistest. Du bist eine tolle Ermittlerin. Sie haben dich höchstens weggeschickt, weil sie Angst vor dir und deiner vorbildlichen Arbeit haben.«

»Die Arbeit, die dank Thea und Callan schon lange nicht mehr vorbildlich ist«, sagte sie und trank nun doch, behielt ihre Linke aber liebend gern in seiner Hand.

Hank streichelte ihre Finger und versetzte Myrna allein damit in Ekstase. Was würde erst passieren, wenn sie in seinem Bett lag? Als sie sich Hank nackt vorstellte, wäre sie beinahe zum ersten Mal rot geworden.

»Ich habe meine Arbeit sehr oft mit nach Hause genommen. Vielleicht ist meine letzte Beziehung deshalb in die Brüche gegangen.«

»Was ist passiert? Du musst nicht darüber reden, wenn du nicht magst.« Wieder zeigte er sich verständnisvoll.

Myrna lächelte dankbar. »Jetzt habe ich selbst davon angefangen. Es ist in Ordnung. Ich hatte eine miese Zeit mit einem Mann, der es nicht verkraftet hat, dass ich einem Männerberuf nachgehe und mehr verdiene als er. Außerdem war ich durch die vielen Überstunden kaum zu Hause.«

»Klingt nach jemandem, der mit seinem Ego nicht zurechtkommt. Ich würde mich freuen, wenn meine Freundin viel verdient. Erst recht, wenn sie so hart dafür arbeitet. Das soll schließlich honoriert werden.«

»Danke, dass du das sagst. So denkt bei Weitem nicht jeder Partner. Jedenfalls hat er mir die Schuld gegeben, als er fremdgegangen ist. Mehrere Jahre lang hat er mich betrogen. Als ich es herausgefunden habe, war unsere Beziehung nicht mehr zu retten.«

»Was für ein Idiot«, grollte Hank. Sein Griff wurde fester, aber nicht unangenehm. Myrna fühlte sich sogar bestärkt dadurch. »Wie man eine Frau wie dich gehen lassen kann, ist mir unbegreiflich.«

Es war eindeutig, dass er mehr wollte als nur ein Essen. Hank war ernsthaft an ihr interessiert und Myrna ebenso wenig abgeneigt. Sie war gespannt, was der Abend noch brachte. Hank und sie hatten lange genug umeinander herumscharwenzelt. Nun würde sich zeigen, was sie empfanden und von einer Liaison erwarteten.

Thea hatte ihr vor einigen Wochen gut zugeredet. Sie selbst gab Oakley endlich eine Chance. Nun war es an Myrna, das Gleiche bei Hank zu tun.

Ihr Essen wurde serviert und duftete köstlich. Es schmeckte mindestens so gut, wie es aussah, aber immer wieder wanderte Hanks Blick auf sein Handy. Eine Eigenart, die sie ihm abgewöhnen würde. Myrna konnte nicht anders, als ihren Rücken durchzustrecken. Nun spionierte sie genauso in fremden Telefonen, aber immerhin war das hier ihr Date!

Der Name Alison ploppte mehrmals auf. Myrna kniff die Augen zusammen und versuchte, auf dem Kopf zu lesen. Sie fühlte sich auf einmal schäbig, doch ihr sechster Sinn riet ihr, weiterzumachen.

Als Hank aufsah und das Display wieder dunkel wurde, lächelte er warm. Myrna erwiderte es ehrlich, auch wenn sich Zweifel breitmachten. Würde ein Mann direkt vor seiner neuen Flamme mit der heimlichen Geliebten chatten? Hank erschien ihr nicht abgebrüht genug, um sie zu hintergehen. Andererseits waren sie nicht zusammen. Er konnte tun und lassen, was immer er wollte.

Als dann noch ein Anruf von ebenjener Alison einging, tupfte er sich den Mund mit der Serviette ab und entschuldigte sich. »Das hier ist wirklich dringend. Nur aus diesem Grund habe ich das Telefon auf dem Tisch. Ein Notfall.« Seine Miene zeugte von Sorge.

»Mach nur. Wir treffen uns ja bloß zu einem Abendessen unter Freunden. Es ist alles locker«, antwortete sie und hätte sich am liebsten auf die Zunge gebissen.

Myrna wollte Hank nicht unter Druck setzen, aber etwas Anstand hätte sie von ihm erwartet. Dieser Anruf musste wirklich dringend sein, wenn er Myrna dafür am Tisch sitzen ließ.

Er machte ein paar Schritte und stellte sich in eine Nische an der Garderobe, um zu telefonieren. Als er Myrna den Rücken zuwandte, schlich sie ihm nach. Sie *musste* einfach wissen, wer diese Alison war. Anders würde sie ihr Essen nicht mehr herunterbekommen.

»Wir schaffen das, mein Engel«, hörte sie ihn sagen. »Nicht mehr lange, und wir können uns wiedersehen. Das verspreche ich dir. Ich liebe dich.«

Als er auflegte und sich umdrehte, erstarrte Hank. Myrna war selbst zur Salzsäule geworden.

»Du ... Das ... Also ...« Hank zupfte nervös an seinem Hemd. Verlegen sah er zu Boden.

»Nicht nötig. Ich kenne die Ausreden bereits«, sagte sie erstaunlich gefasst und machte auf dem Absatz kehrt.

Myrna zeigte Stärke, konnte und wollte aber nicht länger in diesem Restaurant bleiben. Sie griff nach ihrer Tasche, rückte das Besteck zurecht und warf ein paar Geldscheine auf den Tisch, um ihr Essen selbst zu bezahlen.

»Evans, warte!«, rief er und hielt sie am Arm zurück, doch sie riss sich los.

Sie wagte es nicht, ihm in die Augen zu sehen, die sie schwach machten. »Gute Nacht, Hank. Man sieht sich.« Myrna stolperte nach draußen in die kühle, verregnete Nacht, ohne ihren Mantel mitzunehmen.

Hanks Rufe wurden leiser und verstummten schließlich. Myrna war ohne Wagen gekommen, also suchte sie die nächste Bushaltestelle. Sie sah kaum etwas durch ihren Tränenschleier und rempelte gegen eine Schulter. Ein Mann beschimpfte sie wüst. Myrna nuschelte eine Entschuldigung und rannte weiter. Sie wollte bloß noch weg hier! Als Nächstes landete sie fast an einer Laterne. Sie taumelte und hielt inne, ehe sie durch den Sturm der Emotionen, der über sie hereingebrochen war, auch noch hinfiel. Myrna hielt die Augen geschlossen und atmete tief ein und aus. Ihr Herz schlug heftig, und alle möglichen Szenarien von Hank und dieser Frau schossen ihr durch den Kopf. Myrna war wütend auf sich selbst und natürlich auch auf ihn. Die kalte Herbstluft ließ sie endlich wieder klar denken. Feiner Sprühregen überzog ihr Gesicht wie ein Schleier. Kalte Tropfen lösten sich von ihrer Nase und ihrem Kinn. Sie blieb dennoch stehen, ballte die Fäuste und kam langsam wieder zu sich.

Als sie aufsah, fand sie sich in einer verlassenen Gegend wieder, die sie nicht kannte. *Auch das noch!*, dachte sie und zückte ihr Handy, um sich ein Taxi zu rufen.

Es war dumm gewesen, allein mitten ins Nirgendwo zu flüchten. Myrna hatte zum ersten Mal ihre Wut nicht unter Kontrolle gehabt. Das schaffte nur Hank, dieser elendige Lügner! Wenn er nur nicht immer so verflucht unschuldig aussehen würde ...

Myrna zuckte zusammen, als sich ein warmer Stoff auf ihre Schultern legte. Sofort drehte sie sich um und trat ihrem Angreifer gegen das Schienbein. Sie machte sich für einen weiteren Übergriff bereit, doch der Fremde sackte stöhnend zu Boden, statt zu kämpfen.

»Wollten Sie mich entführen? Was fällt Ihnen ein?«, schrie sie ihn an.

Myrna hielt das Telefon noch immer griffbereit. Sie überlegte, ihren Kollegen zu alarmieren, der Nachtschicht schob, aber bis Ward hier wäre, wäre sie längst selbst mit diesem Halunken fertiggeworden.

»Wieso treten Sie mich? Was habe ich Ihnen denn getan?«, fragte er jammernd und rieb sich das Bein.

»Sie wollten mich angreifen!«

»Blödsinn! Ich habe nur gesehen, dass Sie frieren und ganz allein sind. So ein Mist, ausgerechnet auf mein Schienbein!«

»Und das wollten Sie sich allem Anschein nach zunutze machen. Ich kenne Typen wie Sie.« Myrna steckte das Smartphone weg und verschränkte die Arme. Erst dann bemerkte sie, dass es wirklich ein warmer Mantel war, der auf ihren Schultern lag. Er selbst trug nur ein dünnes weißes Hemd zu einer Anzughose.

Der Fremde rappelte sich wieder auf und fuhr sich durch das schwarze Haar. Ein paar gegelte Strähnen fielen ihm in die Stirn. Sein Blick ruhte auf ihr, als erwartete er eine Entschuldigung.

Myrna zeigte sich einsichtig. »Tut mir leid, aber ich komme aus London. Da habe ich so einiges erlebt. Danke für den Mantel.«

Er winkte ab. »Für den blauen Fleck an meinem Bein sind Sie mir definitiv noch einen Drink schuldig. Ich bin übrigens weder ein Vergewaltiger noch ein Entführer. Milton Langley, Geschäftsmann. Angenehm.«

»Das ist mir jetzt aber peinlich.«

»Nicht doch. Sie laufen durch eine entlegene Gegend, in der man mit allem rechnen muss. Ich hätte ja wirklich böse Absichten haben können.«

Sein Lächeln gefiel ihr. Es war smart, wenn auch nicht so sehr wie das von Hank, aber hintergründig und fast ein wenig spitzbübisch. Milton war groß und drahtig, eher ein Anzugtyp im Gegensatz zu Hank. Vielleicht fühlte sich Myrna gerade wegen ihrer Unterschiede zu ihm hingezogen. Ihr Herz suchte ganz automatisch nach dem Gegenteil ihres letzten, erst kürzlichen Reinfalls. Und attraktiv war Milton allemal.

»Auf einen Drink würde ich mich heute definitiv einlassen. Aber dafür fahren wir dorthin, wo etwas mehr los ist. Und erwarten Sie nicht, dass ich die Nacht mit Ihnen verbringe, Mr Langley. Sie sollten wissen, dass Sie es mit einem Detective Inspector zu tun haben.« Sie hielt ihm die Hand hin. »Myrna Evans.«

Er ergriff und schüttelte sie vorsichtig. »Wenn Sie mir andersherum versprechen, mich nicht noch einmal zu vermöbeln, lasse ich mich gern auf ein Abenteuer ein, Myrna. Wie auch immer das aussieht.«

»Sagen Sie Evans zu mir, das tut jeder. An welche Bar dachten Sie?«

Myrna brauchte an diesem angebrochenen Abend etwas mehr Alkohol. Sie wollte das unschöne Date mit Hank am liebsten aus ihrem Kopf trinken.

Milton überlegte. »Ich komme aus Preston, aber es wäre ein zu weiter Weg bis dahin. Vielleicht finden wir etwas in der Nähe. Zwei Straßen weiter gibt es Geschäfte und mehr Betrieb als hier. Dass mein Spaziergang mit einem Date endet, hätte ich nicht für möglich gehalten.«

»Ein Drink ist noch kein Date. Von denen habe ich für heute genug«, erwiderte sie und rollte mit den Augen.

Er bot ihr galant den Arm an, und Myrna hakte sich dankbar unter. Würde sich Milton doch noch zu einem Überfall hinreißen lassen, würde sie ihm zeigen, dass der Schienbeintritt erst der Anfang gewesen war.

***

»Thea, wir müssen reden.«

»Nicht jetzt, Callan. Ich denke nach.«

»Über was?« Er kam näher und setzte sich auf einen freien Stuhl in der Küche. Neben ihm saß Oakley, der seinen Blick ebenfalls auf Thea gerichtet hielt.

»Über den Reverend. Er verheimlicht mir etwas.« Sie erzählte ihnen von den Schritten auf dem Dachboden, die er als Mäuseplage heruntergespielt hatte.

Oakley stimmte ihr zu. »Dass der alte Herr Geheimnisse hat, habe ich zusammen mit dem Sergeant bemerkt. Wir haben ein Mal nachts an die Kirchenpforte geklopft, aber es war niemand da, obwohl kurz vorher noch geläutet wurde. Stattdessen hat er uns dann völlig verschlafen die Tür vom Pfarrhaus geöffnet.«

Callan kratzte sich nachdenklich am Hals. »Vielleicht eine heimliche Geliebte, die er uns verschweigt? Oder er hält jemanden gefangen und ist in Wahrheit ein Perverser.«

Thea und Oakley schüttelten ihre Köpfe.

»Das klingt zwar spannend, aber das traue ich ihm nicht zu«, sagte sie. »Es muss etwas anderes dahinterstecken. Solltest du nicht langsam nach Hause, Callan? Fiona macht sich sicher Sorgen.«

»Die kann mir gestohlen bleiben«, erwiderte er gepresst und wich ihrem Blick aus.

Oakley erhob sich. »Ich lasse euch mal allein. Tante Lu hat mich gebeten, Jolene bei der Umgestaltung ihrer Zimmer zu helfen. Evans ist ja nun ausgezogen. Sie hat jetzt ein neues Thema im Sinn: karibischer Strand.«

Thea schmunzelte amüsiert. »Bei den vielen Katzen im Haus sollte sie sich lieber für das Thema ›Haariger Albtraum‹ entscheiden.«

Callan bedachte Oakley mit einem Stirnrunzeln. »Du hilfst ihr immer noch, nachdem sie dich so mies erpresst hat? Alle Achtung, euer Familienband muss wirklich fest sein.« Er riss die Augen weit auf.

»Sie ist immer noch meine Tante, bei der ich aufgewachsen bin, seit mein Vater lieber auf Weltreise gegangen ist. Auch wenn ich meine Schulden bei ihr los bin, bin ich ihr dankbar. Und tief in ihrem Herzen ist Lucretia kein übler Mensch. Es wird bloß ein schlechter Einfluss auf sie ausgeübt.« Dass er auf die benachbarte Jolene hindeutete, war nicht zu überhören.

Er küsste Thea liebevoll und entlockte ihr ein herzliches Lächeln, das man selten bei ihr sah. »Ich freue mich auf dich.«

»Und ich erwarte dich nachher in meinem Bett.«

Callan wurde übel. Schlimmer hätte es nur noch durch einen Heiratsantrag werden können.

Als Oakley ging, atmete er auf. »Muss das denn vor meinen Augen und Ohren passieren? Sucht euch doch gleich ein Zimmer, aber lasst es nicht die ganze Welt wissen.«

»Du bist in *meinem* Haus, vergiss das nicht.« Sie tippte ihm gegen die Nasenspitze. »Was wolltest du bereden? Es klang dringend.«

Callan haderte mit sich. Zum Glück drehte sich Thea weg und kümmerte sich um den Abwasch.

»Ach, das ist vielleicht gar keine große Sache, aber ...«

Als er innehielt, wandte sie sich wieder um und stützte die Hände in die Seiten. »Du hast im Sessel gesessen und über die Tunnel nachgeforscht, oder?«

»Woher weißt du das? Die Kamera in der Bibliothek ist längst deinstalliert.«

Sie grinste siegessicher. »Du hinterlässt Chipskrümel und ein leeres Colaglas, wenn du in die Arbeit vertieft bist. Hast du wenigstens etwas herausgefunden?«

Thea schnappte sich den nächsten Teller, um ihn abzutrocknen und zurück in den Schrank zu stellen.

Callan seufzte. »Es gibt kaum Aufzeichnungen darüber. Lucretia und Jolene sind wohl auf einen alten Schwindel hereingefallen. Wieso weiß sonst niemand von dem Gold im Untergrund? Es hätte längst Leute gegeben, die danach gesucht hätten.«

»Vielleicht war das der Grund, aus dem mein Vater vor zwanzig Jahren hierhergezogen ist. Um reich zu werden.« Sie sah durch das Küchenfenster und fokussierte irgendeinen Punkt in der Ferne.

»Thea, ich muss dir etwas sagen. Es fällt mir nicht leicht.«

»Bist du schwul?« Sie ließ das Wasser im Becken ab und drehte sich ihm wieder zu.

Callan schüttelte perplex seinen Kopf. »Was? Wieso denkst du das?«

»Na ja, du bist fünfzehn und hast nie Mädchen um dich herum. Es wäre für mich kein Problem.«

»Ja, weil ich gerade andere Sorgen habe als Frauen.« Er rieb sich angestrengt den Nasenrücken. »Ihr Weiber macht sowieso alles viel komplizierter.«

Thea warf das Handtuch in die Spüle und legte ihm beide Hände auf die Schultern. »Ein Heilmittel gegen allen Kummer ist das Gespräch.«

Callan sah überrascht auf. »Das ist ein irisches Sprichwort.«

»Ich habe auch von dir einiges gelernt. Und nun raus mit der Sprache. Was bedrückt dich? Du leidest seit

Wochen darunter und arbeitest dich fast zu Tode. Ich lasse dich nicht eher gehen, bis du darüber gesprochen hast.«

Callan wusste, dass Thea ihre Drohung wahrmachte, also sammelte er sich. »Ich habe herausgefunden, wer die Lilien auf das Grab deines Vaters legt.«

Thea beugte sich vor, um kein Wort zu versäumen. »Wer ist es?«, flüsterte sie und leckte sich über die Lippen.

Er erinnerte sich an den Sprungturm im Schwimmbad. *Augen zu und durch*, hatte er damals gedacht und war einfach losgerannt. »Es ist meine Mum, die die Blumen bringt. Ich habe sie durch Zufall frühmorgens dabei erwischt. Sie lief herum wie ein Sektenmitglied.«

»Sektenmitglied?«

»Du kennst doch diese langen, dunklen Kutten. So etwas tragen Satanisten bei schwarzen Messen.«

Thea lehnte sich gegen den Küchenschrank und starrte ihn eine Weile an, bevor sie sich zu ihm setzte. »Und du bist dir sicher, dass Fiona unter dem Umhang steckte?«

»Ich habe ihr Gesicht eindeutig erkannt. Sie war es.«

»Fiona Healy, die freundliche Dame aus dem Café, hat also auch ein paar Geheimnisse, von denen wir nichts wissen. Interessant. Ich wusste nicht, dass sie und mein Vater so eng befreundet waren.«

Callan schnaubte einmal und verschränkte die Arme. »Befreundet, dass ich nicht lache! Wieso sollte jemand jahrelang weiße Lilien auf ein Grab legen und es geheim halten? Der Pfarrer und deine Wenigkeit kümmern sich bestens um die Gräber. Jede Wette, dass die zwei eine Affäre hatten.«

Thea lief unruhig auf und ab. »Sie war vielleicht der wahre Grund, weshalb Nathan nicht bei uns geblieben ist.«

»Wäre gut möglich.«

»Und sie hat dich nicht gesehen? Hast du sie darauf angesprochen?«

»Bist du verrückt? Das würde ich nie tun!«, rief er fast panisch. »Meine Mum würde mich sowieso anlügen. Wer gibt als verheiratete Mutter von vier Kindern schon gern eine Affäre zu? Wir Iren sind viel zu familienverbunden dafür.«

Plötzlich kam Callan ein neuer erschreckender Gedanke. Er wechselte einen Blick mit Thea. Sie dachte allem Anschein nach genauso. Schockiert starrten sie sich eine Weile an, ehe beide wegwerfende Gesten machten und lachend verneinten.

»Wir sind ganz sicher nicht verwandt. Du bist viel zu altklug dafür«, meinte Callan überheblich.

»Und du viel zu nervtötend, um mein Halbbruder zu sein. Hast du Hunger? Ich könnte Fiona anrufen und sie fragen, ob du zum Essen bleiben darfst.«

»Danke, Thea. Es ist mir echt lieber, wenn ich ihr erst einmal nicht so oft begegne.«

Fort waren die Neckereien und seine Last der heimlichen Beobachtung. Von dem fehlenden Totenschein verriet er Thea lieber noch nichts. Eine große Enthüllung sollte für heute genügen.

4. Kapitel

Myrna räumte die letzten Kisten aus und fühlte sich im Chamberling-Anwesen bereits wie zu Hause.

»Evans, kommst du? Wir wollen los!«, rief Thea von unten.

Sie hatten sich zu ihrem Geburtstag auf einen Happen im ›Café Healy‹ geeinigt. Callan, Harrison und die anderen würden dort sein und zwanglos mit ihr feiern. Nach mehr war Myrna auch nicht zumute.

Als sie in ihrem Cocktailkleid nach unten kam, pfiff Thea beeindruckt. »Du siehst rattenscharf aus. Wie schade, dass Hank nicht mitfeiert.« Sie schlug sich die Hand vor den Mund. »Tut mir leid. Ich habe schon wieder zu schnell geredet, statt zu denken.«

Myrna lächelte entspannt. Sie gab sich gelassen, als sie sagte: »Ich glaube nicht, dass Hank überhaupt an mich denkt. Er hat sicher zu viel im Pub zu tun.« *Und er geht mir seit letzter Woche aus dem Weg.*

»Bist du dir sicher, dass wir ihn nicht fragen sollen? Du hast nie erzählt, was passiert ist.«

Myrna lächelte traurig. »Das hat hier und heute keinen Platz. Wir wollen Spaß haben. Lass uns besser gleich losgehen. Der Wind nimmt wieder zu, und es soll bald regnen.«

Theas skeptischer Blick sagte so viel wie ›Schieb es ja nicht auf das Wetter, dass du nicht reden willst‹, doch sie schwieg, wofür Myrna ihr dankbar war. Es kam selten vor, dass Thea ihre Meinung für sich behielt.

»Bevor wir aufbrechen, solltest du dir das ansehen. Es ist vorhin für dich abgegeben worden.« Sie hielt Myrna ein Päckchen mit einer roten Schleife hin, dazu zwei Briefe.

Die krakelige Schrift auf dem ersten Kuvert erkannte sie sofort. *Hank!* Achtlos hielt sie sein Schreiben in der Hand, ohne es sich auch nur näher anzusehen. Sie hatte zu viel Angst, seinem Charme noch einmal zu erliegen. Myrna würde nicht der Spielball eines Mannes sein, der mehrere Frauen gleichzeitig traf. *Nie wieder!*

Die zweite Handschrift kannte sie nicht. Sie ging in den Salon, legte Hanks Brief beiseite und öffnete das Kuvert neugierig. Dazu gehörte das kleine Geschenk.

»Komm schon, Evans, lies laut vor, damit ich auch etwas davon habe«, sagte Thea und sah sie mit einem Hundeblick an, der sie schmunzeln ließ.

»Du gibst ja sowieso keine Ruhe. Also …« Myrna räusperte sich. »Liebste Evans, ich weiß, wir kennen uns noch nicht lange, aber auf diesem Weg möchte ich dir herzlich zum Geburtstag gratulieren. Du bist eine starke, toughe und wunderschöne Frau, die mich gleich bei unserem ersten Aufeinandertreffen ins Herz getroffen hat – oder besser gesagt, ans Schienbein.« Sie musste lachen. »Würdest du mir die Freude machen, und an deinem Ehrentag mit mir ins teuerste Restaurant der Grafschaft gehen? Natürlich bist du mein Ehrengast und musst keine Kosten scheuen. Ich hole dich um neunzehn Uhr ab, falls ich nichts von dir höre. Bis bald, meine Schöne. Dein Milton.«

Theas Grinsen war mit jeder Zeile breiter geworden. Sie stieß Myrna den Ellenbogen verspielt in die Seite. »Du hast heute Abend also wieder ein Date. Wer ist denn dieser Milton?«

»Ach, das ist nichts.«

»Es hört sich aber nicht nach nichts an.«

»Nur eine Zufallsbekanntschaft, die ich nach dem desaströsen Treffen mit Hank gemacht habe. Wir schreiben seitdem. Ich kenne ihn kaum.«

»Immerhin scheint er deine neue Adresse zu haben.«

»Ich habe in einem Nebensatz erwähnt, dass ich ins Chamberling-Anwesen gezogen bin. Das Haus sorgt immer für guten Gesprächsstoff«, meinte sie schulterzuckend. »Milton ist trotzdem nur ein Bekannter.«

»Und dennoch lässt er dich endlich wieder lächeln, im Gegensatz zu unserem Pubbesitzer. Vielleicht genau der richtige Mann, um dich abzulenken.«

»Vielleicht. Mal sehen. Wir sollten langsam los. Die anderen warten sicher.«

Thea hielt sie an der Tür auf und schielte auf das Päckchen, das unbeachtet auf der Kommode lag. »Du hast es noch nicht geöffnet. So lange gehen wir nirgendwohin.«

Myrna seufzte, gab aber nach. Sie nahm das Geschenk zur Hand und löste die rote Schleife. Dann hob sie den Deckel ab und hielt inne. Vorsichtig öffnete sie die edle Schmuckschachtel darin und keuchte vor Verzückung. »Das ist eine sündhaft teure Halskette!«

Thea beugte sich vor und begutachtete das glänzende Stück. »Sieht echt aus. Ist Milton vermögend?«

»Ich weiß es nicht. Will er mich etwa kaufen?« Sie war auf einmal richtig empört.

Thea zog die Brauen zusammen. »Das glaube ich nicht. Er will dich wahrscheinlich nur beeindrucken. Wenn du merkst, dass er ein Idiot ist, der denkt, Frauen lassen sich von funkelnden Diamanten um den Finger wickeln, kannst du die Angelegenheit immer noch beenden.«

»Du hast recht. Ich sollte Milton zumindest eine Chance geben. Sein Brief hat mich allerdings mehr überzeugt als die Kette.«

Vorsichtig nahm Thea das gute Stück aus Weißgold zur Hand und ließ die feinen Glieder fast ehrfurchtsvoll durch ihre Finger gleiten. »Fühlt sich toll an. Komm, ich lege sie dir an. Immerhin ist es nicht so ein protziges Ding, sondern fein und einer Frau wie dir würdig. Ich finde sie schön.«

»Dabei trägst du gar keine Ketten.«

»Ich habe trotzdem Geschmack und kann beurteilen, was meiner besten Freundin steht.«

Gerührt drehte Myrna ihr den Rücken zu, damit Thea ihr beim Schließen helfen konnte. Jene betitelte nicht viele Menschen als ihre Freunde. Eine *beste* Freundin zu haben, war für sie wahrscheinlich das Größte der Gefühle.

***

Sie brachen endlich ins ›Café Healy‹ auf, in dem Callans Mutter ordentlich aufgetischt hatte. Das große Geburtstagsbuffet für Myrna bestand aus deftigen Eintöpfen wie Lancashire Hotpot und Scouse, Mürbeteigspezialitäten à la Chorley Cake und Butter Pie sowie köstlichem Aughton Pudding. Hier war für jeden etwas dabei.

Thea bemerkte Myrnas kreisenden Blick. Sie suchte vergeblich nach Hank, freute sich aber über die vielen Leute, die gekommen waren. Hauptsächlich waren es Nachbarn aus Pendle. Thea wunderte sich, dass neben Sergeant Harrison Oakleys Tante stand. Lucretia wirkte sogar ein wenig schüchtern und versteckte sich problemlos hinter dem fülligen Bartträger. Vielleicht schämte sie sich noch immer dafür, in Theas Haus eingebrochen und der *Neuen* gegenüber so feindselig gewesen zu sein. Sie kam auch nach der Begrüßung nicht aus ihrer Deckung.

Ward zog Myrna überraschenderweise in seine Arme und schlug ihr so fest auf den Rücken, dass sie hustete. »Alles Gute, Kollegin! Seit Sie hier sind, haben die Verbrecher keine Chance mehr!« Er war kein Mann vieler Worte.

Myrna zeigte sich erfreut und erwiderte sein Lächeln. »Danke, Ward, aber auch ein Inspector ist nur so gut wie sein Team.«

Er fuhr sich geschmeichelt über den Bart. Heute war er wieder besser gelaunt. Seit er die Finger vom Alkohol ließ und sich lieber auf seinen Hund konzentrierte, machte er einen Wandel durch, der mit ein paar Schwankungen einherging.

Sein Jack Russell Terrier hingegen hatte nur Augen für Thea. Er sprang an ihrem Bein hoch und hechelte wild. Harry wedelte aufgeregt mit dem Schwanz, als würde er sich speziell über sie freuen, dabei zeigte sie dem Rüden meistens die kalte Schulter und überließ Myrna das Kuscheln und Streicheln. Schnell entfernte sie sich von ihm. Sie fand diesen kleinen weißen Streuner mit den braunen Flecken zwar niedlich, wollte aber nicht mit geschwollenen Augen und juckender Nase nach Hause gehen.

Es wurde gefeiert, getanzt, gejohlt und angestoßen. Sogar Lucretia ließ sich zu einem Tänzchen mit ihrem guten Freund Ward hinreißen. Thea musste sich das Lachen verkneifen und wechselte einen amüsierten Blick mit Myrna. Es sah kurios aus, wie der Sergeant mit der kleinen Lucretia tanzte. Er war wahrscheinlich der Einzige neben ihrem Neffen, den sie ehrlich leiden konnte. Jolene hingegen blieb auch den restlichen Nachmittag weg.

Nicht dass sie schon wieder in mein Haus einbricht, um einen Schatz zu suchen, den es nicht gibt.

Myrna freute sich über jedes Geschenk wie ein kleines Kind. Callan und Thea hatten sich für einen roten Kaschmirpullover, ein Paar Ohrringe nach Myrnas Geschmack und einen spannenden Liebesroman ihrer Lieblingsautorin entschieden. Dank Callans Recherchen trafen sie genau ins Schwarze.

Thea suchte nach Fiona, die sie in der Küche fand.

»Kann man dir helfen?«, fragte sie. Natürlich verfolgte sie einen Plan mit ihrem Angebot.

Fiona sah auf. Ihre dunkelgrünen Augen blickten überrascht, aber freundlich drein. Sie wischte sich die Hände an der Schürze trocken und strich sich eine rotblonde Strähne hinters Ohr.

Thea ging das Bild von ihrem Vater und ihr nun nicht mehr aus dem Kopf. Sie stellte ihn sich mit kurzen Haaren und dunkelbraunen Augen vor. Ob er wirklich so ausgesehen hatte, wusste Thea bis heute nicht. Sie erinnerte sich kaum. In ihrer Vorstellung sah er Liam Neeson ähnlich. Vielleicht, weil sie sich immer einen Vater wie ihn gewünscht hätte. Einen Beschützer. Doch Fiona und Nathan? Sie war ein ganz anderer Typ als Theas Mutter. Womöglich hatte ihn gerade das gereizt.

Aber hatten die beiden wirklich eine Affäre gehabt? Nathan war wenigstens alleinstehend gewesen, weil er sich von seiner Familie vorher getrennt hatte. Fiona hingegen war noch immer mit einem herumreisenden Geschäftsmann verheiratet, der sich nur alle paar Monate blicken ließ. Genau genommen wuchs Callan also auch ohne Vater auf. Es würde Thea nicht wundern, vielleicht konnte sie es Fiona nicht einmal verübeln, wenn sie sich etwas Spaß abseits ihrer nicht stattfindenden Ehe gesucht hatte. Dennoch gingen ihr Lügen grundsätzlich gegen den Strich.

»Du könntest mir bei den Getränken helfen. Hast du schon einmal eingeschenkt?«, erwiderte Fiona mit leuchtenden Augen. Ihr Lächeln war so herzlich, dass Thea ein schlechtes Gewissen bekam.

Sie freute sich sehr über ihr Erscheinen. Würde jemand so reagieren, der eine Liaison mit dem Vater der anderen gehabt hatte? Diese Geschichte fühlte sich mit jedem Wort abwegiger an.

Da Fiona immer für ein Schwätzchen zu haben war und sich auch gern mal verplapperte, begann Thea mit ihrer heimlichen Befragung. »Toll, dass du heute Butter Pie gemacht hast. Die hat Dad geliebt.«

Sie beobachtete Fionas Gesicht genau. Ein trauriger Schleier legte sich über ihre Augen, aber sie lächelte weiterhin. »Er mochte es nicht so süß. Vielleicht früher einmal. Nathan war mehr Fan von Black Pudding.«

Thea verzog das Gesicht. »Blutwurst? Igitt!«

Fiona lachte hinter vorgehaltener Hand. »Ja, Nathan war nicht gerade ein Gourmet, aber er wusste immer, was er wollte, und hatte ein klares Ziel vor Augen. Und diese Blutwurst hat ihm die Kraft dafür gegeben.«

»Was meinst du damit?«

Die Tür öffnete sich, und lautes Gelächter drang zu ihnen durch. Myrna hatte allem Anschein nach viel Spaß, obwohl ihr heimlicher Herzensmensch nicht mit von der Partie war.

Ausgerechnet Callan unterbrach Theas vorsichtiges Verhör. »Gibt es noch was von der Butter Pie?«

»Wieso? Ist sie schon weg?« Fiona reckte ihren Hals, um durch das kleine Fenster in den Gastraum zu sehen.

»Du hast den verfressenen Harrison nicht mitgezählt.« Callan grinste frech.

»Sei nicht so vorlaut.« Sie schlug ihm sachte gegen den Hinterkopf. »Du hast nicht einmal mitgeholfen und deine Mutter alles allein machen lassen. Tun das gut erzogene Kinder?«

Callan zog eine Schnute. »Na ja, im Falle der Erziehung hättest ja dann *du* versagt.« Er wich zurück, als sie sich vor ihm aufbaute. Fiona war nicht gerade zart gebaut. Ihr voluminöser Busen hätte Callan zerquetschen können. »Schon gut! Was soll ich tun?«

»Das Tablett reinbringen.« Sie drückte es ihm in die Arme.

Erst jetzt sah Thea lauter kleine Gläser darauf, die Fiona bereits mit einer knallgrünen Flüssigkeit gefüllt hatte.

»Was ist das? Likör?«, fragte sie neugierig.

Fiona zwinkerte. »Unser kleines Geheimnis. Ein altes Familienrezept. Die Färbung fügen wir erst im letzten Schritt hinzu, damit es nach was aussieht. Und da wir eine alte irische Familie sind, haben wir uns für Grün entschieden.« Als sie Callan den Arm um die Schultern legen wollte, wand er sich heraus und verschwand samt Tablett im Nebenzimmer.

Fiona seufzte. »Ich erkenne mich kaum wieder. Mein Junge benimmt sich seit Wochen seltsam.«

Thea nestelte an ihren Fingern. »Ist sicher nur die Pubertät. Immerhin ist er fünfzehn.«

Sie schüttelte den Kopf. Ihr freudiges Lächeln war verschwunden. »Ich habe drei weitere Jungs vor ihm großgezogen. Nein, ihn beschäftigt etwas anderes. Ich kenne Callan.«

Thea wollte ihr das Wissen um ihren Sohn nicht absprechen. Sie kämpfte bereits mit sich, nicht auf der Stelle mit der Sprache herauszurücken, aber es bestand die Gefahr, dass Fiona dann gar nichts mehr sagte.

»Er hat angedeutet, dass er etwas gesehen hat.«

»Etwas gesehen?«

»Eher jemanden. Morgens auf dem Friedhof.«

Jetzt habe ich es doch unmittelbar gesagt, ich Trottel!, dachte sie verärgert. Thea hatte noch nie lange um den heißen Brei herumgeredet.

Fiona erstarrte sichtlich. Sie wurde kreidebleich. »Was genau hat er gesehen?«

Thea wollte gerade etwas sagen, als die Tür von Neuem aufflog und Myrna hereinschneite. »Ich werde mich bald auf den Weg machen. Milton holt mich in einer Viertelstunde vor dem Chamberling-Haus ab. Vielen Dank für alles.«

»Wie gefiel dir deine kleine Party?«, fragte Fiona. Ihre Stimme überschlug sich leicht. Nervös kratzte sie sich am Dekolleté, bis ihre Haut so gerötet war wie ihre Wangen. Sie lenkte geschickt ab.

»Harrison hat mich nach zwei, drei Drinks plötzlich beim Vornamen genannt, ehe er es gemerkt und einen Rückzieher gemacht hat«, erzählte sie amüsiert. »Schade, dass ich Oakley verpasse, aber du sagtest ja, er muss noch arbeiten.«

»Ich bestelle ihm deine Grüße. Sag bloß, du und Lucretia ...« Thea machte große Augen.

Myrna winkte ab und kicherte. »Mit dieser alten Hexe wird wohl niemand mehr warm. Ich frage mich, was sie hier macht. Wahrscheinlich hat Jolene sie als ihren Spitzel vorbeigeschickt. Weder sprechen wir uns mit dem Vornamen an, noch wechselt sie überhaupt ein Wort mit mir. Stattdessen hat sie sich aufs Buffet gestürzt und danach jede Speise einzeln auseinandergenommen.« Myrna äffte ihren zänkischen Tonfall nach. »*Der Pudding ist zu trocken, die Pie ist zu hart und der Eintopf zu kalt.* Du kannst dir das Gezeter in etwa vorstellen.«

»Und wie!« Sie lachten zu dritt, ehe Thea ernster wurde. »Viel Spaß bei deinem Treffen mit Milton. Wir feiern hier noch ein wenig, wenn es dir nichts ausmacht.«

»Nein, macht nur. Ich bin froh genug, dass auch du wieder unter Leute gehst. Oakley scheint dir gutzutun.«

Thea verdrehte die Augen und schob sie mit einem Grinsen vor die Tür. »Ich erwarte dich nicht vor morgen früh zurück. Hab Spaß und denk nicht immer so viel nach.«

***

Myrna beschleunigte ihre Schritte nach Hause. Es war ein Katzensprung vom Café zum Chamberling-Haus, aber der Wind frischte auf. Sie machte sich Sorgen, dass es gleich wieder regnete.

Als sie eine schattenhafte Gestalt im Vorgarten sah, dachte sie zunächst, dass Jolene schon wieder bei ihnen herumschlich. Seit sie die geheime Tür hinter dem verschiebbaren Regal fest verschlossen und nur zwei Schlüssel an Thea und sie verteilt hatten, war zum Glück Ruhe eingekehrt.

Myrna kam näher und atmete auf. Es war nicht Jolene, sondern Milton, der bereits auf sie wartete.

»Tut mir leid, aber ich konnte nicht länger still sitzen. Wow, du siehst toll aus!« Sein Blick blieb an der Kette um ihren Hals hängen. »Der Schmuck betont deine grauen Augen. Wie schön, dass du ihn trägst.«

Ehe Myrna sich's versah, zog er sie in seine Arme. »Alles Liebe zum Geburtstag. Ich hoffe, dass ich jetzt keinen Tritt in die Weichteile kassiere.«

Er grinste schief und erinnerte sie schlagartig an Hank. Myrna schüttelte die Erinnerung ab und konzentrierte sich ganz auf den Mann vor sich. Sie hatte sich seltsamerweise lange nicht so wohlgefühlt. Sein herber Duft stieg ihr in die Nase und liebkoste ihre Sinne.

Myrna befreite sich aus seinem Griff und ging auf Abstand. Immerhin kannten sie sich kaum. »Wollen wir dann los? Ich bin schon ganz gespannt, wohin du mich *entführst*.«

»Sehr gern. Wir sollten aber noch einmal über deine Wortwahl reden.«

Myrna lächelte endlich wieder. Selbst wenn Milton bloß ein reicher Macho war, so brachte er sie wenigstens zum Lachen. Etwas, das Hank immer geschafft hatte. Erneut wanderten die Gedanken zu ihm. Sie vermisste Hank furchtbar, doch das Leben ging auch ohne ihn weiter.

Milton öffnete ihr die Beifahrertür eines teuren Sportwagens und setzte sich dann elegant hinters Steuer. Bis nach Preston waren es zweiunddreißig Meilen, also gut fünfzig Minuten, in denen sie sich unterhalten konnten.

Myrnas Befürchtung, das Gespräch könnte versiegen, bewahrheitete sich zum Glück nicht. Sie plauderten munter, als würden sie sich schon eine Weile kennen.

Manchmal erwischte sie sich dabei, dass sie Milton von der Seite her musterte. Sein Profil war attraktiv, das dunkle Haar wieder gegelt und sein Kinn frisch rasiert. Ein Frauenmagnet, würde man meinen. Wieso wollte er unbedingt mit Myrna ausgehen? Ein Traumtyp wie Milton Langley konnte wahrscheinlich jede Frau haben. Sofort kamen ihre Zweifel zurück.

Als Milton ihren Blick bemerkte, legte er seine Hand wie selbstverständlich auf ihre. Nicht auf ihr Bein oder in ihren Nacken, nur auf Myrnas Finger. Er gab ihr damit die nötige Kraft, ohne aufdringlich zu sein. Sofort fühlte sie sich ehrlich begehrt und nicht bloß benutzt.

Myrna hatte das Gefühl, dass dieser Abend wunderschön wurde. Nichts und niemand würde ihr das Essen mit Milton verderben, schwor sie sich.

***

Thea saß eine Weile vor dem hellen Monitor und überlegte, was sie ihren Followern auf ›Churchyard Crimes‹ mitteilen sollte. Ihre Konkurrenz war längst auf einen Podcast umgestiegen, doch sie selbst blieb bei einem Blog, der besser zu ihr und ihrem Leben passte.

Ihre Finger schwebten über den Tasten, aber bis auf ein paar alte Fälle hatte sie in letzter Zeit nichts herausgekramt. Leider durfte sie das Geheimnis der Tunnel noch nicht preisgeben. Sie hatte es Callan versprochen. Erst wenn sie das Geheimnis gelöst hatten, würde sie darüber berichten.

Plötzlich meldete sich ›Wookieeboy‹, der ›UFO-Spinner‹, wie sie ihn insgeheim nannte, zu Wort:

Sie haben dich mundtot gemacht, oder? Wir wussten es immer. Dieser Regierung kann man nicht trauen. Kaum geht man an die Öffentlichkeit …

Thea las nicht weiter, was er dieses Mal für einen Unsinn von sich gab, und teilte stattdessen eine andere Theorie zum Fall der unbekannten Isdal-Frau mit ihren Abonnenten. Dann schlug sie frustriert den Laptop zu.

Das Gespräch mit Reverend Hughing hatte ihr wieder Lust auf die alte Geschichte gemacht, auch wenn sie nichts Neues darstellte. Leute wie ›Wookieeboy‹ und ›Peach92‹ würden sich nicht lange damit zufriedengeben, alte Kriminalfälle aufzuwärmen. Immerhin hatte Thea erst im letzten Frühjahr ihre Seite von ›Theas Kriminblog‹ in ›Churchyard Crimes‹ umbenannt und den Schwerpunkt auf Verbrechen in ihrer Nachbarschaft gelegt.

Ein Knacken im Garten ließ sie hochschrecken. *Was war das?* Sie schnappte sich Taschenlampe und Handy und verließ das Haus durch die Hintertür. Dunkelheit und viel Gestrüpp erwarteten sie. Bis sich Callan, Myrna und sie um den Garten kümmern konnten, vergingen wahrscheinlich Jahre.

»Wenn du das bist, Jolene, dann verschwinde endlich! Hier gibt es nichts zu holen, auch keinen Goldschatz!«, rief sie, als es erneut hinter den Dornensträuchern krachte. »Das hat sich deine Familie ausgedacht! Wir haben nichts gefunden!«

In Wahrheit hatten die drei nicht mehr danach gesucht. Sie waren viel zu beschäftigt mit ihrer Renovierung gewesen, um sich in die Tiefen der Tunnel aufzumachen. Zudem wollte Myrna zunächst die Rechtslage abklären, bevor sie das Labyrinth ausführlich erkundeten. Da sie derzeit genug mit ihren Männergeschichten zu tun hatte, zog sich das Vorhaben in die Länge.

Thea wartete immer noch auf eine Antwort aus dem Gebüsch. Sie vermutete die typische Schimpftirade, die jedoch nicht folgte. Thea schluckte. Sie blieb in der Nähe der Tür stehen, um notfalls ins Haus zu flüchten.

Als sie einen großen Schatten sah, der sich vom Grundstück entfernte und Richtung Straße lief, folgte sie ihm aus einem Impuls heraus. Sicher war es dumm, ohne Myrna einen Verdächtigen zu verfolgen, aber Theas Wut auf den Unbekannten, der es wagte, sich in ihrem Garten herumzutreiben, war zu groß, um sich jetzt noch zu stoppen.

»Halt! Sofort stehen bleiben!«, schrie sie unnötigerweise.

Natürlich hetzte der Fremde weiter und beachtete ihre Rufe nicht. Er verschwand hinter der Friedhofsmauer. Dort war es zu dieser Zeit stockdunkel, weshalb Thea die Taschenlampe anschaltete und sich den Weg leuchtete.

Der Schatten tauchte nicht noch einmal auf. Stattdessen rannte sie beinahe in den alten Pfarrer hinein.

»Nanu, wo kommen Sie denn auf einmal her?«, fragte er erstaunt. »Ich dachte, Sie feiern noch mit Ihren Freunden.«

Sein Lächeln wirkte echt, aber Thea war sich sicher, dass er mehr über den Stalker wusste.

»Gerade war ein Mann in meinem Garten. Wahrscheinlich ein Perverser.«

»Hier in Pendle?« Er lachte auf. »Aber selbst in kleinen Gemeinden passiert Ungeheuerliches, wie wir inzwischen wissen. Möchten Sie den Abendspaziergang zum Pendle Hill mit mir gemeinsam machen?« Er breitete seinen Arm aus. »Ich freue mich über etwas Gesellschaft.«

Theas Blick wanderte zum Pfarrhaus. Hatte sich die Tür nicht eben noch bewegt?

»Nein, danke. Ich muss noch ein paar Dinge im Haus erledigen, ehe ich schlafen gehe. Viel Spaß bei Ihrem Spaziergang.«

»Wie Sie meinen. Bis morgen in alter Frische, Alethea.«

»Bis morgen, Reverend. Schlafen Sie gut.«

Sie tat, als würde sie umkehren, versteckte sich aber hinter der alten, moosbewachsenen Mauer. Nun war sie es, die ihren Nachbarn ausspionierte.

Statt zum Pendle Hill aufzubrechen, machte der Pfarrer auf dem Absatz kehrt und ging wieder ins Pfarrhaus.

Irgendwann werde ich hinter dein Geheimnis kommen, alter Mann, versprach sie mit einem grimmigen Lächeln auf den Lippen.

***

Milton ließ Myrna vorangehen, die aus dem Staunen gar nicht mehr herauskam. Über ihr glitzerten Kronleuchter, und ihre Zehen versanken in einem weinroten Teppich. Am liebsten hätte Myrna sich die Sandaletten ausgezogen und wäre barfuß darüber spaziert. Dieses schillernde Ambiente hätte sie nach dem ersten, eher gemütlichen Eindruck der Fassade nicht erwartet. Angenehme Klassikklänge drangen aus den Lautsprechern, und leises Gemurmel an den Tischen erfüllte den Saal. Ab und zu hörte man den hellen Ton von Gläsern erklingen oder das glückliche Lachen einer Frau. Myrna erschnupperte dieses Mal kein Fleisch, sondern besondere Gewürze, die sie nicht zuordnen konnte. Alles an diesem Ort war faszinierend und machte sie neugierig auf mehr.

»Wow, das ›Hungry Eyes‹ ist wirklich beeindruckend!«

»Habe ich dir zu viel versprochen?«

»Ich fühle mich underdressed«, sagte sie und zupfte verlegen an ihrem Cocktailkleid, während die anderen Gäste in dem voll besetzten Restaurant lange Abendkleider und schicke Anzüge trugen.

»Rede dir nichts ein. Sie werden neidisch auf mich sein, weil ich heute Abend mit dir essen darf.«

Sie meldeten sich an und wurden an ihren Tisch geführt. Myrna spürte die neugierigen Blicke der Gäste und versuchte, sich nichts anmerken zu lassen.

»Kommst du häufiger hierher?«

Milton lächelte wissend. »Falls du hören möchtest, ob ich mit anderen Frauen schon hier gewesen bin, lautet die Antwort Nein. Dieses Lokal ist seit seiner Eröffnung der letzte Schrei wegen seiner exquisiten Gerichte, aber ich habe einfach nie die Zeit gefunden, herzukommen.«

Sie bestellten Getränke und warfen einen Blick in die Karte. Als Myrna die Preise sah, verflüchtigte sich ihr Lächeln. Sie beugte sich leicht über den Tisch mit der schneeweißen Decke und dem blank geputzten Besteck. »Bist du dir sicher, dass wir keinen Burger nebenan essen sollten? Du hast mich mit der Kette schon genug beeindruckt. Ich möchte dir nicht auf der Tasche liegen.«

Milton lächelte selig. »Keine Sorge. Aufgrund eines Deals meiner Firma konnte ich im letzten Jahr mehr als genug sparen. Bestell dir, was immer du willst, und halte dich bitte nicht zurück. Du bist heute Abend mein Gast. Immerhin hast du Geburtstag. Da wäre es doch eine Schande, wenn du dein Essen selbst bezahlen müsstest, oder?«

Myrna legte die Karte beiseite. Sie hatte bereits gewählt. »Was machst du eigentlich beruflich? Du hast nie davon erzählt.«

Wieder grinste er. »Wird das hier ein Verhör oder eine Unterhaltung unter Freunden?«

»Das kommt ganz auf dich an. Ein wenig von beidem.« Sie nahm den Blickkontakt mutig auf. Myrna war endlich wieder sie selbst, und daran war Milton nicht ganz unschuldig.

Sie stießen mit edlem Rotwein auf ihren Geburtstag an und verfielen in Small Talk. Der Tropfen schmeckte herrlich. Wahrscheinlich würde sich Myrna keine einzige Kiste davon leisten können.

»Ich bin leitender Geschäftsführer einer europaweiten Warenhauskette. Wir sind allerdings mehr in Italien und Frankreich vertreten als hier auf der Insel.«

»Das klingt interessant. Und wie kamst du dazu?«

Ein seltsamer Ausdruck trat in seine Augen. »Wieso reden wir nicht lieber über dich? Heute ist *dein* Tag, Evans. Außerdem ist deine Geschichte sicherlich spannender als meine von einem großen Erbe und einer Familienfirma, in die ich hineingeboren wurde. Warum bist du Polizistin geworden?«

Als die Kellnerin ihre Essensbestellung aufnahm, bemerkte Myrna den interessierten Blick, mit dem sie ihre Begleitung betrachtete. Milton sorgte für Aufsehen. Dass sich aber auch alle anderen Tische, darunter viele Männer, zu ihm umdrehten, wunderte sie nun doch.

»Bist du zufällig auch noch ein Promi?«, zischte sie ihm zu.

»Nein, wieso?«

»Bemerkst du das denn nicht? Sie starren dich an, verdrehen ihre Hälse und tuscheln.«

Milton sah sich im Saal um. »Das bildest du dir ein. Vielleicht schauen sie auch dich an.«

Myrna beobachtete aus alter Gewohnheit die Gäste und Angestellten. Alle schienen seltsam nervös zu sein. Sie konzentrierten sich kaum auf ihr Essen, das vor ihrer Nase stand und kalt wurde.

Dann ging ihr ein Licht auf. Sie verfolgte die Blickrichtungen. »Sie sehen gar nicht zu unserem Tisch, sondern zu dem in deinem Rücken. Vielleicht sitzt dort irgendeine Fernsehgröße.«

Myrna kannte den fülligen Mann am Nebentisch nicht. Sein Schnauzbart wackelte, wenn er kaute. Immer wieder griff er zum Wasserglas, spülte durch und verzog das Gesicht nach einem neuen Happen. Er aß ungemein hektisch und runzelte mehrmals die Stirn. In Begleitung war er nicht, füllte den Tisch dafür aber mit Tellern aus. Myrna staunte nicht schlecht, als sie sah, dass er sich gleich mehrere Vorspeisen bestellt hatte. Dazu gab es unterschiedliche Weine und das Wasser.

Milton schüttelte den Kopf. »Sagt mir nichts. Aber ich schaue nicht viel Fernsehen und gehe selten ins Kino. Vielleicht ist er auch ein Musiker.« Er erhob sich. »Ich nutze die Zeit, bis das Essen kommt, und suche die Waschräume auf. Du entschuldigst mich?«

»Aber natürlich. Geh nur. Soll ich uns Wein nachbestellen?«

»Sehr gern.«

Milton verschwand, woraufhin Myrna nun ohne gestörtes Sichtfeld den Mann beobachten konnte. *Sieht mir weder nach Musiker noch nach Filmstar aus*, überlegte sie. *Vielleicht einer dieser piekfeinen Designer. Nein, dafür benimmt er sich nicht vornehm genug.* Er schmatzte und kleckerte auf sein Hemd, das sich über seinem Wohlstandsbauch wölbte. *Nein, dieser Typ steht nicht in der Öffentlichkeit. Zumindest nicht immer. Es ist ihm offenbar egal, was andere von ihm halten. Er ist wahrscheinlich hochnäsig.*

Myrnas Verdacht bestätigte sich, als er den Kellner anbrüllte, der ihm den Hauptgang – wieder mehrere Teller auf einmal – servierte: »Na endlich, das wurde aber auch Zeit! Meine ist kostbar. Schreib dir das hinter die Ohren.« Er machte eine wegwischende Geste.

Dieser Mann war Myrna sofort unsympathisch. Erst jetzt bemerkte sie, dass ihr Essen noch immer nicht gekommen war. Sie winkte nach der Kellnerin, die für ihren Tisch zuständig war, und fragte nach.

»Entschuldigen Sie bitte vielmals, aber heute ist ein Ausnahmezustand. Ich bringe Ihr Essen sofort. Möchten Sie dazu noch einmal Wein?«

Ein Ausnahmezustand? Wegen des Mannes am Nebentisch?

»Ja, bitte noch einmal den von gerade.«

»Sehr wohl.«

Myrna heftete ihren Blick weiter auf den besonderen Gast. Eine schlanke Blondine Ende zwanzig erregte ihre Aufmerksamkeit. Sie trug ein roséfarbenes Kleid und knallroten Lippenstift und stellte sich zwischen sie und den Herrn am Nebentisch. Die beiden unterhielten sich leise. Myrna strengte sich an, aber wegen der Nebengeräusche und der Musik aus den Lautsprechern konnte sie nichts verstehen.

Plötzlich schmiss er sein Besteck auf den Teller und warf mit der Serviette nach ihr. »Komm mir ja nicht mehr unter die Augen! Dass ich so etwas erleben muss, ist eine Schande!«

Mit hochrotem Kopf verschwand sie auf der Toilette, durch deren Tür Milton in diesem Moment kam. Er musste ihr ausweichen, um nicht umgerannt zu werden.

Myrna atmete auf. Sie hätte keine Sekunde länger den Blick auf diesem unappetitlichen Kerl lassen können, der auch jetzt wieder schmatzte und grunzte wie ein Schwein, das seine Nase in den Trog gesteckt hatte.

Milton beugte sich vor und raunte: »Tut mir leid, dass ich so lange weg war, aber ich habe mich vorher ein wenig mit den Angestellten unterhalten und herausgefunden, wer das da ist.«

»Spann mich bitte nicht auf die Folter. Nicht an meinem Geburtstag.« Es konnte Myrna kaum auf ihrem Stuhl halten. Nun war sie fast so neugierig, wie es sonst Thea war.

Milton warf einen kurzen Blick zurück, aber der andere war viel zu sehr mit seinem Essen beschäftigt, als das Gespräch zu belauschen.

»Das ist Sean Dougan, ein sehr berühmter Restaurantkritiker. In der Szene ist er bekannt, und er soll auch irgendeine Fernsehsendung haben.«

»Ach, deshalb missachtet man die anderen Gäste also. Die Betreiber haben wohl Angst vor diesem Wichtigtuer hinter dir. Du hättest sehen sollen, wie er sich benommen hat.«

»Ein Mr Dougan darf das offenbar.« Er zuckte mit den Schultern. »Aber davon lassen wir uns nicht die Suppe versalzen, einverstanden? Ich möchte den Abend mit dir genießen.«

Milton legte seine Hand wieder auf ihre und streichelte liebevoll Myrnas Finger. Hanks Gesicht blitzte kurz vor ihrem geistigen Auge auf, verschwand dann aber so schnell, wie es aufgetaucht war.

»Das werden wir.« Sie erwiderte sein Lächeln und die Geste.

Ein Husten und Würgen in Miltons Rücken ließ sie aufhorchen. Vielleicht hatte sich Dougan endlich an seinem Essen verschluckt! Myrna wischte solche Gedanken sofort beiseite. Das war mehr Theas Art. Sie selbst kannte sich erst seit ihrem Reinfall mit Hank derart missgünstig. *Ganz ruhig, du bist immer noch du, auch wenn du jetzt im Chamberling-Anwesen wohnst*, sagte sie sich.

Eine Frau kreischte plötzlich spitz, und ein Stuhl kippte um. Im Saal brach Hektik aus.

»Was ist denn los?«, fragte sie besorgt.

Milton drehte sich um, und auch Myrna folgte den Blicken der anderen. Sean Dougan lag auf dem Boden und rührte sich nicht. Seine weit aufgerissenen, blutunterlaufenen Augen sprachen Bände, und die Adern an seinem Hals traten deutlich hervor.

»O mein Gott«, hauchte Milton entsetzt. »Was ist mit ihm?«

Myrna war die Erste, die sich zu Dougan herunterbeugte und seinen Puls suchte. Sie fand ihn nicht.

»Ich glaube, er ist tot«, sagte sie apathisch. *Nicht schon wieder.* Instinktiv griff Myrna zum Telefon und wählte die Nummer, die auf der Kurzwahlliste ganz oben stand. »Thea? Ich glaube, ich habe ein böses Déjà-vu.«

5. Kapitel

Jolene wich zurück und stieß beinahe gegen eine teure Vase, die vermutlich alt und unbezahlbar war, wenn sie an die gepfefferten Preise in der Speisekarte zurückdachte. Selbst für ein Glas Leitungswasser bezahlte sie hier so viel wie für ein ganzes Mittagsessen im ›Hills Inn‹.

Vorsichtig griff sie sich ihren Gehstock und wartete auf einen passenden Augenblick, der unangenehmen Situation zu entkommen. Niemand sollte sie mit einer Leiche in Verbindung bringen. Sie schlich gerade noch rechtzeitig durch den Hinterausgang, ehe sie das gesamte Restaurant abriegelten und niemanden mehr hinein- oder hinausließen.

Die Polizei traf just in diesem Moment ein, um den Tod dieses fetten Kerls von Tisch sieben zu untersuchen. Und wer war natürlich wieder einmal vor Ort gewesen, als es einen Toten gegeben hatte? Myrna Evans! Das Biest, das lieber zu der kleinen Shaw gezogen war, anstatt in Jolenes hübscher Pension zu bleiben. Sie würde sich noch früh genug umsehen. Wer zuletzt lacht ...

Jolene wollte auf ein Verhör von dieser vermaledeiten Evans verzichten und wich nun auch den herumeilenden Polizeibeamten aus, die wie ein Schwarm Wespen über das Lokal herfielen.

Sie humpelte, auf ihren Stock gestützt, zum nächsten Taxistand, an dem mehrere schwarze Autos warteten.

»Nach Pendle. Es ist eilig, also beeilen Sie sich gefälligst.«

Lucretia würde Augen machen, wenn sie ihr von ihrem aufregenden Abend im ›Hungry Eyes‹ erzählte!

***

Thea machte sich sofort auf den Weg nach Preston. Als sie von dem neuen Fall gehört hatte, war sie Feuer und Flamme gewesen. Vielleicht ergab sich daraus endlich wieder ein spannender Beitrag für ›Churchyard Crimes‹, ehe ihr die Follower absprangen.

Als sie ankam, wollte man sie nicht durchlassen.

»Ich ermittle in diesem Fall«, behauptete sie.

»Bitte weitergehen. Hier gibt es nichts zu sehen«, antwortete ein großer Polizist in Uniform so monoton, als hätte er diesen Satz heute schon ein paarmal aufgesagt. Er sah Thea nicht einmal an.

Sie suchte bereits nach einer Lücke, als sie Myrnas Stimme hörte: »Sie gehört zu mir. Lassen Sie sie bitte durch.«

»Darf ich dir wieder assistieren wie damals in Pendle?«

»Mit dem kleinen Unterschied, dass du dich dieses Mal an meine Anweisungen hältst.« Sie hörte das Schmunzeln in ihrer Stimme.

»Wieso hast du mich gerufen? Wo ist Harrison?«

»In Pendle, hoffe ich. Ich hole ihn nicht von seinem Posten, solange alles unter Kontrolle ist.«

»Und was ist meine Aufgabe?«

»Beobachten und mitteilen«, sagte Myrna knapp. »Mehr erst einmal nicht.«

Thea kniff die Augen zusammen und fixierte ihre Freundin. »Und wieso bin ich *wirklich* hier?«

Myrna seufzte geschlagen. »Ich habe die Befürchtung, dass mich die Menschen meiden und nicht wahrheitsgemäß oder eher gar nicht antworten. Immerhin bin ich ein Cop. Das schreckt viele ab. Und ich war heute hier, was mich sogar zur Verdächtigen macht. Keine gute Ausgangslage. Sie machen aus Angst wahrscheinlich dicht. Andere wiederum reden so viel, dass man sie nicht ernst nehmen kann. Ich möchte, dass du dich unter die Gäste mischst und dich ganz zwanglos mit ihnen unterhältst, als wärst du heute Abend selbst hier gewesen. Keine Sorge, sie dürften dich nicht kennen.«

»Ohne Kleid und Vogelnest auf dem Kopf kaufen die mir das nie ab.«

»Dann bist du eben eine Angestellte aus dem Hintergrund. Ganz egal. Sie müssen Vertrauen fassen. Ich denke, das schaffst du spielend. Du sprichst nämlich nicht wie eine Ermittlerin und siehst auch nicht danach aus.« Sie zückte ihren Block und tat so, als würde sie Thea befragen.

»Erzählst du mir, was hier vorgefallen ist?«

Myrna fasste den Abend in knappen Sätzen zusammen und malte währenddessen ein Haus vom Nikolaus auf das Papier. »Ich brauche dich und deine unkonventionelle Art der Befragung. Aber mach es bitte schlau, nicht mit dem Vorschlaghammer. Du verstehst.«

»Ich bin die Konvention in Person«, erwiderte Thea und reckte ihr Kinn trotzig.

Myrna lachte nicht, aber an ihrem zuckenden Mundwinkel erkannte Thea, dass sie sich zusammenriss.

Am liebsten hätte sie Myrna in den Arm genommen, weil dieses Date ebenso schiefgelaufen war wie das letzte, hielt sich aber zurück. Nicht hier und nicht jetzt. Sie hatte eine Aufgabe.

Thea mischte sich daraufhin, wie aufgetragen, unter die Gäste.

***

Als das Taxi vor ihrem Haus in Pendle hielt, sah Jolene bereits Lucretias roten Schopf an der Tür nebenan. Ihre Nachbarin wartete offenbar auf sie.

Jolene bezahlte den Fahrer, ohne ihm Trinkgeld zu geben, woraufhin sie sich ein Schnauben gefallen lassen musste, aber die Fahrt war ohnehin überteuert gewesen. Wieso also noch belohnen, dass er mehrere Umwege gefahren war, um sie auszunehmen?

»Ich dachte, du wärst Oakley«, meinte Lucretia beinahe enttäuscht.

»Falsch gedacht. Wie war die Feier? Kann ja nicht lange gelaufen sein. Immerhin ist das Geburtstagskind früh gegangen.«

Lucretia kniff die ohnehin schon kleinen Augen zusammen. »Woher weißt du das? Ich habe dir doch noch gar nichts erzählt.«

Jolene fühlte sich wieder erhaben. Sie freute sich immer, wenn sie mehr Hintergrundwissen hatte als andere. »Tja, meine Liebe, da bin ich dir wohl einen Schritt voraus.«

Lucretia rollte mit den Augen. »Du schon wieder. Komm rein und berichte lieber.« Sie machte Platz, damit Jolene mit ihrem Gehstock durchkam.

»Kommt dein Neffe nicht bald heim?«

Lucretias Gesicht wurde starr. »Der übernachtet heute sicher wieder bei *ihr*.« Lucretia war also immer noch wütend wegen Oakleys Verbindung zu dieser Erbschleicherin namens Shaw.

»Ich habe eine Geschichte parat, die dich sicher ablenkt.«

»Danke.«

Lucretia verstand nicht, dass Jolene sich bloß unersetzbar machen wollte. Ihre Nachbarin war immer schon ein bisschen naiv gewesen und auf die einfachsten Tricks hereingefallen. Der perfekte Lakai.

Jolene nahm in einem breiten Sessel Platz. Lucretia stellte ihr ungefragt eine dampfende Tasse Tee vor die Nase, bevor sie sich daneben setzte. Ihr wäre eher nach einem heißen Kakao gewesen.

»Du weißt doch, dass ich ein Preisausschreiben gewonnen habe.«

»Das aus dieser Zeitschrift, ja.« Lucretia nickte eifrig und rührte in ihrer Tasse. »Was war es doch gleich?«

»Ein Essen in diesem Nobelrestaurant in Preston. Jedenfalls war ich heute Abend dort, um mir kostenlos den Bauch vollzuschlagen.« Sie rieb sich darüber und erinnerte sich an das köstliche Menü, für das andere sicher ein Vermögen ausgaben.

»Du wolltest mich also nicht mitnehmen?«

»Ich habe nur den Platz für eine Person gewonnen«, erwiderte Jolene schnell. »Jedenfalls ist heute einer vom Stuhl gerutscht.«

»Vom Stuhl gerutscht?«

Jolene seufzte. »Dir muss man wirklich alles erklären, Lu. Es ist einer gestorben, und zwar direkt vor meinen Augen.«

Lucretia wippte aufgeregt vor und zurück. Sie erinnerte Jolene an ein nervöses Kind. »Und weiter? Kennen wir ihn?«

»Nicht, dass ich wüsste. Aber weißt du, wer noch vor Ort war?«

»Nein, sag schon!«

»Keine Geringere als Myrna Evans, unser Inspector. Sie hat sich dort mit jemandem getroffen, glaube ich. Direkt an ihrem Nebentisch gab es den Toten.«

»Und war es Mord? Hat sie etwas damit zu tun? Nun lass dir nicht alles aus der Nase ziehen, Jojo!« Lucretias Tonfall wurde drängend.

Jolene hatte nicht vor, sie zu erlösen. »Nenn mich nicht so! Das macht dein Neffe jedes Mal, wenn er mich verärgern will.«

»Entschuldige. Nun sag endlich, was du gesehen hast!«

Jolene trank erst von ihrem Tee, ehe sie ihr haarklein von ihrem Abend berichtete und kein Detail ausließ. Sie dichtete sogar noch ein paar Dinge hinzu, damit es dramatischer wurde.

»Und aus seinen Augen spritzte wirklich Blut? Das ist widerwärtig.« Lucretia verzog das Gesicht. »Bestimmt hat diese Evans was damit zu tun. Sie hat sich absichtlich früher von ihrer eigenen Party weggeschlichen. Vielleicht sollen wir ihr später ein Alibi geben.«

»Wir werden sehen. Ich bin jedenfalls weg gewesen, ehe ich befragt werden konnte.«

Lucretia riss die Augen auf. »Hast du dich dadurch nicht verdächtig gemacht?«

Jolene zuckte mit den Schultern. »Wenn es überhaupt ein Mord war. Sicher hat sich dieser Kerl bloß überfressen und ist innerlich geplatzt. Du hättest sehen sollen, was der alles bestellt hat. Ein Herzinfarkt wäre auch möglich, so fett wie er war. Lass uns über etwas anderes reden.«

Lucretia schenkte Tee nach, obwohl Jolene den Kopf schüttelte. »Über was möchtest du sprechen?«

Verschwörerisch beugte Jolene sich vor. »Das weißt du genau. Es sind jetzt ein paar Wochen vergangen, seit unserem kleinen Abstecher in die Tunnel. Wir sollten den nächsten Vorstoß wagen.«

Sofort verschloss sich ihr Gegenüber. »Bist du wahnsinnig geworden? Noch einmal da runter? Nicht mit mir!«

»Dann wird sich jemand anderes den Schatz schnappen und damit verschwinden. Auch wenn du deine Schulden losgeworden bist, heißt das nicht, dass du auf den Reichtum verzichten kannst, Lu. Ich kenne dich und deine gierige Ader.«

Sie entlockte der anderen ein schiefes Lächeln, ehe sie wieder den Kopf schüttelte und ihren Blick senkte. »Ich kann nicht. Wir sind mit einem blauen Auge davongekommen. Noch einmal sollten wir das Schicksal nicht herausfordern.«

»Was ist mit Oakley und deinem Sergeant? Wir sind schon lange nicht mehr die Einzigen, die davon wissen. Sie alle könnten uns zuvorkommen. Willst du, dass dein Neffe das Gold für sich und Alethea Shaw beansprucht?«

Lucretia hielt den Kopf gesenkt. »Ward hat mir das Versprechen abgerungen, nicht mehr runterzugehen«, berichtete sie vergrämt. Die Falten in ihrem runzeligen Gesicht verstärkten sich. Nun ähnelte sie einer traurigen Rosine. »Und Oakley möchte von dem ganzen Thema nichts hören. Ich denke nicht, dass er der Sache nachgeht. Er glaubt, wir spinnen.«

»Du hast den beiden doch wohl nicht von dem Schatz erzählt, oder?« Jolene krallte ihre Hände fester um die heiße Teetasse.

»Bin ich denn verrückt geworden?« *Ja, manchmal bist du auch das, aber meistens nur schwach.* »Natürlich nicht!«

Jolene war beruhigt. »Callan hat es den beiden Weibern sicher brühwarm erzählt. Es wird nicht mehr lange dauern, bis sie als Team dort runtergehen und die Tunnel durchsuchen. Wir sollten schneller sein.«

Lucretia sprang erstaunlich flink auf und ballte die Fäuste. »Hast du denn gar nichts aus dem letzten Mal gelernt? Wir wären da unten fast verdurstet, wenn Callan und die anderen nicht gewesen wären!«

Jolene drückte sie zurück auf den Stuhl. »Wir werden uns das nächste Mal eben besser vorbereiten.«

»Und was machen wir mit dem Geist?«

Jolene hatte geahnt, dass sie irgendwann auf den unheimlichen Mann mit der Laterne zu sprechen kam.

Wenn sie daran dachte, lief ihr ein Schauer über den Rücken.

»Wir könnten auch ihm auf die Schliche kommen. Fragst du dich denn gar nicht, ob wir fantasiert haben?«

Lucretia war nicht überzeugt. Sie bekreuzigte sich sogar, obwohl sie in Reverend Hughings Sonntagsmesse gemeinhin fehlte. *Diese Heuchlerin!* »Wir wissen beide, wer das war. Wir haben ihn glasklar gesehen.«

»Und trotzdem kann das nicht sein, oder ist dir nicht bewusst, dass Nathan Shaw längst unter der Erde liegt? Jemand hat uns einen Streich gespielt, um uns von dem Schatz fernzuhalten.«

Lucretias Augen wurden groß. »Du meinst, das war alles ein Spiel? Dass er uns in die Irre geführt hat, um uns einzuschüchtern, damit wir es nicht noch einmal versuchen?«

Jolene hätte am liebsten gestöhnt, so genervt war sie. Man musste Lu auch wirklich alles erklären! Die Hellste war sie definitiv nicht. »Natürlich. Wieso sollte jemand sonst sein Unwesen da unten treiben und uns verjagen? Wir gehen noch einmal runter, dieses Mal mit einem Plan und genug Ausrüstung.«

Lucretia schluckte fest. »Das gefällt mir ganz und gar nicht, Jolene. Was, wenn Ward oder Alethea dahinterkommen?«

»Wenn es sich beim Todesfall im ›Hungry Eyes‹ wirklich um Mord handelt, sind die zwei Schnüfflerinnen und auch der Sergeant gut beschäftigt. Das nutzen wir aus.«

»Ich möchte eigentlich keinen Ärger mehr machen«, sagte Lucretia kleinlaut.

»Seit wann denkst du darüber nach, was andere von dir halten?« Jolene echauffierte sich richtig. Sie wies auf Lucretias Haar. »Was die Leute über deine gewagte Igelfrisur denken, war dir doch auch egal.«

»Na, hör mal!«, rief diese und wurde wieder zu einer Rosine, dieses Mal zu einer wütenden. »Das ist der letzte Schrei in der Stadt.« Sie rümpfte beleidigt die Nase.

»Ja, in der Stadt, aber hier sind wir auf dem Land. Überleg mal.«

Jolene trank in aller Ruhe aus und wartete auf die Entscheidung ihrer Nachbarin.

Lucretia ahnte ja nicht, was für sie daran hing, noch einmal in die Tunnel zu gehen. Sie musste diese Kammer unbedingt finden, von der ihr Vater gesprochen hatte. Anders würde sie den Ruf ihrer Familie nicht retten können. Sie hatte ihm ein Versprechen gegeben, bevor er von ihnen gegangen war. Jolene würde sich daran halten, selbst wenn man sie dafür verteufelte und ihre Taten nicht nachvollziehen konnte.

Lucretia sah auf und bannte sie mit ihrem Blick. Sie meinte es ernst, als sie sagte: »Es gibt eine Person, die von dem Schatz weiß. Wir sollten ihn einweihen, sonst endet das wieder im Chaos.«

»Du sprichst von diesem irischen Teenager? Muss das denn sein?«

»Er hat uns das Leben gerettet, Jolene. Wir können ihm vertrauen. Er hätte uns damals auch einfach uns selbst überlassen können.«

Zum ersten Mal überzeugte sie sie. Jolene atmete hörbar aus. »Wenn es sein muss, dann weihen wir ihn ein. Aber er rennt garantiert direkt zu Shaw und Evans.«

Lucretia lächelte verschmitzt. »Das glaube ich nicht, nachdem sie ihm verboten haben, noch einmal in die Tunnel zu gehen. Sie behandeln ihn wie ein Kind, und das hasst er.«

Nun war es an Jolene, nachzugeben. Sie erklärte sich einverstanden, auch wenn es ihr nicht behagte, schon wieder mit diesem vorlauten Besserwisser zu tun zu bekommen. Aber wenigstens hatte er ihnen die Geschichte von einem Klosterschatz, der sich in den Tiefen unter dem Haus befand, geglaubt. Einen Versuch war es wert.

***

Thea streifte durch die Gästeschar vom ›Hungry Eyes‹. Sie suchte sich eine unscheinbare Frau Ende zwanzig heraus, die ganz allein abseits der Menge stand und sich unwohl den bleichen Arm rieb. Die Fremde hatte keinen Begleiter, was Thea wunderte. Ging man nicht normalerweise zu zweit in ein Restaurant dieser Preisklasse?

Sie stellte sich unauffällig neben die Frau und raunte: »Ganz schön was los, oder?«

Die andere erschrak. Ihre glatten hellen Haare rutschten dabei über die schmalen Schultern. Sie war zierlich, beinahe dürr, und ihr Gesicht sah eingefallen aus. Thea erkannte, dass sie die Schatten unter ihren Augen mit Make-up hatte verstecken wollen.

»Wie konnte das nur passieren?«, hauchte sie ehrlich bestürzt. »Gerade eben saß er doch noch da und hat gegessen.«

»So etwas wie heute erlebt man nicht alle Tage. Ich bin übrigens Thea und arbeite in der Küche.«

»Sie klingen beinahe begeistert«, erwiderte sie fassungslos und wurde noch ein Stück bleicher.

»Ich nehme die Dinge, wie sie kommen. Und der Tod gehört zum Leben dazu.« Sie verriet ihr besser nicht, dass sie in Wahrheit auf dem Friedhof arbeitete. Am besten gab sie selbst so wenige Informationen wie möglich preis.

»Nicht, wie es hier passiert ist.« Sie machte eine Pause und sah Thea dann wieder an. »Ich bin Kate, Kate Harper. Da geht man ein Mal schick essen, und dann so etwas!«

»Wo war Ihr Platz? Was haben Sie alles gesehen?«

Kate deutete auf einen Tisch an der Seite, von dem man einen guten Blick auf den Platz des Toten hatte. »Man spricht zwar nicht böse über Verstorbene, aber er war ekelhaft.«

Thea schmunzelte. »Ob tot oder nicht, ist doch egal. Wieso sollte ich jemanden plötzlich respektieren, nur weil er aus dem Leben geschieden ist? Wenn er vorher ein Ekel war, dann bleibt er es auch.«

»Er schlang alles herunter, als hätten das Kochen und Anrichten keine Mühe gemacht. Außerdem war er vorlaut und unfair dem Personal gegenüber. Ein richtiges Monstrum. Aber dass er so endet, wollte ich nicht.«

»Ich war gerade in der Küche, als es passiert ist«, behauptete Thea. »Können Sie mir mehr sagen? Sie scheinen ja einiges beobachtet zu haben.«

Kate haderte auf einmal. »Das sollte ich lieber erst dem Inspector erzählen. Sie wird meine Aussage sicher noch aufnehmen.«

»Aber saß sie nicht selbst mit im Saal?«

»Das ist wahr. Vielleicht sollte ich meine Aussage lieber erst auf dem Revier machen.«

»Und was wollen Sie denen erzählen? Sie belasten doch nicht etwa Inspector Evans, oder? War sie denn in der Nähe des Toten?«

Kate seufzte leise. »Ich glaube nicht, dass es Mord war, sondern ein tragischer Unfall.«

»Ein Unfall? Der Mann ist allem Anschein nach erstickt.«

»Ja, er hat gewürgt und gekämpft. Es ging nicht lange. Bis alle auf ihn aufmerksam wurden und man wusste, was überhaupt passiert ist, lag er bereits auf dem Boden. Er hat sich die Kehle gehalten. So in etwa.« Kate griff sich an den Hals und machte würgende Geräusche.

»Also war etwas in seinem Essen, das ihm nicht bekommen ist.«

»Scheint so. Niemand war in seiner Nähe, als es passiert ist. Haben Sie denn etwas in der Küche gehört? Das Personal redet doch sicher über den Vorfall. Pamela Gilberton wird sich schwarzärgern.«

»Wer soll das sein?«

Kates Kopf fuhr herum. Sie kniff ihre hellblauen Augen misstrauisch zusammen. »Sagten Sie nicht, Sie arbeiten hier?«

»Tue ich.« Thea hatte das Gefühl, einen Fehler begangen zu haben. »Wieso?«

»Wenn Sie Pamela Gilberton nicht kennen, bedeutet das, dass Sie mich angelogen haben. Ich denke, es wäre besser, wenn ich jetzt gehe.« Kate presste die geschminkten Lippen fest aufeinander. Schnippisch warf sie sich das Haar über die Schulter und wandte sich ab.

Mist, das ging daneben, dachte Thea und biss sich auf die Wange. *Aber sie hat mir ziemlich sicher alles gesagt, was sie weiß. Auf zum nächsten Kandidaten, ehe sie herumposaunt, dass ich nicht dazugehöre.*

Und nebenbei würde sie noch herausfinden, wer diese Pamela Gilberton war.

***

Myrna wahrte Distanz zu Milton, weil sie professionell bleiben musste. Sie fühlte sich elend, ihn zu befragen und diesen schönen Abend auf diese Weise enden zu lassen.

»Eine seltsame Situation«, meinte sie leise.

»Du hast dir deinen Geburtstag sicher anders vorgestellt. Nun hast du vierzig Leute zu befragen, und darunter ist vielleicht ein Mörder.«

»Falls es Mord war. Die Spurensicherung trifft jeden Augenblick ein. Danach müssen wir den Bericht der Rechtsmedizin abwarten.« Sie hatten die Leiche notdürftig mit einem Tischtuch abgedeckt, um die Gäste nicht zu verunsichern. Eine Massenpanik brauchte niemand.

»Alles deutet auf Ersticken hin. Der Auslöser könnte ein Knochen im Fleisch oder ein zu großes Kartoffelstück gewesen sein.«

»Eventuell hat er sich übernommen. Du konntest sehen und hören, wie er gegessen hat. Viele Pausen hat er sich nicht gelassen. Das Atmen zwischen dem Kauen ist sehr wichtig, habe ich mal gelesen.«

»Ich muss nun alle Kellner und Gäste hierbehalten, bis der Sergeant aus Preston eintrifft. Bis dahin werde ich sie allein befragen.« Von Thea erzählte sie ihm nichts. Sie blieb Myrnas Joker im Hintergrund.

Aus dem Augenwinkel sah sie, dass ihre Freundin langsam von einem zum anderen ging und sich leise mit ihnen unterhielt. Sie schien ihre Aufgabe ernst zu nehmen.

»Und wenn dir ein paar von ihnen durch die Lappen gegangen sind? Bis das Lokal abgeriegelt wurde, war genug Zeit, um zu verschwinden.« Ein guter Einwand.

Myrna deutete nach oben. »Das da wird nicht die einzige Überwachungskamera sein. Falls jemand das Restaurant kurz vorher oder während der Hektik verlassen hat, werden wir es sehen.«

Als die Kellnerin, die sie eben noch bedient hatte, vorbeikam, verwickelte sie sie in ein Gespräch über das Personal, die Chefin sowie die Sicherheitsvorkehrungen im Lokal.

»Nur die Toiletten und die Küche haben keine Kamera«, sagte sie.

»Kannten Sie den Toten?«

Ängstlich blickte die Kellnerin auf das Tuch. Der Körper zeichnete sich deutlich darunter ab. Sofort flossen Tränen ihre Wangen hinunter. Ein großer Mann mit Uniform, Pagenschnitt und harten Gesichtszügen nahm sie in den Arm.

»Alles wird gut. Dieser Arsch hat bekommen, was er verdient hat.«

Myrna entschied, sich in das Gespräch einzuschalten. »Eine interessante Meinung. Mit wem habe ich die Ehre?« Sie zeigte ihm ihre Polizeimarke, die sie glücklicherweise immer in der Tasche mit sich trug – selbst bei einem romantischen Abendessen. So ganz würde Myrna den Inspector wohl nie zu Hause lassen.

»Charly Penrose«, knurrte er fast aggressiv, aber Myrna war ganz in ihrem Element. Sie ließ sich weder von Leuten wie Brian und Nate einschüchtern noch von diesem breitschultrigen Kellner mit der schiefen Nase und dem pochenden Augenlid. »Mary und ich arbeiten seit letztem Jahr hier. Dieser widerwärtige Dougan hat uns schon bei unserer vorherigen Stelle das Leben zur Hölle gemacht.«

»Wie darf ich das verstehen? Bitte gehen Sie ins Detail.« Myrna notierte sich alles auf ihrem Block.

Er wechselte einen Blick mit Mary, die den Kopf schüttelte. »Charly, nicht«, flüsterte sie.

Myrna räusperte sich. »Sie wissen, dass ich direkt vor Ihnen stehe. Also bitte, reden Sie mit mir, wenn ich Sie nicht sofort mit auf die Wache nehmen soll.«

Charly riss sich von seiner Freundin los und fokussierte stattdessen seine blank geputzten Schuhspitzen. »Sean Dougan war ein Arschloch, wie es im Buche steht. Wir haben vorher in einem renommierten Lokal gearbeitet. Es hat dicht gemacht, nachdem Dougan dort gegessen und alles auseinandergenommen hat. Seine Abscheu gegen den Besitzer gipfelte in einem seiner berühmten Artikel. Niemand wollte mehr dort essen gehen. Sie waren noch vor Ende des Jahres pleite. Tja, und wir waren unsere Jobs los, obwohl wir eine gute Stellung hatten. Nun fangen wir noch einmal ganz von vorne an.«

»Hör auf, dich in Rage zu reden«, zischte Mary ungehalten. »Sie ist ein Cop. Nun wird man uns auf Platz eins der Verdächtigen setzen.«

»Na und? Sollen sie doch. Wir haben nichts getan!«

Myrna hörte seinen Hass auf den Kritiker deutlich heraus. Sie wandte sich an Mary, die Myrna mit ihrem raspelkurzen Haarschnitt an Oakleys Tante Lucretia erinnerte. Zum Glück hatte sie sich diesen nicht auch noch knallrot eingefärbt. »Ihren Nachnamen muss ich versäumt haben. Sie sind?«

»Mary Beaumont. Charly und ich sind ein Paar, wie Sie sich sicher denken können. Wir arbeiten seit unserem ersten Tag zusammen im ›Hungry Eyes‹. Wieso sollten wir uns diese neue Stelle gleich wieder verderben?«

»Sie könnten befürchtet haben, dass Mr Dougan schon wieder schlecht kritisiert und das Lokal irgendwann schließen muss. Aber keine Bange: Wenn es stimmt, was Sie sagen, dann hatte er weitaus mehr Feinde als Sie beide.« *Fragt sich nur, ob noch mehr von denen heute Abend hier waren.*

6. Kapitel

Alle Anwesenden wurden dazu angehalten, an Ort und Stelle zu bleiben und den Raum nicht zu verlassen, bis die Befragungen beendet waren.

Von Weitem sah Thea, dass sich Myrna mit zwei Kellnern unterhielt. Einer Frau namens Pamela Gilberton war sie immer noch nicht begegnet, aber als sie das Geschrei an der Tür hörte, ahnte sie, mit wem sie es zu tun bekamen.

»Lassen Sie mich gefälligst durch! Mir gehört dieses Restaurant! Ich bin die Inhaberin!«

Eine kurvige Frau mit großen blondierten Locken und einer aggressiven Miene quetschte sich durch die Polizisten. Dabei stieß sie nicht nur einmal mit ihrem Busen gegen die Gesichter der Männer und drückte sie zur Seite. Thea fühlte sich sofort eingeschüchtert, aber auch herausgefordert.

Gerade wollte sie auf die Neue im Bunde zusteuern, deren protziger Pelzmantel Thea innerlich abstieß, als sie Myrnas unauffälliges Kopfschütteln sah.

Jede Wette, dass das Pamela Gilberton ist, dachte sie grimmig und ließ von ihr ab.

Myrna wollte sie also selbst befragen. Na schön, dann eben nicht. Thea hatte sich bereits mit ein paar Gästen unterhalten, andere wiederum verweigerten das Wort aus Angst, etwas Falsches zu sagen.

Als sie ihren Blick kreisen ließ, fiel ihr wieder die Frau in Rosé auf, die sich verdächtig umsah. Sofort nahm Thea die Verfolgung bis zu den Waschräumen auf und gab kein Geräusch von sich, als sie eintrat. Stille umfing sie. Außer ihnen war niemand anwesend.

Thea lauschte aufmerksam und wusste, in welcher Kabine Kate verschwunden war. Ob sie heimlich Drogen nahm? Falls sie bloß auf der Toilette war, würde es Thea gleich hören. Weder plätscherte Wasser noch wechselte sie Hygieneartikel.

Nein, vielmehr sprach sie auf einmal drauflos: »Ich weiß doch auch nicht, was hier passiert ist. Das habe ich nicht gewollt. Es ist alles schiefgelaufen.«

Thea dachte zuerst, dass Kate mit ihr redete, entspannte sich gleich darauf aber, schlich in die leere Kabine daneben und lauschte aufmerksam.

Kate schniefte. »Ich kann einfach nicht mehr. Und nun ist er auch noch tot. Was soll ich denn nun machen?«

Klingt ganz nach einem schlechten Gewissen. Ob sie etwas mit dem Tod dieses dicken Kerls zu tun hat?

Thea hörte nicht, was die Person am anderen Ende sagte, sondern nur Kates Antwort: »Ja, das habe ich immer gesagt. Das ist wahr. Aber ich wollte doch nicht, dass er wirklich tot umfällt. So ein Mist aber auch! Nun stehe ich auf irgendeiner Polizeiliste. Es wird nicht lange dauern, bis sie von meiner Verbindung zu Dougan erfahren. ... Nein, werde ich nicht. Du kannst dich auf mich verlassen. ... Ja, bis gleich. Ich komme zurecht.« Sie legte auf.

Thea verhielt sich ganz ruhig. Sie spannte sich an, wurde aber nicht entdeckt. Erst als sie die Tür hörte, atmete sie aus und kam aus ihrem Versteck.

Sie machte einen Satz zurück, als eine wütende Kate Harper vor ihr stand.

»Du hast also gelauscht. Das sollten wir lieber hier und jetzt klären«, knurrte sie gefährlich und durchbohrte Thea mit ihrem Blick. »Ich wusste gleich, dass mit dir was nicht stimmt.«

***

Sie beobachteten, wie der Tote erst fotografiert wurde und danach in einem schwarzen Sack verschwand.

Myrna wartete noch immer auf ihren Kollegen, den man ihr von Preston aus zur Seite stellen wollte. Sie hatte Namen und Adressen der Leute aufgenommen, doch viele Aussagen zum Tathergang erhielt sie nicht ohne eine Vorladung aufs Revier.

Wo bleibt er bloß? Die Uhren schienen in ganz Lancashire anders zu laufen als in London.

Myrna behielt die Ruhe und machte weiter, solange sie auf sich allein gestellt war. Die meisten Gäste hatten kaum etwas gesehen und gehört. Sie waren erst aufmerksam geworden, als Panik im Saal ausgebrochen war. Einige von ihnen waren rauchen oder auf der Toilette gewesen, als Dougan vom Stuhl fiel.

Milton stellte sich neben sie und sah sie nicht an, aber es war deutlich, dass er mit Myrna sprechen wollte. »Können wir diesen Abend trotz des Vorfalls zusammen ausklingen lassen? Ich hätte da einen Vorschlag.«

Sie unterdrückte ihr Lächeln. »Nichts lieber als das, aber ich muss erst noch auf den Sergeant warten.«

»Er scheint nicht sehr zuverlässig zu sein.« Die Enttäuschung war ihm deutlich anzusehen.

»Wir können das auch wann anders nachholen. Ich lasse die Gäste gleich gehen, sollte er nicht mehr kommen.« Sie drehte sich zu Charly Penrose um. »Könnten Sie mir zeigen, wo man die Aufnahmen der Überwachungskameras findet?«

»Könnte ich, darf ich aber nicht«, antwortete er patzig.

»Bitte?«, rief sie aus. »Ich bin von der Polizei. Das wissen Sie.«

»Und ich bin Pamela unterstellt. Mit ihr wollen Sie keinen Ärger, glauben Sie mir. Wenn man vom Teufel spricht ... Ich verziehe mich mit Mary lieber in die Küche, wenn's recht ist.« Er zog seine Freundin mit sich und beschleunigte seine Schritte.

Myrna folgte Charlys Augen und sichtete eine aufgetakelte, korpulente Frau mit toupierten Locken. Sie ging auf die Dame zu, hielt ihr die Polizeimarke hin und stellte sich vor.

»Sie sehen mir nicht aus wie ein Inspector«, sagte die andere und musterte Myrna von oben bis unten. »Obwohl, jetzt, wo ich Ihr Outfit gesehen habe, passt es.«

Ganz ruhig, Myrna. Du hattest schon viel schlimmere Befragungen als diese. Denk nur an dein Krimidinner mit diesem Chirurgen ...

Sie lächelte gezwungen. »Sie sind die Inhaberin?«

»So ist es, Darling.« Myrna gefiel nicht, dass sie sie von oben herab behandelte. »Und Sie waren Gast im ›Hungry Eyes‹, nehme ich an?«

»Ebenfalls richtig. Ich bräuchte dann bitte die Kameraaufzeichnungen des ganzen Abends. Alle Kameras, versteht sich, auch die an den Ausgängen.«

»Wie hat es Ihnen geschmeckt?«

Myrna seufzte innerlich. Schon wieder wollte jemand vom eigentlichen Thema ablenken. »Es war köstlich, aber wir konnten das Essen leider nicht lange genießen. Zuvor gab es einen Toten am Nebentisch. Interessiert Sie das denn gar nicht? Immerhin könnte er für schlechte Presse sorgen.«

Sie lachte kehlig. »Schlechte Presse? Ich stehe nicht umsonst kurz vor meinem ersten Stern.« Pamela fokussierte Myrna mit ihren stechenden Augen. Das Grün darin funkelte, als sie hinzufügte: »Einer Gilberton kann niemand das Wasser reichen. Merken Sie sich das. Die besten Anwälte des ganzen Landes stehen hinter mir. Als erfolgreiche Frau muss ich mich nicht das erste Mal verteidigen. Sagen Sie mir nicht, dass Sie das nicht kennen.«

Sie schauspielerte schlecht. Myrna durchschaute sie sofort. Pamela war fahrig statt selbstsicher. Sie brüllte und provozierte, um von ihrer eigenen Unsicherheit abzulenken. Wahrscheinlich war sie sogar mit der Situation überfordert. Ein Umstand, den Myrna ausnutzen könnte.

»So ist es. Ich habe es auf meinem Weg bis zum Detective Inspector oft genug selbst erfahren müssen«, sagte sie, um Pamela ein gutes Gefühl für das Gespräch zu geben und sie länger darin zu halten.

»Na, sehen Sie! Diese Crétins wissen nichts im Gegensatz zu starken Frauen wie uns. Und wenn man Pamela

Gilberton ans Bein pinkelt, hat man nicht lange etwas davon, sondern beißt sich nur selbst ins Fleisch.«

»Heißt es nicht ›sich ins eigene Fleisch *schneiden*‹?«

Pamela winkte ab, als würde sie eine lästige Fliege verscheuchen. »Wie auch immer, Darling. Jedenfalls ist dieser Todesfall ganz sicher kein Fehler von mir, meinem Team oder dem vorzüglichen Essen. Wahrscheinlich ein Herzinfarkt mit Todesfolge.«

»Ein Anwalt kann diesen Skandal leider nicht verhindern. Bei dem Toten handelt es sich immerhin um Sean Dougan. Man sagte mir, er sei Restaurantkritiker.«

Endlich hatte sie sie erwischt. Pamelas Mundwinkel fielen herab. Sie wurde bleich und schluckte. »Sean ist ... tot?«, hauchte sie fassungslos und musste sich setzen. »Ich wusste nicht, dass er heute hier ist. Dann wäre ich gar nicht erst nach Hause gefahren. Kann ich ihn sehen?« Ihr Blick wanderte zu dem schwarzen Leichensack, den man gerade auf eine Trage lud.

Myrna hielt die Männer an, zur Seite zu treten, damit sich Pamela den Leichnam ansehen konnte. Sie streckte den Rücken durch und fasste sich nervös ans Dekolleté, als man den Reißverschluss öffnete. Netterweise hatte man ihm die Augen geschlossen, was den Anblick erträglich machte.

Myrna meinte, dass Pamelas kurz größer wurden. Sie langte nach seiner Hand und hielt sie fest. »O Sean, was machst du nur für Sachen?« Sie nickte und gab grünes Licht. Danach wurde er rausgeschoben. »Ich kenne Sean schon eine Weile. Er hat mir nicht verraten, dass er mein Restaurant heute testen wird.« Ihr Gesicht verfinsterte sich. »Dieser Teufel.«

»Wohl eher ein guter Kritiker, wenn er niemanden vorher einweiht. Er hat seinen Job ernst genommen.«

Pamela schnaubte. »Wenn Sie wüssten ...«

»Hier im Lokal haben ihn alle erkannt, auch das Personal.«

»Mit denen werde ich noch ein Hühnchen rupfen«, meinte sie grollend. Ihre Wangen liefen rot an. »Keiner hat mir Bescheid gegeben, dass Sean da ist.«

Myrna lenkte sie lieber ab, ehe sie platzte und noch eine zweite Leiche aufgesammelt werden musste. »Wann haben Sie das Lokal verlassen?«

»Gegen sieben. Ich habe vorher noch die Suppen vorbereitet und die Köche angewiesen. Heute ist eigentlich mein freier Tag, aber als erfolgreiche Unternehmerin kann man es sich nicht leisten, sich zurückzulehnen.« Sie legte den Pelzmantel ab und schnipste nach einem Kellner. »Ein Wasser, aber pronto.«

Der Mann rannte los. Jeder schien sich vor dieser Frau zu fürchten, dabei war jedes Wort, das aus ihrem Mund kam, nicht mehr als Schall und Rauch.

»Sie kannten den Verstorbenen also recht gut?«, fragte Myrna weiter.

»Besser, als mir lieb ist. Sean und ich, das ist eine lange Geschichte.«

»Ich habe Zeit.« Hatte sie nicht, aber für eine brauchbare Aussage nahm sie sich welche.

»Wo zum Teufel bleibt mein Wasser?«, keifte Pamela Richtung Küche.

Mary brachte es ihr. »Verzeihung. Dem Kollegen ist übel geworden. Er hat sich übergeben.«

»Übergeben? Von was denn?«

Mary wechselte einen irritierten Blick mit Myrna. »Sean Dougan ist tot, Madam.«

»Was du nicht sagst!«, fauchte ihre Chefin und scheuchte sie weg. »Geh mir aus den Augen, bevor mir auch noch schlecht wird! Ist das immer anstrengend mit diesen jungen Dingern!« Sie rollte mit den Augen. »Wo sind wir stehen geblieben? Ach ja, bei Sean und mir. Ich habe früher für ihn gearbeitet, als ich noch Küchenchefin ohne eigenes Restaurant war. Drüben in West Lancashire.«

»Wieso haben Sie aufgehört?«, fragte Myrna weiter, als hätte es den Vorfall von gerade nicht gegeben.

»Weil ich mich weiterentwickeln wollte. Ab sofort war es Zeit, meine Flügel auszubreiten und weiterzuziehen. Sean hat mir alles beigebracht und mich bei der Eröffnung des ›Hungry Eyes‹ unterstützt. Umso erstaunlicher, dass er mich heute testen wollte.«

»Für einen Chefkoch und Restaurantbetreiber hat er ziemlich – verzeihen Sie die Ausdrucksweise – schweinisch gegessen. Er schmatzte, hat gekleckert und alles gleichzeitig in sich hineingeschaufelt. Und letzten Endes ist er dann tot vom Stuhl gerutscht.«

»Was hat ihn umgebracht? Doch nicht etwa eine Gräte im Fisch? Ich kann keine Anzeige gebrauchen. Nicht noch eine«, murmelte sie kaum hörbar.

»Sagten Sie nicht, dass Ihre Anwälte das für gewöhnlich regeln?« Myrna hielt inne und ließ den Stift schweben. Sie beobachtete Pamela aufmerksam.

»Ach, was wissen Sie denn schon vom Geschäft?« Sie strich sich die Locken zurück und wirkte mehr als genervt.

Pamela hatte das Wasser bis jetzt kein einziges Mal angerührt. Myrna hatte das Gefühl, dass sie nur jemanden hatte herumkommandieren wollen.

»Und wie ist er nun gestorben?«, fragte sie noch einmal nach.

»Das wissen wir erst, sobald er in der Rechtsmedizin war. Sie scheinen mir überrascht, aber nicht traurig zu sein.« Myrna hatte ein gutes Auge für Details. Dass Pamela schon wieder auf die Uhr sah, obwohl heute ein guter Bekannter überraschend aus dem Leben geschieden war, kam ihr verdächtig vor. »Wie nah standen Sie sich?«

»Ich habe, wie gesagt, für ihn gearbeitet. Sean war mein Mentor. Mehr war da nicht, oder wollen Sie mir als Nächstes noch eine Affäre mit diesem übergewichtigen Macho anhängen?« Sie lachte spitz und warf theatralisch den Kopf in den Nacken.

So viel weniger Gewicht bringst du auch nicht auf die Waage, dachte Myrna.

Sie ließ vorerst von ihr ab. Myrna hatte das Gefühl, dass da noch mehr schlummerte, aber für heute war es genug. »Sie wissen, wo die Kameraaufnahmen sind?«

»Ach ja, die Kameras.« Sie tat, als erinnerte sie sich, dabei hatte Pamela ganz eindeutig das Thema wechseln wollen. »Folgen Sie mir, dann gebe ich Ihnen alles, was Sie brauchen.« Sie schnipste, als wäre Myrna ihr Hund.

Nur die Ruhe. Du brauchst sie noch, also spiel mit.

Myrna schmunzelte, als sie daran dachte, wie Thea wohl an ihrer Stelle reagiert hätte. Ihrer Freundin wäre wohl schon viel früher die Hutschnur geplatzt. Zum Glück übernahm Myrna den Hauptteil der Verhöre.

Sie sah sich im Saal um, ehe sie ins Büro gingen. Wo Thea wohl steckte?

***

»Weshalb wolltet ihr mich sprechen?«, fragte Callan und betrat widerwillig Jolenes schiefes Backsteinhaus. Es war ihm immer wie das Zuhause einer wahr gewordenen Hexe vorgekommen, die kleine Kinder in ihren Backofen steckte.

Eine Katze huschte um seine Beine. Das Haus war voller Krimskrams und Erinnerungen. Callan fühlte sich sofort unwohl.

»Du wirst es uns noch danken, dass wir dich einweihen.«

»Klingt ganz danach, als würdet ihr einen Plan schmieden. Und eure Pläne enden meistens im Chaos. Also?« Er blieb im Eingangsbereich stehen und machte keine Anstalten, sich zu setzen.

Lucretia zerrte ihn am Arm mit ins Wohnzimmer. »Nun steh nicht da wie eine Statue, sondern komm rein. Wir beißen nicht.«

»Dafür schlagt ihr gern zu, wie ich weiß.« Er riss sich los. So weit war er noch nie in dieses Haus vorgedrungen. An der Wand hing das riesige Porträt eines bärtigen Mannes. *Diesen eiskalten Blick kenne ich doch ...*

Jolene stellte eine Kanne Tee vor sie und reichte auch Callan eine Tasse. »Hier, trink. Das wärmt uns auf, bevor wir runtergehen.«

»Runtergehen? Wohin runter?« Ihm schwante Böses.

»Na, noch einmal in die Tunnel. Was dachtest du denn? Du weißt vom Schatz, also bist du ab sofort unser Komplize«, erklärte Lucretia eifrig.

»Vergesst es, da mache ich nicht mit! Außerdem haben nur Thea und Evans einen Schlüssel zum Labyrinth.«

Jolene warf ihrer Freundin einen vielsagenden Blick zu. »Siehst du, ich wusste doch, dass er kneift. Wir hätten es ihm nicht sagen sollen.«

»Hallooooohooo! Ich sitze genau neben euch und kann euch hören!«, rief er entrüstet. »Außerdem ist diese Idee idiotisch. Ihr wisst doch, was beim letzten Mal passiert ist.«

Lucretia nickte, als würde sie ihm zustimmen.

Sie öffnete den Mund, aber Jolene schnitt ihr wie immer das Wort ab, noch ehe sie etwas sagen konnte. »Wenn du nicht helfen willst, kannst du gern gehen. Aber dann bekommst du auch nichts von dem Gold ab.«

»Ich glaube euch ja, dass es einen Schatz gibt, aber denkt an den Laternenmann. Er bewacht das Labyrinth und lässt uns beim nächsten Mal vielleicht nicht mehr entkommen.« Eine Gänsehaut lief ihm über den ganzen Körper. »Außerdem muss ich euch noch etwas sagen. Es ist dringend und hat Vorrang.«

»Dringender als ein Goldschatz?«, rief Lucretia. »Was soll das sein?«

Callan warf dem großen Bild einen mulmigen Blick zu. Diese kalten Augen verfolgten ihn förmlich. Das flaue Gefühl in seinem Magen verstärkte sich. »Ihr wart euch doch sicher, dass ihr Nathan Shaw in den Tunneln gesehen habt.«

»Er war es, ganz klar. Sein Geist spukt durch diese Gänge, aber dieses Mal haben wir genug Licht und Batterien dabei, um ihn zu verscheuchen. Und das hier, falls er doch aus Fleisch und Blut ist«, meinte Jolene energisch und zückte eine alte Pistole.

Callan sog zischend die Luft ein. »Spinnst du? Woher hast du die?«

»Geerbt.« Sie nickte in Richtung Porträt. »Mein Vater war bei der Armee.« Schnell steckte sie sie wieder in den Hosenbund.

»Hast du Angst vor dem Geist? Das ist keine Schande«, sagte Lucretia und legte ihm sogar tröstend eine Hand auf den Arm. »Wir sind ja da.«

»Ihr seid doch die Ersten, die weglaufen, wenn es brenzlig wird. Am Ende muss ich euch wieder beschützen.« Er rieb sich über die klamme Stirn. Nun trank er doch einen Schluck Tee, der widerlich schmeckte, weil er viel zu lange gezogen hatte. »Hast du Milch da? Das Zeug sieht aus wie Teer.«

»Ihr jungen Leute beschwert euch wirklich über alles! Nie kann man es euch recht machen! Ihr seid viel zu verwöhnt! Also, zu meiner Zeit ...« Jolene verschwand in der Küche und zeterte dort weiter.

Sie kam tatsächlich mit einer Glasflasche zurück, und Callan füllte seine Tasse großzügig mit der Milch auf.

Lucretia rutschte näher heran. »Nun sag endlich, was du uns mitteilen wolltest. Du hast behauptet, es sei dringend.«

»Ich weiß nicht, wie ich es sagen soll, aber ...«

Die Tür wurde aufgeschlossen, und Jolenes Sohn Brian betrat das Haus. »Was'n hier los?«, nuschelte er und schwankte leicht.

»Hast du wieder getrunken? Ich habe dir schon tausendmal gesagt, dass du dich nicht mehr mit diesem Nate treffen sollst! Der ist kein guter Einfluss für dich!«, schimpfte Jolene, als würde sie mit einem Teenager sprechen und nicht mit einem erwachsenen Mann. »So wirst du Bethany ganz sicher nicht zurückgewinnen!«

»Is' ja gut, Mum. Bleib locker.«

»Ich gebe dir gleich locker!« Sie fuchtelte mit ihrem Stock durch die Luft.

Mehr als ein Grinsen bekam sie von dem Möchtegern-Elvis mit der Schlägervisage nicht. Kein Wunder, dass sie schlecht auf *die jungen Leute* zu sprechen war. Wenn nicht einmal der eigene Sohn auf sie hörte ...

Brian verschwand im Obergeschoss und drehte Technomusik auf.

Hat es Mum auch so schwer mit mir?, fragte sich Callan und bekam ein schlechtes Gewissen, wenn er daran dachte, wie er seine Mutter in letzter Zeit behandelt hatte. Es war Zeit für ein Gespräch, aber zuerst sollten andere Dinge geklärt werden.

»Muss ich erst Geld nachwerfen, bis du sprichst?«, fragte Jolene bissig.

Callan sammelte sich erneut. Die dumpfe Musik aus Brians Zimmer verstärkte seine Kopfschmerzen. »Ich habe mir eure Beobachtung noch einmal durch den Kopf gehen lassen und Nathan Shaws Totenschein überprüft, ohne dass Thea etwas davon weiß. Sie denkt sowieso, dass ihr spinnt. Genau wie Evans. Niemand glaubt euch diese Geschichte.«

»Woher hattest du den Schein?«, fragten beide wie aus einem Munde.

»Das spielt jetzt keine Rolle. Wichtig ist nur eines: Es gibt keinen.«

Eine Pause entstand, in der man nichts weiter als Brians Musik hörte.

Lucretia war die Erste, die ihre Sprache wiederfand: »Was soll das heißen, es gibt keinen? Wenn es ein Grab gibt, muss es auch einen Totenschein geben.«

»Eben nicht, und das ist das Seltsame. Ich habe es mehrmals überprüft, aber ein Nathan oder Nathanael Shaw wurde nicht hinterlegt.«

Jolene wechselte einen Blick mit ihrer Freundin. »Du weißt, was das heißt.«

Lucretia konnte kaum still sitzen. Sie hibbelte nervös und rieb sich mehrmals über die Arme und Beine. Callan fragte sich, ob es ihre Aufregung oder eine Nervenschwäche war. Es konnte sie anscheinend kaum auf dem Sessel halten. »Er war es wirklich!«, fiepte sie aufgekratzt. »Wir haben ihn tatsächlich gesehen! Es war keine Einbildung, Jolene!«

»Verflucht«, murmelte jene.

Callan packte Lucretia an beiden Händen und hielt sie fest. »Noch ist nicht sicher, dass er wirklich da unten herumgeistert. Und wieso sollte er das tun?«

»Um den Schatz zu bewachen. Ist doch klar«, entgegnete Jolene patzig. »Wieso muss man das einem Teenager wie dir erklären? Ihr wisst doch sonst immer alles.«

Callan verdrehte die Augen. »Ihr seid nicht besser. Wie gehen wir jetzt vor? Ich kann Thea und Evans noch nicht einweihen. Sie würden mir den Vogel zeigen und mich ebenfalls für verrückt erklären.«

Die alten Frauen sahen sich eine Weile an und kommunizierten wortlos. Sosehr sie sich manchmal hassten, so gut verstanden sie sich auch.

»Er hat recht, Jolene. Wir können nicht einfach runtergehen, solange dieser Geist aus Fleisch und Blut ist. Ich möchte nicht, dass du jemanden erschießt. Wir sollten den Plan überdenken und umstellen.«

»Du alter Angsthase«, zischte Jolene. »In der Pistole sind keine Patronen mehr. Sie soll nur abschrecken. Das alte Ding würde vielleicht nicht einmal funktionieren.« Sie kämpfte mit sich. »Na schön, dann eben nicht. Ihr habt ja recht, dass der letzte Einbruch nicht gerade optimal verlief.«

Callan atmete auf. Sie zeigten sich nicht reumütig, aber wenigstens einsichtig. Ein Anfang. »Ihr sollt sowieso nicht mehr einbrechen. Das war lebensgefährlich und absolut hirnrissig. Außerdem ist es strafbar.« Er kam sich wie der Erziehungsberechtigte der beiden vor. »Wir sollten stattdessen herausfinden, ob uns jemand Streiche spielt und warum.«

Lucretia beugte sich vor. Ihre Augen leuchteten. »Und ich weiß schon genau, bei wem wir mit unserer Spionage anfangen. Aber glaub ja nicht, dass wir so eine alberne Gruppe bilden wie euer Ermittlertrio.«

»Keine Sorge, mit euch Kratzbürsten halte ich es sowieso nicht lange aus.«

Sie grinsten sich gegenseitig an.

***

Kate umkreiste sie wie eine Raubkatze, ließ Thea aber nicht durch die Tür gehen. Eine Flucht war unmöglich.

Sie hätte jetzt so Dinge sagen können wie ›Ich weiß nicht was du meinst‹ und ›Ich wollte mich bloß erleichtern‹, aber das war nicht Theas Art.

»Ich habe dein Telefonat belauscht, weil du mir verdächtig vorgekommen bist. Und siehe da: Du bist jetzt unsere Hauptverdächtige. Herzlichen Glückwunsch.«

Kate stellte ihre Handtasche neben das Waschbecken und puderte ihre Nase vor dem Spiegel. »Da hast du wohl etwas falsch verstanden.«

»Ach ja? Du hast also niemandem gesagt, dass du dir wünschst, dass er tot umfällt? Und siehe da: Plötzlich ist dieser Mann mausetot. Was für ein Zufall.«

Kate hielt inne und starrte Thea über den Spiegel an. Ihre Augen blickten hasserfüllt. »Was bildest du dir ein? Wer bist du überhaupt? Ein Cop?«

»Gott bewahre, nein!« Sie lachte kurz auf. »Aber ich bin jemand, der die Wahrheit ans Licht bringt. Und auch wenn du alle Spuren verwischst, bin ich diejenige, die herausfindet, welche Verbindung du zu ihm hattest.«

»Es war ein Unfall, wie jeder gesehen hat. Du reimst dir Dinge zusammen. Und jetzt lass mich in Frieden. Der Inspector wollte mit mir sprechen.«

Sie stieß Thea grob beiseite und verschwand erhobenen Hauptes im Gastraum. Fort war Kates Unsicherheit. Selbst ihre blassen Wangen hatten Farbe bekommen.

Theas Misstrauen war geweckt. Mit dieser Frau stimmte so einiges nicht, und sie würde herausfinden, was es war.

7. Kapitel

Pamela Gilberton hatte sich ins Büro zurückgezogen, nachdem sie Myrna alle Kameraaufnahmen auf einer Festplatte überreicht hatte.

Myrna führte ihre Befragungen fort, um zu einem Ende zu gelangen. Sie war erschöpft und sehnte sich nach ihrem Bett.

Im Hintergrund sah sie Thea aus den Waschräumen kommen. Sie folgte der Frau im roséfarbenen Kleid, die sich bereits am Tisch des Toten auffällig benommen hatte und noch nicht von Myrna befragt worden war.

Dann konzentrierte sie sich wieder auf die alte Dame mit der Turmfrisur, die ihr mit großen Augen von ihrem Abend berichtete.

»Ich habe nichts von dem Mord gesehen, aber da war ein Mann, der sich ganz verdächtig benommen hat.«

»Ob es Mord war, muss sich erst noch herausstellen. So lange gehen wir von einem tragischen Unfall mit Todesfolge aus«, antwortete Myrna und bedachte sie mit einem warmen Lächeln. »Erzählen Sie mir mehr von dem Mann. Wie sah er aus, und was hat er getan? Ist er noch hier?«

»Nein, er ist vorhin kurz ins Restaurant gekommen, hat ganz komisch in diese Richtung gestarrt und ist dann wieder gegangen.«

Myrna war erstaunt. Sie hatte den Unbekannten in ihrem Rücken nicht bemerkt. Vielleicht wusste Milton mehr. »In unsere Richtung? Also hat er das Opfer angeschaut?«

Die Alte überlegte kurz. »Könnte sein. Ganz sicher bin ich mir nicht mehr. Er wirkte furchtbar aufgebracht. Ich konnte ihn durch den Vorhang am Eingang noch eine Weile sehen. Er hat sich die Haare gerauft.«

»War er eher wütend oder verzweifelt?« Myrnas Stift sauste über das Papier.

»Eine Mischung aus beidem.«

»Und ist er in der Küche gewesen oder an irgendeinem anderen Tisch? Vielleicht auf der Toilette?«

»Nein, er kam rein und hat fast direkt wieder kehrtgemacht«, berichtete sie aufgeregt. »Er hatte braune kurze Haare und einen Bart. Eigentlich hat er nicht richtig hierher gepasst. Was er hier wollte, weiß ich nicht. Vielleicht war er verabredet, aber seine Herzensdame ist nicht gekommen.«

»Welche Art von Bart? Schnauzer oder voll?«

»Weder noch. So ein Zwischending, wie es die jungen Leute heutzutage tragen. Ich weiß es nicht genau.«

»Danke, Mrs Shreiber. Wir melden uns bei Ihnen, wenn wir noch Fragen haben. Ihre Personalien habe ich aufgenommen.«

»Dann kann ich jetzt gehen?«

»Aber natürlich. Einen schönen, ruhigen Abend wünsche ich Ihnen. Ich hoffe, dieser Vorfall hat Sie nicht zu sehr erschüttert.«

»Aber nicht doch!«, rief sie aus und lachte heiter. »So etwas Spannendes ist mir lange nicht untergekommen. Wenn ich das meinen Freundinnen erzähle!«

Thea würde im hohen Alter sicher genauso sein wie diese Frau. Myrna schmunzelte allein beim Gedanken daran.

Sie schickte noch weitere Gäste nach Hause, als endlich ein Mann mit Polizeimarke und grimmiger Miene auf sie zukam. Sein dunkles Haar lag an den Seiten an und glänzte vor Gel. Er war groß und breit gebaut. Sicher schüchterte er gern Verdächtige ein, sobald er sie in seinem Verhörzimmer in die Finger bekam. Er war Myrna vom ersten Moment an suspekt, doch der erste Eindruck war nicht entscheidend, hatte sie in ihrer Karriere gelernt.

»Police Sergeant Carpenter? Ich bin Detective Inspector Myrna Evans. Freut mich, einen weiteren Kollegen aus Lancashire zu treffen, auch wenn die Umstände nicht sehr berauschend sind.« Sie streckte ihm ihre Hand entgegen, doch er machte keine Anstalten, sie zu ergreifen.

»Sie haben das Recht zu schweigen, Miss Evans. Alles, was Sie sagen, kann und wird ...«

»Moment mal!«, rief sie erstaunt aus, doch zwei Beamte zerrten bereits an ihren Armen, bis sie sie freiwillig auf den Rücken legte.

Handschellen klickten. Milton machte sich bereit, heldenhaft zu Hilfe zu eilen, aber Myrna gab ihm zu verstehen, dass er auf seinem Platz bleiben sollte. Noch mehr Ärger konnten sie nicht gebrauchen.

»Sie sind hiermit festgenommen.« Carpenter nahm ihr die Festplatte mit den Kameraaufnahmen weg, was Myrna fast am meisten aufregte.

»Festgenommen? Ich? Was soll das hier werden? Ich ermittle in einem Todesfall! Lassen Sie die Scherze, Sergeant. Ich habe es verstanden. Ha ha, da haben Sie die Neue ja ordentlich aufs Kreuz gelegt. Sehr witzig. Können wir dann bitte weitermachen?«

Carpenter beugte sich vor. Sie fühlte seinen Atem auf ihren Wangen, der nach kaltem Zigarettenrauch und Curry roch. »Solange ich Sie nicht von der Liste der Verdächtigen streichen kann, werde ich Sie aufs Revier bringen und dort verhören.«

»Und das ging nicht ohne Handschellen? Wie wäre es damit, um eine Aussage zu bitten und mich einzuladen? Haben Sie noch nie ins Regelhandbuch der Polizei geschaut?«

Carpenter ließ sich nicht beirren. Seine kalten grauen Augen blickten noch ein Stück abweisender. »Sie saßen laut Aussage der anderen Gäste direkt am Nebentisch, als Sean Dougan erstickt ist. Mehr als verdächtig, wenn Sie mich fragen.«

Myrna hätte gelacht, wenn die Situation nicht derart ernst gewesen wäre. »Das dürfen Sie nicht machen. Sie haben weder Beweise noch ...«

»Ich darf, wenn ein dringender Tatverdacht besteht. Wir reden auf der Wache weiter. Führt sie ab. Auch ihren Begleiter. Das sind Sie, nehme ich an?«

Milton nickte brav, rührte sich aber nicht vom Fleck. »Werde ich jetzt auch verhaftet, weil ich heute Abend in diesem Restaurant gegessen habe? Das klingt mehr als überflüssig.«

»Was überflüssig ist, entscheidet die Polizei.«

Miltons Stimme wurde lauter. »Zu der meine Begleitung genauso gehört. Was fällt Ihnen ein, sie vor aller Augen in Handschellen abzuführen?«

»Lass gut sein, Milton. Ich regle das. Sieh zu, dass du nicht auch so endest wie ich.«

Als die Beamten Anstalten machten, ihm Handschellen anzulegen, wich er ihnen aus. Milton zückte sein Handy. »Ich rufe zuallererst meinen Anwalt an. Diese Farce muss hier und jetzt ein Ende finden.«

Thea kam herbeigeeilt. »Was ist hier los? Lassen Sie sie sofort gehen!«

»Kann, darf und werde ich nicht. Auch ich habe meine Anweisungen. Zuerst muss ich überprüfen, ob Sie wirklich Inspector Evans sind, bevor ich Sie laufen lasse. Es könnte sich jeder als Detective ausgeben und Leute befragen.«

»Sie tun ja fast so, als wäre das hier ein Mord gewesen, dabei wissen wir es noch gar nicht!«, rief Thea entrüstet.

Carpenter seufzte. »Noch so eine. Sie kommen am besten auch gleich mit.«

»Ihr könnt mich mal!« Es kam zu einer Rangelei zwischen Thea und der Polizei.

Als eine laute, grollende Stimme vom Eingang erscholl, hielten alle inne. »Was wird hier gespielt? Lassen Sie diese Frauen sofort los, oder ich werde mich bei Ihrem Vorgesetzten beschweren, Carpenter!«

Myrna musste sich den Hals verrenken, um die Person zu der bekannten Stimme zu sehen. »Harrison!«, rief sie erleichtert. Es war keine Einbildung gewesen. »Was machen Sie denn hier?«

»Sie vor einer Blamage bewahren, würde ich meinen. Sie haben sich nicht mehr zurückgemeldet, also bin ich ins Auto gesprungen und hergefahren.«

»Und Pendle?«

»Alles ruhig. Falls was passiert, werden die Anrufe auf mein Handy umgeleitet.« Er wandte sich wieder an seinen Kollegen. »Sie lassen unsere Vorgesetzte auf der Stelle gehen.«

Erst jetzt sah sie den Hund an seiner Seite. Harry wusste sofort, wer ihm nicht geheuer war. Er fletschte die Zähne und knurrte Carpenter an, auch wenn er sich ihm nicht näherte.

»Noch ist nicht sicher, wer diese Frau ist. Sie hat unerlaubt Personalien aufgenommen, aber ihre eigenen fehlen in der Akte. Zudem war sie am Tatort.«

»Sie werden mir doch wohl zutrauen, meine eigene Chefin zu erkennen.«

Carpenter kniff die Augen zusammen. Ein böses Lächeln umspielte seine Mundwinkel. »Das wäre mal was Neues bei Ihrer Trunkenheit, Harrison. Sind Sie im Moment überhaupt nüchtern?« Er schnupperte an ihm.

Ward atmete schwer und ballte die Fäuste. Myrna ermahnte ihn zur Ruhe, doch sie kannte seinen aktuellen Zustand nicht. Betrunken wirkte er nicht, dafür aber aufgewühlt und leicht aus der Fassung zu bringen. Harry musste den Umschwung bemerkt haben, denn er zerrte an seinem Hosenbein und erinnerte Ward daran, er selbst zu bleiben.

»Sie handeln sich großen Ärger ein. So etwas nennt sich üble Nachrede, werter Kollege. Und es gibt Zeugen dafür.« Er deutete in die Menge. »Ich sehe von einer Anzeige ab, wenn Sie den Inspector auf der Stelle gehen lassen. Es gibt weder einen dringenden Tatverdacht noch Hinweise darauf, dass sie den Toten kannte. Darf ich also bitten?« Er zeigte auf die Handschellen. »Und nehmen Sie gefälligst die Handys runter!«, brüllte er die Gäste an, als ein paar von ihnen mitfilmten. »Das hier ist eine Ermittlung und kein Jahrmarkt! Sie machen sich strafbar!«

Ein Murren ging durch die Menge. »Können wir dann endlich gehen?«, fragte jemand mit jammerndem Unterton.

Ward sah Myrna erwartungsvoll an, die sich noch immer mit verdrehten Armen in der Zange der Beamten befand. »Können sie. Thea, hast du alles, was du brauchst?«

»Vorerst, ja. Ein paar Details fehlen aber noch.« Sie nickte zu der jungen Frau in Rosé, die sich im Hintergrund aufhielt und aus dem Fenster starrte.

Carpenter fixierte nun Thea. »Mit wem spreche ich? Sind Sie überhaupt befugt, die Gäste zu behelligen und ihnen Fragen zum Tathergang zu stellen?«

»Das bin ich. Fragen Sie Ihre Kollegin, die Sie in Handschellen legen mussten, um Ihr gekränktes Ego zu unterstreichen.«

»Wir sollten dieses Affentheater beenden und an einem Strang ziehen, auch wenn mir Ihre Ermittlungsarbeit gegen den Strich geht, Sergeant«, sagte Myrna schnell, ehe Köpfe eingeschlagen wurden oder ihre Freundin eine Anzeige herausforderte.

Er schnaubte und nickte seinen Kollegen mit verbitterter Miene zu. Myrna rieb sich die Handknöchel. Wenigstens waren Milton und Thea davor bewahrt geblieben.

Sie lächelte Harrison stolz an. »Sie machen sich, Sergeant. Gute Arbeit. So, und nun noch einmal auf Anfang.« Myrna drehte sich zu Carpenter um, zückte ihre Polizeimarke und hielt sie ihm provokant unter die Nase. »Ich bin Detective Inspector Myrna Evans. Angenehm.«

Dieses Mal ergriff er ihre Hand, wenn auch widerwillig.

***

»Und du meinst, er ist zu Hause?«

»Wo soll er denn sonst stecken als in der Kirche oder im Pfarrhaus? Ich glaube, ich habe Hughing noch nie woanders gesehen«, zischte Callan. »Höchstens mal im ›Hills Inn‹.«

»Du bist ja auch noch grün hinter den Ohren«, entgegnete Lucretia ebenso leise. »Der Reverend hat früher keine Feier ausgelassen.«

Jolene kicherte, was sich seltsam anhörte, weil sie normalerweise nicht lachte. Sie stieß Lucretia in die Seite. »Erinnerst du dich an den feuchtfröhlichen Abend bei den Pearls?«

Beide verfielen in ein Grinsen, das Callan nicht nachvollziehen konnte. Sie klärten ihn auch nicht auf.

»Konzentration bitte. Wir haben hier eine wichtige Aufgabe zu erfüllen.«

»Wichtig für wen? Für diese Shaw?«

»Wichtig für uns alle. Muss ich euch erst daran erinnern, dass euer Schatz genauso daran hängt?«

Sie zogen Grimassen wie kleine Kinder, die man gemaßregelt hatte. Danach beobachteten sie weiter das

Pfarrhaus und warteten darauf, dass der Pfarrer herauskam.

Es dauerte eine Viertelstunde, in der gejammert und genörgelt wurde – entweder weil es kalt oder weil es unbequem war, im Gebüsch zu hocken –, bis Reverend Hughing auftauchte und hinüber in die Kirche ging.

»Los, das ist unsere Chance!«, zischte Callan und ging voran.

Jolene humpelte und stützte sich auf ihren Stock, während Lucretia immer zwei Schritte mehr brauchte als Callan, um dieselbe Entfernung zu meistern. Es dauerte eine gefühlte Ewigkeit, bis sie aufschlossen, aber er hatte versprochen, dass sie das hier gemeinsam machten.

Callan ärgerte sich, dass St. Benet's noch so altmodisch arbeitete und die Informationen über Pendles Beerdigungen nicht online zu finden waren. Er musste also auf ursprüngliche Weise an die Auskünfte kommen.

Die Tür des Pfarrhauses war nicht abgeschlossen. Sie schlüpften hindurch und atmeten auf. Dann verteilten sie sich in den Zimmern und suchten nach allem, was nach einem großen Buch aussah.

Es roch nach Weihrauch und alten Möbeln. Alles an diesem Ort war alt und hatte eine lange Geschichte. Callan fürchtete sich vor jeder dunklen Ecke, weil ihm das Pfarrhaus nicht geheuer war. Erst recht, weil er Angst hatte, dass man sie erwischte.

Sein Blick fiel auf die Dachbodenluke. Er setzte bereits einen Schritt auf die Leiter, als Lucretia sie zusammentrommelte. »Ich hab's gefunden!«

»Sei doch leise, du Schreihals!«, fauchte Jolene.

»Du bist ja nur sauer, weil ich schneller war als du.«

»Hört auf zu streiten. Dafür haben wir keine Zeit.« Callan musste ständig eingreifen, damit sie sich nicht die Köpfe einschlugen. *Was bin ich froh, wenn ich die zwei wieder los bin!*

Gemeinsam beugten sie sich über das alte Buch mit dem verzierten Einband. Die Daten der Begräbnisse gingen bis ins frühe 19. Jahrhundert zurück.

»Wow«, hauchte Callan. Er hielt ein Stück Geschichte in der Hand. Schnell blätterte er nach hinten und suchte im Verzeichnis nach Nathan Shaw. Die Handschrift war so verschnörkelt, dass er eine Weile brauchte. »Wer zum Teufel kann das lesen?«

»Da steht es.« Jolene zeigte auf eine Zeile, die ebenfalls mit Tinte niedergeschrieben worden war.

»Nathans Beerdigung hat definitiv stattgefunden«, sagte Callan. »Es gibt keine Details. Nur Zeit, Ort und Grabnummer. Schade, ich hatte mir mehr erhofft.« Er drehte sich zu seinen Begleiterinnen. »Und ihr wisst wirklich nicht mehr, was vor knapp über einem halben Jahr passiert ist? Gab es denn keine Trauerfeier für ihn? Ich selbst habe nichts davon gehört. Meine Mum hat mir bloß ganz nebenbei erzählt, dass er tot ist. Ich hatte sowieso keinen engen Kontakt zu Nathan.« *Sie hingegen schon.*

Sie schüttelten die Köpfe.

»Nichts«, sagte Lucretia. »Genau wie bei dir: Am nächsten Morgen hieß es, dass Mr Shaw verschieden ist und bereits beerdigt wurde. Wir waren nicht einmal eingeladen.« Ihr Tonfall klang schnippisch.

»Wundert euch das? Ich wüsste nicht, dass Nathan mit euch ausgekommen wäre. Aber wieso sollte man ihn direkt nach seinem Tod schon unter die Erde bringen? Noch in derselben Nacht? Das ging verflucht schnell und stinkt zum Himmel.«

Die Kirchenglocke läutete. Der Pfarrer würde jeden Augenblick zurückkommen.

Sie überlegten, bis Callan resigniert seufzte. »Also haben wir nichts. Wir müssen ihn wohl oder übel fragen, aber der Reverend wird uns keine Auskunft geben. Er hat etwas zu verbergen, sagt Thea.«

»Ach ja? Was denn?« Lucretia beugte sich neugierig vor.

Ein Knacken über ihren Köpfen ließ die Gruppe auseinanderfahren. Sie waren nicht allein, und ihr heimlicher Besuch würde sicher bald bemerkt werden.

»Wir müssen gehen. Das wird mir hier zu brenzlig«, flüsterte Callan. »Komm schon, Jolene!« Er zerrte sie von der Leiter weg. »Wir haben keine Zeit mehr.«

»Aber da oben ist etwas.«

»Was auch immer es ist, es muss warten. Hughing wird gleich wieder da sein.«

Er überprüfte die Umgebung und winkte sie heraus, als die Luft rein war. Danach verschwanden sie über den Friedhof. Gerade noch rechtzeitig huschten sie hinter eine tief hängende Tanne.

Der Reverend hielt inne und sah sich um, doch er entdeckte sie nicht. Callan hielt die Luft an, bis der alte Mann im Pfarrhaus verschwand.

»Und nun?«

»Ich weiß, wen ich nach der Beerdigung fragen kann.« *Auch wenn es mir unangenehm ist.* »Ich melde mich bei euch, wenn ich mehr herausgefunden habe. Bis dahin haltet ihr die Füße still.«

Callan blickte ein letztes Mal zurück zum Haus. Er bildete sich einen Schatten hinter dem Fenster des Dachbodens ein, der die Größe eines Kopfes hatte. Ein Schaudern erfasste ihn, als er gleichzeitig sah, wie Hughing unten in der Küche Tee aufsetzte.

Sie flüchteten um die Friedhofsmauer herum und außer Sichtweite.

»Er wird nicht bemerken, dass wir da waren. Immerhin mussten wir nichts aufbrechen, um nachzusehen«, meinte Callan erleichtert. »Und das Buch liegt wieder in der Schublade. Alles beim Alten.« Als er bemerkte, wie sich beide Frauen versteiften, schwante ihm Böses. Sie wechselten vielsagende, fast panische Blicke. »Ihr habt es doch zurückgelegt? Oder?«

Callans Herz rutschte ihm in die Hose, als sie fest schluckten und ihre Lippen ertappt aufeinanderpressten.

***

Peter sah aus dem Fenster. Noch immer glaubte er, Schatten und Konturen auf dem Friedhof zu sehen, die nicht zu den Gräbern gehörten. Doch er hielt sich strikt daran, den Trauernden nicht nachzuspionieren. Das gehörte sich als Pfarrer so.

Er vernahm Schritte auf der knarrenden Leiter und eine tiefe Stimme hinter sich, während er den Tee ziehen ließ und sich auf dem Waschbecken abstützte, um seinen Rücken zu entlasten. »Sie haben hier herumgeschnüffelt.«

»Ich weiß.« Peter deutete auf das offene Begräbnisbuch, das über jede Beerdigung in Pendle Auskunft gab.

»Wir mussten früher oder später damit rechnen. Die Seite ist noch aufgeschlagen. Glaubst du, es war Alethea?«

»Ich denke, nicht. Callan und diese beiden alten Hexen waren hier. Ich konnte sie hören und über den Friedhof laufen sehen. Thea hätte persönlich nachgeforscht, wenn es sie interessiert hätte, statt jemand anderen zu schicken.«

Erstaunt drehte sich Peter um. »Ich habe geglaubt, dass er und diese beiden Tratschweiber das letzte Mal nur zufällig aufeinandergestoßen sind. Sieh einer an. Vielleicht steckt mehr Herz in Jolene und Lucretia, als wir dachten.«

»Wohl eher mehr Herz in dem jungen Iren. Vielleicht ist es auch nur eine Zweckgemeinschaft. So, wie sie gezankt haben, können sie sich nicht ausstehen. Alles beim Alten.«

Peter lachte und stellte zwei Tassen bereit. Er wurde wieder ernst. »Was hättest du getan, wenn sie nach oben gekommen wären? Das war brenzlig.«

Sein Gegenüber zuckte mit den Schultern. »Dazu ist es nicht gekommen, also müssen wir nicht darüber reden. Vielleicht hätte ich mich einfach auf die Luke gestellt. Du solltest darüber nachdenken, das Pfarrhaus abzuschließen, wenn du weggehst. Deine Kirche hat langsam gewaltigen Rattenbefall, mein Lieber.«

***

»Wie du bei diesem Ermittler die Ruhe bewahren konntest, ist mir schleierhaft. Der hätte dich am liebsten ins Gefängnis geworfen!« Thea war noch immer außer sich.

Sie hatten es sich in der Bibliothek des Chamberling-Anwesens gemütlich gemacht, wie sie es schon im Falle der Toten vom Pendle Hill getan hatten. Thea liebte ihr inoffizielles Ermittlungsbüro, und auch ihre Freundin schien Gefallen daran zu finden.

Myrna winkte entspannt ab. »Alles eine Frage der Übung. Du glaubst nicht, mit was für Leuten ich in London zu tun hatte. Carpenter hat sich auf den Schlips getreten gefühlt, weil ich ihm vor die Nase gesetzt worden bin. Wahrscheinlich hat er sich deshalb ausgiebig Zeit gelassen, ehe er aufgetaucht ist. Er hat seinen Auftritt richtig genossen, das hat man gemerkt. Aber Ward war nicht anders, als wir uns kennenlernten. Und sieh, was inzwischen aus ihm geworden ist.«

»Wir durften noch nicht einmal bleiben und die restlichen Gäste befragen!«, rief sie. »Leider sind die Kameraaufzeichnungen jetzt bei Carpenter. Solange du verdächtigt wirst, händigt man sie dir ganz sicher nicht aus. Zumal er für Preston zuständig ist, nicht du.«

Myrna hob den Zeigefinger. »Nicht ganz. Ich bin sogar für ganz Lancashire verpflichtet worden. Das will mir hier nur niemand glauben. Sobald die Rangfolge geklärt ist, hole ich mir das Beweismaterial zurück. Hoffen wir, dass er in der Zwischenzeit nicht daran herumfummelt und am Ende noch alles löscht. Wir sollten aber ohnehin zuerst auf das Ergebnis der Rechtsmedizin warten. Wenn das Ganze ein Unfall war, haben wir nichts weiter zu tun, als Sean Dougan zu betrauern.«

»Könnte Harrison nicht aushelfen? Du müsstest ihn bloß anweisen, mit Carpenter zu sprechen. Er war an diesem Abend schließlich nicht im ›Hungry Eyes‹ und ist somit auch kein Verdächtiger. Er könnte die Videos holen oder sie mit ihm zusammen vor Ort auswerten.«

»Gute Idee. Ich schreibe ihm.« Myrna zückte ihr Handy und tippte ein paarmal auf das Display. Dann steckte sie es weg und konzentrierte sich wieder auf Thea und die Tafel in deren Rücken. »Bevor wir starten: Wo bleibt Callan?«, fragte sie mit Blick auf die Uhr. »Ich dachte, er wollte unbedingt mit von der Partie sein und hat Schulschluss.«

»Er verspätet sich, hat er geschrieben. Hat noch etwas Privates zu erledigen.« Thea zog das Board näher heran und beschriftete eine Karteikarte mit dem Namen des Opfers. Sie steckte sie in die Mitte der Tafel und fügte eine weitere für Pamela Gilberton hinzu. »Sie ist auch sicher die Inhaberin des ›Hungry Eyes‹?«

»Ist sie.« Myrna setzte sich auf den Stuhl gegenüber und betrachtete das Bild als Ganzes. »Sie wollte den Leichnam unbedingt noch einmal sehen, hat aber gleich danach ihre Verbindung zu ihm heruntergespielt. Du hättest ihr das schlechte Schauspiel genauso wenig abgekauft. Ich glaube fast, sie wollte sich vergewissern, dass er auch wirklich tot ist.«

»Was für eine Verbindung haben die beiden?«

»Dougan war ihr Mentor in der Restaurantbranche, bevor sie ihr eigenes Lokal eröffnet hat.«

»Vielleicht war sie heimlich in ihn verliebt. Das passiert häufig bei Schülern, vor allem den weiblichen, und ihrem Lehrer. Sie hat ihn vielleicht etwas zu viel bewundert und angehimmelt«, sagte Thea nachdenklich. Sie zog einen Faden von Pamela zu Sean. Danach setzte sie ein Kärtchen mit dem möglichen Motiv an die Schnur: ›Eifersucht? Neid? Angst?‹. »In Pamelas Fall ist alles möglich. Immerhin wollte Dougan ihr Restaurant testen. Sie könnte ihn aus dem Weg geräumt haben, weil sie eine schlechte Kritik befürchtet hat.«

Myrna verschränkte die Arme. »Vorausgesetzt, sie wusste von seinem Besuch und lügt in diesem Punkt. Sie muss für die Tat auch nicht selbst anwesend gewesen sein, sondern kann einen ihrer Angestellten vorgeschickt haben. Diese Leute sind ihr hörig und fürchten Pamela.«

»Mit wem hast du alles gesprochen?« Thea hielt die nächste Karte einsatzbereit in der Hand.

»Mit einigen, aber die meisten sind uninteressant für uns. Ganz anders Mary Beaumont und Charly Penrose. Sie sind ein Kellner-Gespann und privat ein Paar. Die beiden unterstützen einander und bilden eine Einheit, hatte ich das Gefühl. Er hasst seine Chefin, und auch für Dougan hatte er nichts übrig.«

Thea war nicht überzeugt. »Etwas auffällig, findest du nicht? Wer würde schon damit hausieren gehen, dass er jemanden nicht leiden kann, wenn derjenige wenige Minuten vorher tot neben ihm gelegen hat?«

Myrna lehnte sich zurück. »Es sei denn, er bezweckt genau das damit. Wir würden ihn weniger verdächtigen, je auffälliger er sich verhält.«

Thea knüpfte eine Verbindung von Charly und seiner Freundin Mary zu Dougan und Pamela.

»Was ist mit der Dame in Rosé? Die mit den stark geschminkten Lippen?«, fragte Myrna. »Ich habe euch beide eine Weile nicht gesehen. Wegen Carpenter konnte ich sie nun nicht mehr befragen.«

Thea wurde ganz euphorisch. »Ihr Name ist Kate Harper, hat sie gesagt. Sie ist meine Hauptverdächtige in diesem Fall. Ich habe ein Telefonat von ihr und einer unbekannten Person auf der Toilette belauscht.«

Myrna blätterte in ihren Notizen und fand eine leere Seite, die sie beschriftete. »Bei ihr sollten wir definitiv nachhaken. Sie war kurz vorher an Dougans Tisch und hat ihn wütend gemacht. Womit, weiß ich leider nicht. Er hat sie weggescheucht.«

Thea setzte ihre Karte auf die Tafel. »Sie hat ihm den Tod an den Hals gewünscht, aber behauptet, dass sie das, was passiert ist, nicht gewollt hat.«

»Vielleicht hat sie ihn vergiftet, um ihn aus dem Verkehr zu ziehen, und die Dosis falsch eingeschätzt. Er ist gestorben, obwohl er nur krank werden sollte. Fragt sich, wen sie so dringend angerufen hat.«

Thea nickte nachdenklich. »Ich konnte die Stimme nicht hören, weiß also nicht, ob es ein Mann oder eine Frau war. Jedenfalls hat Kate von einer geheimen Verbindung zwischen Dougan und ihr gesprochen. Es bleibt spannend. Sie wurde richtig aggressiv, als sie mich entdeckt hat.«

»Sie hat sich also ertappt gefühlt.«

Thea setzte ein Ausrufezeichen hinter ihren Namen. Außerdem verband sie Kate mit einer Karte, auf die sie ›Anrufer / Kompagnon‹ schrieb. »Noch mehr Leute, die uns interessieren?«

»Die meisten kamen gar nicht nah genug an Dougan heran. Ich hatte ihn fast die ganze Zeit im Blick. Bis auf

Kate und die Kellner war niemand an seinem Tisch. Allerdings gab es noch einen unbekannten Mann, der ins Restaurant kam und wütend in seine Richtung gesehen haben soll. Er ist gleich danach wieder verschwunden.«

Thea steckte ein großes Fragezeichen an und verband es ebenfalls mit dem Toten. Nun hatten sie ein kleines Spinnennetz erstellt.

Myrnas Handy klingelte.

»Harrison?«, fragte Thea sofort und riss die Augen auf.

Myrna hielt das Handy zu. »Nein, Sam Farrell von der Rechtsmedizin.« Sie lauschte eine Weile und nickte. Thea konnte kaum noch an sich halten. Sie wollte unbedingt wissen, was er zu sagen hatte. »Danke, Sam. Ich erwarte den zweiten Bericht dann per E-Mail. Bis bald.« Sie legte auf und suchte Theas Blick. »Dougan hat kurz vor seinem Tod einen anaphylaktischen Schock durch Erdnüsse erlitten. Er war allergisch und ist daraufhin erstickt.«

Thea runzelte die Stirn. »Also Unfall oder Mord?«

»Es wird sich bald zeigen, ob wir diese Tafel ganz umsonst aufgebaut haben.« Myrna sah noch einmal auf die Uhr. »Wir sollten aufbrechen und zuerst Pamela und ihren Küchenchef ...«, sie blätterte in ihrem Block, »... Benedict McCain aufsuchen. Er stand zum Zeitpunkt des Todes in der Restaurantküche, war aber kaum ansprechbar, nachdem Dougan tot umgefallen ist. Der Schock dürfte sich inzwischen gelegt haben. Wenn jemand weiß, was er ins Essen mischt, dann er.« Myrna stand auf und verdeutlichte Thea, zu folgen.

»Wieso ich? Was ist mit Harrison?«

»Ward soll mir diesen Bluthund Carpenter vom Hals halten und die Videos durchsehen, während wir an anderer Stelle ermitteln, und allein sollte man nie zu einer Befragung gehen. Außerdem vertraue ich seinem Team nicht, wenn es genauso ist wie er. Bist du dabei oder nicht?«

»Na klar! Da musst du mich nicht zweimal fragen.« Thea strahlte. »Und Callan?«

»Wenn er es pünktlich schafft, nehmen wir ihn als unseren Praktikanten mit. Er hat es verdient, ein Teil der Gruppe zu sein.«

Thea war skeptisch. »Und du denkst, dass man mit dir redet, nachdem du in Handschellen vor ihnen gestanden hast?«

»Nicht unbedingt, aber ich habe ja zwei Mitstreiter dabei, die zur Not fragen können. Mit irgendwem werden diese Leute schon reden.« Sie zwinkerte, was Thea zum Grinsen brachte.

Sie freute sich, endlich wieder mitzumischen und Verdächtige zu verhören.

An der Tür hielt Myrna sie zurück. »Dass wir uns richtig verstehen: *Ich* leite die Ermittlung, du hältst dich mit Callan im Hintergrund und beobachtest, bis ich dich von diesem Posten erlöse. Falls ich nicht zu den Menschen durchdringe, kannst du gern einschreiten, aber unser irischer Freund bleibt nach wie vor der stumme Begleiter, der nur Augen und Ohren hat und sich Notizen macht.«

»Du wirst uns gar nicht bemerken«, erwiderte Thea lächelnd.

»Ihr hört auf mein Kommando. Wenn ich sage, dass wir gehen, gehen wir. Niemand läuft davon oder bringt die Befragten dazu, dass sie uns beinahe mit einer Mistgabel aufspießen.«

Thea rollte mit den Augen und schnappte sich ihre Jacke. »Spielst du immer noch auf die Sache mit Agnes McAllister an? Das war mein erster Fall. Und außerdem haben wir dadurch von ihrer illegalen Hundezucht erfahren. Es hatte alles seinen Sinn.«

»Seitdem ist kaum Zeit vergangen«, sagte Myrna. »Ich spreche, ihr folgt. Und wenn ich einen Auftrag für euch habe, dann werdet ihr ihn erledigen. Nicht mehr und nicht weniger.«

Thea salutierte und verzog verdrossen den Mund. »Was immer du willst, Evans.«

»So ist's brav.« Myrna tätschelte ihre Wange wie bei einem kleinen Kind. Sie liebte es, Thea in die Schranken zu weisen. »Und nun lass uns nach unserem Wunderkind sehen. Vielleicht brauchen wir seine technische Erfahrung heute noch.«

Sie setzten sich in den kleinen roten Ford und schnallten sich an.

Thea räusperte sich und wich Myrnas Blick aus. Sie fuhr mit dem Zeigefinger auf der Armatur entlang. »Wenn es sich tatsächlich um Mord handelt, kann ich dann ...«

»Ja, du darfst den Fall auf deinem Blog bringen.« Myrna lächelte. »Du drehst ohnehin dein eigenes Ding. Aber warte wenigstens, bis es offiziell ist. Noch wissen wir zu wenig.«

Thea freute sich tierisch. *Churchyard Crimes* war endlich wieder am Ermitteln.

8. Kapitel

Callan nestelte nervös an seiner Hose herum. Er hatte noch nie Angst davor gehabt, nach Hause zu kommen, aber heute war alles anders. Er hatte so viele Dinge erfahren, die er lieber nie gesehen und gehört hätte. Es war an der Zeit, Licht ins Dunkel zu bringen.

Als die Tür geöffnet wurde und seine Mutter herauskam, um etwas Wasser in die Blumen zu kippen, wurde ihm die Entscheidung abgenommen.

Fiona riss die Augen auf und hielt mitten in der Bewegung inne. »Callan, mein Schatz, wo kommst du denn auf einmal her? Ich dachte, du bist noch in der Schule.«

»Die letzte Stunde ist ausgefallen.«

»Stehst du schon lange hier draußen? Komm schnell rein, es frischt auf. Hast du Hunger? Ich habe noch einen Rest Pie aus dem Café da.« Er folgte ihr unschlüssig in die Küche. »Liam hat sich für Weihnachten angekündigt. Ist das nicht schön? Endlich hat er wieder Zeit, seit sein Studium in Dublin beendet ist. Zu den Feiertagen werden wir dann alle zusammen sein.«

Callan freute sich nur halb mit ihr über die Nachricht seines großen Bruders. Er war viel zu nervös, um darauf zu reagieren. »Ich wollte mit dir reden, Mum.« Er setzte sich lieber ins Wohnzimmer und fummelte am Stoffbezug ihres alten Sofas herum.

Fiona stellte die Schüssel beiseite, folgte ihm und nahm neben Callan Platz. Sie musste sofort gespürt haben, dass es ihm ernst war. »Was hast du auf dem Herzen, *mo stór*?«

Callan nahm all seinen Mut zusammen. Er musste es einfach wissen. »Waren Nathan und du ein Liebespaar? Du kannst es mir ruhig sagen. Ich werde Dad nichts davon verraten.« Jetzt war es raus! Es gab kein Zurück mehr.

Ihre Augen wurden noch ein Stück größer. Dann keuchte Fiona, ehe sie einen Lachanfall bekam. Tränen rannen ihr über die geröteten Wangen. »Nathan und ich? *Dia ár sábháil!*«

Callan lehnte sich verunsichert zurück. »Also hattet ihr nichts miteinander?«

Fiona legte ihm eine Hand aufs Bein. »Wir waren gut befreundet, ja, vielleicht sogar beste Freunde. Mit Nathan konnte ich über all meine Probleme sprechen. Er war für mich da, wenn dein Vater es nicht war. Ich war oft allein und wusste nicht, wohin mit meinen Sorgen.«

Callan war noch nicht überzeugt. »Liegt ja nah, dass man was miteinander anfängt.«

»Nicht Nathan. So jemand war er nicht. Es gab eine Zeit, da habe ich mich wirklich zu ihm hingezogen gefühlt, aber aus dieser Schwärmerei ist nie etwas geworden. Zum Glück nicht. Ich bin immerhin eine verheiratete Frau.« Sie winkte mit ihrem Ehering.

»Du legst seit seinem Tod Lilien ans Grab. Wer würde so etwas tun, wenn nicht die heimliche Geliebte?«

»O Callan, es ist wirklich nicht das, wonach es aussieht. Er hat mir sehr viel bedeutet. Ich hatte keine Zeit,

Abschied zu nehmen. Alles passierte so plötzlich. Am Vorabend hatten wir noch gemeinsam bei Wein und einem Brettspiel über Pendle und seine Tochter Thea gesprochen, am folgenden Morgen war er bereits nicht mehr da.« Sie senkte den Blick und schniefte. »Manchmal glaube ich, dass ich seine Anwesenheit spüre, wenn ich an seinem Grab stehe. Es tut so weh, dass er fort ist. Ich fühle mich in dieser Gemeinde oft einsam.«

»Aber ich bin doch da, Mum. Wieso hast du nie mit mir geredet?«

»Du hättest es nicht verstanden, weil du immer sehr an deinem Vater gehangen hast. Ich habe meine Blumen deshalb auch heimlich zum Grab gebracht. Es durften keine Gerüchte entstehen, die am Ende noch dir schaden. Beziehungsprobleme sollte man nie vor den Kindern ausbreiten.«

»Aber auch nicht in sich hineinfressen«, entgegnete er patzig und beherrschte sich sofort wieder. »Tut mir leid, Mum. Es ist alles nur so unbegreiflich. Du warst als seine engste Freundin doch sicher bei Nathans Beerdigung dabei, oder?«

Fiona sah auf. Ihre Augen waren feucht. »Ich glaube, nur Peter war da, und er hat niemanden dazu eingeladen, nicht einmal mich oder Nathans Tochter. Der Reverend hat ihn beerdigt und uns erst im Nachhinein Bescheid gesagt.«

So langsam zeichnete sich ein Bild. »Danke, dass du es mir anvertraut hast. Ich glaube dir.« Er umarmte seine Mutter liebevoll. »Tut mir leid, dass ich mich in letzter Zeit so rar gemacht habe. Ich wusste nicht, wie ich dich fragen soll.«

»Und ich nicht, wie ich es dir sagen kann. Wir haben beide aneinander vorbeigelebt, Callan.« Sie nahm sein Gesicht zwischen die Hände. »Wir waren immer eine sehr offene und herzliche Familie. Ich möchte nicht, dass wir uns Dinge verheimlichen. Ich werde mit deinem Vater reden, sobald er zurück ist, und von meinen letzten Monaten erzählen.«

»Auch von Nathan Shaw?«

»Auch von ihm, ja. Es war nichts zwischen uns, und das darf Glen gern wissen. Vielleicht bewegt es ihn dazu, häufiger herzukommen oder mal länger am Stück zu bleiben. Ich vermisse ihn so sehr.«

»Ich auch, Mum, ich auch.« Callan lächelte erleichtert und streichelte ihre Hand, als es klingelte. »Erwartest du jemanden?«

Fiona kicherte hinter vorgehaltener Hand. »Du kennst doch das Dorf. Irgendjemand fragt immer nach Essen aus dem Café. Lass die hungrige Meute ruhig herein.«

Als Callan öffnete, stand Thea vor ihm. »Wir brauchen deine Hilfe.«

»Soll ich jemanden hacken?«

»Noch nicht. Du bist eingeladen, heute hautnah bei der Ermittlung dabei zu sein.«

Callans Herz hüpfte. »Ich hole nur schnell mein Equipment. Mum, ich bin noch mal weg!«

»Denk an deine Hausaufgaben!«, rief sie ihm nach.

Callan stieg zusammen mit seinem verbeulten Rucksack voller Technik ein und streckte seinen Kopf nach vorn. Er grinste breit. »Gute Nachrichten, Thea: Wie es aussieht, sind wir doch keine Halbgeschwister.«

»Na, Gott sei Dank! Dann kann ich ja wieder beruhigt schlafen.«

Myrna sah von einem zum anderen und runzelte die Stirn. »Habe ich was verpasst?«

»Das erzählen wir dir auf dem Weg nach Preston.«

***

Ward war von seiner neuen Aufgabe nicht begeistert. Er kannte Sergeant James Carpenter noch aus der Ausbildung. Sie waren nie miteinander ausgekommen.

»Der Hund darf nicht mit ins Gebäude«, ertönte eine schnarrende Stimme, als er die Rechtsmedizin betrat und mit seiner Polizeimarke wedelte.

Man hatte ihm gesagt, dass er den Sergeant heute hier fand statt auf der Wache.

Ward streckte den Rücken durch und setzte ein Lächeln auf. »Da, wo ich hingehe, kommt Harry auch mit. Er ist der offizielle Polizeihund der Pendle-Wache.«

Die Frau hinter der Glasscheibe beäugte erst ihn und dann den Jack Russell Terrier skeptisch. »Das glauben Sie doch wohl selbst nicht.« Sie seufzte tief, als sie den Blick des Hundes sah, der den Kopf schräg legte und sie mit seinen Kulleraugen überzeugte. »Na gut, ich mache heute eine Ausnahme. Er kommt aber an die Leine und wird nicht aus den Augen gelassen. Außerdem darf er nicht mit in den Sezierraum oder in andere sterile Bereiche.«

»Danke ...« Ward musste die Augen zusammenkneifen, um das Schild an ihrem Revers zu lesen. »... Mona Summers. Ein hübscher Name.«

»Nun gehen Sie schon durch, ehe ich es mir anders überlege.« Sie errötete dennoch.

Pfeifend und erstaunlich gut gelaunt folgte er der Beschilderung. Er band Harry an einem Stuhl fest und klopfte.

Als die Tür zum Sezierraum aufgerissen wurde, funkelte ihn Carpenter persönlich an.

Ein unsichtbarer Schwall Chemikalien traf Harrison. Seine Augen tränten. Es roch süß und künstlich, sodass ihm kurz übel wurde. Das hatte er an der Rechtsmedizin ganz sicher nicht vermisst!

Carpenter verzog den Mund zu einem fiesen Lächeln. »Es war nur eine Frage der Zeit, bis Evans ihren Laufburschen vorschickt. Wie fühlt sich das an?«

Ward blickte kurz zu Harry, der schon wieder knurrte. Mit einer Geste verdeutlichte er ihm, dass alles bestens war. »Ziemlich gut, muss ich sagen. Darf ich?« Er drängelte sich an Carpenter vorbei, als könnte er es nicht erwarten, hineinzukommen. Dabei hasste er alles an diesem übel riechenden Ort.

»Wir waren gerade mitten in einer Besprechung.«

»Über Sean Dougan? Wir wissen bereits, dass er an einem allergischen Schock gestorben ist, ausgelöst durch Erdnüsse.«

Sam Farrell sah von einem zum anderen. Im Licht der Neonröhren wirkte sein braunes Haar noch schütterer und sein eingefallenes Gesicht um einiges schattiger. Man sah ihm an, dass er kaum das Gebäude verließ und Tageslicht sah. Jedes Mal dachte Ward an einen Vampir, wenn er Sam gegenüberstand.

»Guten Abend, Ward. Es ist eine Weile her, nicht wahr?«

»Ein paar Jahre bestimmt. Evans und ich ermitteln an diesem Fall.«

Carpenter räusperte sich lautstark. »*Ich* ermittle, solange der Inspector unter Tatverdacht steht. Seien Sie froh, dass ich Ihnen Einsicht gewähre.«

»Muss ich nicht. Ich weiß, dass ich im Namen des Inspectors hier sein darf. Vielleicht sollte ich eher überprüfen, ob *Sie* die Ermittlungen behindern.«

Sie funkelten sich an. Von draußen hörte man ein wütendes Bellen.

»Sie sollten Ihren Kläffer lieber wieder mitnehmen und verschwinden. Das hier ist weder ein Tierheim noch der Treff für die Anonymen Alkoholiker.«

»Meine Chefin hat mich einiges gelehrt, seit sie in Pendle ist. Zum Beispiel, wie ich erkenne, wann jemandem die Argumente ausgehen.«

Sam Farrell ging dazwischen, ehe die Situation eskalierte. »Wenn Sie sich dann wieder beruhigt haben, würde ich gern fortfahren. Für Sie werde ich es gern noch einmal wiederholen, Ward.«

»Bitte, Doc. Ich bin ganz Ohr.«

Sie stellten sich zu beiden Seiten neben den Toten, der auf einem Metalltisch lag. Man hatte ihm Augen und Mund geschlossen und ihn bis zum Oberkörper mit einem weißen Tuch abgedeckt. Seine Haut war bleich und an manchen Stellen grau verfärbt.

»Der Mann muss kurz vor seinem Tod mehrere Milliliter Erdnussöl zu sich genommen haben, das bei ihm eine heftige Reaktion ausgelöst hat. Nicht nur seine Haut ist gereizt, sondern auch seine Luftröhre. Sein Hals ist schnell angeschwollen. Er ist erstickt. Es gibt keine Anzeichen für Fremdeinwirkung, außer, jemand hat ihm das Öl gegen seinen Willen verabreicht.«

»Was möglich wäre, wenn es nicht in der Küche des ›Hungry Eyes‹ verwendet wird. Ein Allergiker wird wissen, auf welche Zusätze und Allergene er achten muss, bevor er sich Essen bestellt«, murmelte Ward. »Sie sagten Erdnussöl?«

Sam nickte. »In seinem Magen befanden sich keine festen, nussigen Bestandteile, nur flüssiges Öl, darunter Oliven-, Raps- und eben auch Erdnussöl. Es hat eine Weile gedauert, das alles voneinander zu trennen.« Er klang stolz.

»Also doch ein Unfall«, sagte Carpenter. »Ein Versehen in der Küche. Oder er hat nicht darauf geachtet und etwas anderes auf dem Teller vermutet.«

»Kann man herausfinden, wo das Öl hergestellt wurde?«, fragte Ward.

»Was soll das hier werden, Harrison?« Sein Kollege biss die Zähne fest aufeinander. »Lassen Sie die Finger von meinem Fall. Sie sehen doch, dass ich alles im Griff habe.«

»Und Sie wissen genau, dass ich nicht lockerlassen werde. Noch irgendwelche Auffälligkeiten, Sam?«

»Keine Kampfspuren, keine frischen Brüche oder Narben, keine Blessuren. Es gibt einen einzigen verheilten Bruch an seinem Fußknöchel, der aus seiner Kindheit stammt. Ansonsten war er übergewichtig und litt an Bluthochdruck. Das war es auch schon. Dieser Mann ist tatsächlich beim Essen gestorben.«

Carpenter schob seine Hände tief in die Taschen seiner Anzughose. »Na, wenigstens war er glücklich in seinen letzten Momenten.«

»Wenn man das bei einem Erstickenden überhaupt sagen kann.« Harrison mochte den schwarzen Humor des Sergeants zwar, aber es war zu früh für ihn, um Scherze zu reißen.

Sam räusperte sich. »Das Öl ist nicht zurückzuverfolgen, aber wir könnten einen Vergleich anstellen, sobald man uns ein Gegenstück liefert.«

»Das Labor hat alle seine Teller und Gläser sichergestellt«, sagte Carpenter. »Irgendwo muss das Erdnussöl vorgekommen sein.«

»Es sei denn, es wurde ihm auf anderem Weg verabreicht als über das Essen. Per Kapsel zum Beispiel, die sich erst nach einer Weile im Magen auflöst.«

Carpenter betrachtete Ward eingehend. »Sie sind gar nicht mehr so einfältig wie damals, Sergeant.«

»Gleichfalls, danke.«

Er überhörte die Spitze geflissentlich. »Der Entzug scheint Ihnen gutzutun. Ich mag die neue Art, mit der Sie an die Verbrechensaufklärung herangehen.«

Ward riss die Augen auf, als ihm ein wichtiger Punkt einfiel. »Was ist mit der Witwe? Haben Sie sie schon informiert? Er hatte ein Bild von ihr in seiner Brieftasche.«

»Noch nicht. Es gab zu viel zu tun. Wir müssen leider davon ausgehen, dass die Presse dieses Mal schneller war als wir. Es haben immerhin zahlreiche Zeugen mitbekommen, wie Dougan starb. Und denken Sie, die halten sich an irgendwelche Vorschriften, die wir ihnen machen? Für Geld würden sie sicher ihre eigene Mutter an diese Journaille verkaufen.«

»Dann sollten wir das direkt heute erledigen.«

»Wir?« Carpenter hob eine Augenbraue skeptisch. »Wohl eher ich. Danke, Sam. Wenn es noch etwas geben sollte, informieren Sie mich.«

»Den vollständigen Bericht habe ich soeben an Inspector Evans gesendet.«

Carpenter seufzte und kniff sich in den Nasenrücken. »Na schön. Dann bitte noch einmal eine Kopie an mein Büro.«

Sam Farrell nickte unschlüssig und wechselte einen Blick mit Ward, der mit den Augen rollte.

»Das habe ich gesehen!«, rief Carpenter an der Tür, obwohl er sich nicht umdrehte.

Auf dem Weg zum Ausgang schenkte Ward Mona ein kleines Lächeln, das sie hinter ihrer Glasscheibe erwiderte. Die Sergeants verließen gemeinsam das Gebäude und atmeten auf, als sie wieder an der frischen Luft waren. Der süßliche Geruch von Chemikalien und Tod verflüchtigte sich zum Glück schnell. Ward war unbegreiflich, wie jemand tagtäglich in dieser Hölle arbeiten konnte.

Er drehte sich zu seinem Kollegen. »Eigentlich bin ich hergekommen, um die Kameraaufnahmen zu sichten. Auftrag von oben.«

»Von oben heißt in Ihrem Fall, von Inspector Evans?«

»Sie können ja doch eins und eins zusammenzählen. Es gibt also noch Hoffnung für die Zukunft der Polizei.«

»Vorsicht, Harrison«, knurrte Carpenter. »Bis vor Kurzem hingen Sie noch an der Flasche. Das weiß hier jeder. Also machen Sie mal halblang.«

Er hatte recht. Ward sollte kleinere Brötchen backen und sich nicht zu viel herausnehmen. Trotzdem musste man diesem Macho mit ebenso vorlauter Art und Weise begegnen, weil man sonst nicht weiterkam.

»Ich habe meine Vergangenheit und Sie die Ihre. Lassen Sie uns lieber an einem Strang ziehen, um den Fall zu lösen. Wenn es sich um Mord handelt, werden wir es herausfinden.«

»Guter Versuch, aber ich bin kein Teamplayer. Das wissen Sie.«

»Eher der einsame Wolf? Ganz ohne Hilfe werden Sie es nicht schaffen. Außerdem muss ich auf Akteneinsicht und Sichtung von Beweismaterial bestehen. Ebenfalls, weil ich Inspector Evans vom Tatverdacht befreien möchte. Es ist mir ein persönliches Anliegen.«

»Sie sind also befangen.« Carpenter hielt inne und hob die dunklen Augenbrauen.

»Nicht doch. Wo denken Sie hin? Es ist ein reines Kollegenverhältnis. Sie ist meine Vorgesetzte, aber schwer in Ordnung.«

Der Sergeant zündete sich eine Zigarette an und blies den Rauch in den Nieselregen.

Ward schlug den Kragen seines alten Mantels hoch. »Wie sieht es aus? Lust auf eine Runde: Wem fällt zuerst was auf? Wir könnten die Aufnahmen zusammen sichten. Ich würde am Ende bloß gern eine Kopie davon haben. Danach lasse ich Sie in Ruhe.«

»Und die Witwe?«

»Können Sie selbst befragen.« Ward wusste längst, dass Myrna und Thea auf dem Weg zum ›Hungry Eyes‹ waren und danach Dougans Ehefrau aufsuchten. Er würde sich ihnen anschließen, sobald er hatte, was er wollte.

Carpenter drückte die halb aufgerauchte Zigarette in den Aschenbecher neben dem Eingang und stimmte zu. »Dass Sie ja nicht glauben, es läuft jetzt immer so.«

»Das würde mir nicht im Traum einfallen.« Harrison grinste, während er ihm ins nächste Gebäude folgte.

***

Sie hielten vor dem Restaurant, das zu dieser frühen Stunde noch keine Gäste hatte. Im Inneren des mehrstöckigen Fachwerkhauses ging in diesem Moment das Licht an, und aus dem Schornstein rauchte es. Mehrere Giebel mit roten Schindeln ragten gen Himmel.

Durch die Scheiben sahen sie Tische mit frischen Tüchern sowie Kellner, die von einer Seite zur anderen eilten, um einzudecken. Neben viel zu viel Besteck standen mehrere polierte Gläser in verschiedenen Größen, und natürlich durften auch kunstvoll gefaltete Servietten nicht fehlen.

Von außen wirkte das Haus traditionell, aber im Inneren modern. Vielleicht war es gerade dieser Kontrast, der die Menschen anlockte.

Myrna schluckte, als sie an ihren verdorbenen Geburtstag zurückdachte. Der Tag selbst war ihr nicht wichtig gewesen, aber sie hätte ihn gern ohne Handschellen, Sergeant Carpenter und vor allem ohne einen Toten verbracht. Dass Milton sie so gesehen hatte, war ihr peinlich. Sie war ihm immer noch eine Nachricht schuldig, aber die Ermittlungen hatten sie viel zu sehr in Anspruch genommen, um sich auf ihr Privatleben zu konzentrieren. Myrna glaubte langsam, sie war verflucht, was Männer betraf.

»Der Betrieb geht erst in zwei Stunden wieder los«, sagte sie und sah sich um.

Es nieselte, weshalb sie schnell ins Trockene wollte. An einen Schirm hatte sie natürlich nicht gedacht. Im Herbst musste man hier oben mit schnellen Wetterumschwüngen und viel Niederschlag oder sogar Nebelbänken rechnen.

Callan legte seine Hand schwungvoll auf den Griff der Tür, aber Myrna pfiff ihn zurück. »Ihr kennt die Reihenfolge und eure Aufgabe. Haltet euch bitte daran, sonst gibt es nicht nur für euch Ärger. Alles kann meine Polizeimarke nicht regeln.«

»Bist du immer so biestig, wenn es um Vorschriften geht?«, fragte Callan augenrollend. »Wo bleibt denn da der Spaß?«

»Spaß können wir wann anders haben. Jetzt geht es erst einmal um eine ernst zu nehmende Ermittlung. Hier gab es einen Toten, und wir wollen herausfinden, wieso er sterben musste.« Sie sah auf ihr Handy.

Thea beugte sich neugierig über das Gerät. »Eine Nachricht von Harrison?«

»Nein, von Sam Farrell, unserem Rechtsmediziner.« Sie scrollte durch das Dokument. »Offenbar hat man Dougan mit Erdnussöl vergiftet. Todesursache war eine allergische Reaktion darauf. Das wäre also geklärt.«

Sie betraten das Lokal. Charly und Mary fehlten heute, aber ein paar andere bekannte Gesichter huschten umher.

»Wir haben noch geschlossen, verflucht!«, keifte Pamela Gilberton quer durch den Raum. »Verschwinden Sie!«

Sie folgten ihrer unangenehmen Stimme bis in ein unordentliches Büro hinter einem langen Vorhang.

»Guten Tag, Mrs Gilberton. Sie erkennen mich bestimmt wieder?« Myrna zeigte zur Sicherheit ihre Polizeimarke vor.

»Sie ja, aber die beiden Teenager da nicht.« Ihr spitzer Finger stach Myrna beinahe ein Auge aus.

»Ich bin fünfundzwanzig und Inspector Evans' rechte Hand«, antwortete Thea mit grimmiger Miene, ehe Myrna etwas erwidern konnte. »Wir müssen Ihre Küche überprüfen und Proben nehmen.«

»Das Essen haben Sie doch noch am selben Abend eingetütet und mir sogar meine wertvollen Teller und Gläser weggenommen. Wenn ich auch nur einen Kratzer oder Riss darauf finde ...«

Myrna unterbrach sie lieber. »Wir werden Ihre Mitarbeiter noch einmal gesondert befragen und neue Erkenntnisse einfließen lassen. Sie können natürlich jederzeit dabei sein oder einen Anwalt einschalten.«

»Was wollen Sie wissen?«

»Die wichtigste Frage würden wir gern Ihrem Küchenchef Benedict McCain stellen. Ist er anwesend?«

»Steht in der Küche, wie es sein Beruf von ihm verlangt. Ich bringe Sie zu ihm.«

Schwerfällig erhob sich Pamela und ging voraus. Sie stieß die Tür zu einer riesigen Restaurantküche auf. Alle trugen Weiß und hatten Hauben oder Netze auf dem Kopf. Munteres Gemurmel und das Scheppern von Töpfen waren zu hören.

»Haltet mal kurz die Klappe und schaut her!«, brüllte Pamela. »Inspector Evans und ihre beiden Schatten werden euch Fragen stellen. Seid einfach ehrlich, dann sind sie umso schneller wieder weg! Verstanden?«

»Verstanden!«, riefen ihre Angestellten im Chor.

»Hat was vom Militär«, raunte Thea Myrna ins Ohr.

»Sind Sie nicht der Inspector, der verhaftet wurde?«, fragte eine junge Frau.

»*Fast* verhaftet. Das war ein Missverständnis der örtlichen Polizei. Wer von Ihnen ist Benedict McCain?«

Ein Mann mit dunkelblonden Locken, die von einem Netz zusammengehalten wurden, trat vor. »Das bin ich. Wie kann ich helfen?« Ein unsicherer Blick streifte Pamela, die die wuchtigen Arme verschränkte.

Vielleicht war es doch keine so gute Idee gewesen, sie dabei zu haben, aber anders würde es erst auf dem Revier gehen.

»Wird in Ihrer Küche Erdnussöl verwendet?«

»Ja, wird es. Es ist in manchen Gerichten, um eine rauchige Note zu erzeugen. Wieso?«

»Hat der Mann von Tisch sieben eines dieser Gerichte bestellt?«

»Nein.«

Thea trat vor und blickte misstrauisch. »Ihre Antwort kam wie aus der Pistole geschossen.«

McCains Augen ruhten nun auf ihr, während sich Myrna Notizen machte. »Weil ich alle Gerichte in- und auswendig kenne. Ich könnte sie im Schlaf kochen und Ihnen ein perfektes Menü vor die Nase stellen. Natürlich erinnere ich mich an seine Bestellungen. In seinem Essen waren keine Erdnüsse, weder gehackt noch gemahlen oder als Öl. Dafür lege ich meine Hand ins Feuer. Es kam mir eher so vor, als hätte er die gesamte Karte einmal rauf und runter bestellt, bis auf ebendiese

Gerichte. Er hat sie fast absichtlich ausgelassen. Vielleicht hatte er eine Unverträglichkeit. So etwas kommt vor.«

»Die Allergene sind in unserer Karte deutlich gekennzeichnet«, betonte Pamela. »Außerdem scheint er keine Erdnüsse gegessen zu haben – in welcher Form auch immer. Wir haben uns also nichts zuschulden kommen lassen. Wäre das dann alles, Inspector?«

Myrna war noch nicht zufrieden. »Könnte er einen falschen Teller gereicht bekommen haben? Wer hat ihm die Speisen an den Tisch gebracht?«

»Das waren Charly und Mary im Wechsel. Der Vielfraß wollte so viel haben, dass wir gleich zwei unserer Leute für ihn abgestellt haben. Außerdem war er Sean Dougan. Für ihn lohnt es sich immer, sich ein Bein auszureißen«, meinte McCain.

»Arbeiten Miss Beaumont und Mr Penrose heute?«

»Sie haben sich freigenommen. Es war für alle ein großer Schock.« Noch ein Satz, den Myrna Pamela nicht abkaufte. Diese Frau trauerte kein Stück und wollte sie bloß schnell genug abwimmeln.

»Wollten sie wegfahren?«

»Mich interessiert nicht, was meine Angestellten in ihrer Freizeit treiben.«

»Danke fürs Erste. Ich müsste bitte noch das Erdnussöl beschlagnahmen, das am besagten Tag verwendet wurde, egal für welche Speisen. Vielleicht können wir einen Abgleich machen.«

»Was immer Sie wollen. Na los, gebt es ihr!« Pamela fuchtelte durch die Luft.

Dieses Mal musste Thea ausweichen. Sie öffnete eine Beweistüte und ließ die Flasche hineingleiten.

Als sich Myrna umdrehte, war Callan auf einmal verschwunden. Innerlich seufzte sie, ließ sich aber nichts anmerken. Sie konnte nur raten, wo er sich herumtrieb. Wenn sie Glück hatte, war er zur Toilette gegangen und kam jeden Moment zurück.

Der Rest von *Churchyard Crimes* teilte sich im Raum auf und befragte die Köche und Kellner gesondert zu Sean Dougan und seinem Todestag, immer unter den wachsamen Augen von Pamela Gilberton.

Myrna wusste, dass sie auf Thea und Callan vertrauen konnte, solange sie sie im Blick hatte. Es tat gut, Verbündete an ihrer Seite zu haben. Menschen, die sie nicht in Handschellen legten. Fragte sich bloß, was Callan jetzt schon wieder anstellte.

9. Kapitel

Wards Augen brannten bereits nach fünfzehn Minuten Filmmaterial. Seinem Kollegen schien das ständige Starren auf den Monitor nichts auszumachen – oder er ließ sich nichts anmerken, um Ward schlecht aussehen zu lassen. Carpenter saß mit mürrischer Miene und verschränkten Armen da, während sie den Ablauf des Abends durchgingen und auf jede Auffälligkeit achteten.

»Da kommt Evans.« Ward zeigte auf den Bildschirm. »Unser Opfer ist bereits an seinem Tisch und hat keinen Kontakt mit ihr oder ihrem Begleiter.«

»Abwarten. Sehen Sie, ihr Date geht weg.« Carpenter folgte Milton Langley, indem er die zeitlich passende Aufnahme der zweiten Kamera anstellte. »Scheint zu den Waschräumen zu wollen, aber die Tür wird nicht mit aufgezeichnet. Das ist wohl selbst einer Pamela Gilberton zu privat.«

Er schaltete zurück auf die andere Hälfte des Gastraumes. Myrna beobachtete Sean Dougan allem Anschein nach. So aufmerksam hatte Ward sie kennengelernt.

»Wer ist das?« Er kniff die Augen zusammen, aber die Schwarz-Weiß-Aufnahme war alles andere als scharf. »Eine Frau steht an Dougans Tisch.«

Carpenter machte keine Anstalten, das Video anzuhalten. »Wen meinen Sie?«

»Spulen Sie zurück! Könnte das die Dame in Rosé sein? Die Qualität ist leider mies. Das Opfer scheint nicht begeistert von ihrem Auftauchen zu sein. Sehen Sie? Die beiden streiten, wenn auch nur verbal.«

»Eben. Sie berührt seine Teller nicht, auch nicht sein Glas. Sie ist also eine Sackgasse.«

Ward war nicht überzeugt. »Diese Aufnahmen sind körnig und unscharf. Wer weiß, was wir alles verpassen, weil die Inhaberin am falschen Ende gespart hat? Ich brauche einen Screenshot von ihrem Gesicht.«

Carpenter stoppte die Aufzeichnung und drehte sich zu ihm. »Sie wollen ja bloß einen Sündenbock finden, der Ihre Chefin entlastet.«

Ward schnaubte. »Ich möchte in erster Linie einen Mörder überführen. Besagte Chefin hat mir eben erst geschrieben, dass Dougan laut Küchenchef kein Gericht mit Erdnussöl bestellt hat. Ergo muss ihm jemand die tödliche Substanz verabreicht haben.«

Carpenter verengte die Augen arglistig. »Also ermittelt Myrna Evans parallel, obwohl sie verdächtigt wird? Das werde ich melden müssen.«

Ward wiederholte das Schnauben, dieses Mal eine Spur lauter. »Jetzt haben Sie sich mal nicht so! Man könnte meinen, dass Sie selbst etwas mit dem Fall zu tun haben, so sehr, wie Sie Evans hinter Gittern sehen wollen.«

Carpenters Adamsapfel hob und senkte sich deutlich, als er schluckte. »Sie spinnen doch. Alle beide. Von dieser Alethea Shaw will ich gar nicht erst anfangen. Ich habe meine Hausaufgaben gemacht, Harrison. Die

Frau ist nichts weiter als eine Totengräberin aus Pendle. Sie muss ihre Nase also aus allen polizeilichen Ermittlungen heraushalten. Sonst sehe ich mich gezwungen, Schritte gegen sie und den Inspector einzuleiten.«

Ward konnte diesen altklugen Sergeant immer noch nicht leiden. Er fragte sich, ob er einmal selbst so gewesen war.

»Lassen Sie uns weitermachen. Ich habe nicht den ganzen Tag Zeit.«

»Sie wollten doch unbedingt dabei sein, wenn ich die Bänder sichte. Oh, wer ist das?« Er deutete auf einen Mann, der das Lokal betreten hatte und in der Nähe des Eingangs stehen blieb. »Er scheint wütend zu sein. Und er starrt in Richtung Opfer.« Carpenter machte wieder Screenshots und vergrößerte das Gesicht des Besuchers.

»Aber er geht gleich darauf wieder.«

»Er könnte durch einen Hintereingang ins Restaurant geschlichen sein. Wer weiß, ob er sich nicht vielleicht an Dougans Teller zu schaffen gemacht hat. Diesen Burschen schnappe ich mir.«

Ward beugte sich vor, bis seine Nase beinahe den Bildschirm berührte. »Verflucht!«, hauchte er.

»Was haben Sie gesagt?«

Er lehnte sich zurück und setzte eine belanglose Miene auf. »Ich ... habe mich nur geärgert, weil man nichts erkennen kann.« Seine Stimme zitterte, aber Carpenter bemerkte es zum Glück nicht. »Kann ... Kann ich einen Ausdruck von ihm haben?«

»Wollten Sie nicht sowieso Kopien der Bänder bekommen? Sie brauchen die Screenshots doch gar nicht.«

»Ich würde gern die Einwohner von Pendle nach ihm und der Frau an Dougans Tisch fragen. Vielleicht kennt sie jemand.«

»Wenn es sein muss.« Carpenter schmiss den Drucker an und ließ sich sehr viel Zeit. Er reichte Ward missmutig die beiden Ausdrucke.

Dieser wäre am liebsten gleich losgerannt. Erst recht, weil er Harry schon wieder bellen hörte. Sein Hund langweilte sich schnell und brauchte mehr Auslauf, als Ward ihm momentan bieten konnte. Er blieb, wo er war, um sich nicht verdächtig zu verhalten. Carpenter hätte den Braten sonst gerochen.

Als er noch eine Weile auf das graue Bild starrte, erkannte er bald gar nichts mehr. Die Punkte wanderten in seiner Vorstellung alle übereinander oder kreuz und quer. Ward musste mehrmals blinzeln, um sich zu konzentrieren. Dieser knausrige Sergeant hatte ihm noch nicht einmal ein Wasser angeboten. Wards Hände wurden klamm, und seine Lippen begannen zu beben.

»Was haben Sie, Kollege? Brauchen Sie einen Whisky?«

Am liebsten hätte er Carpenter den verhöhnenden Ausdruck aus dem Gesicht gewischt, riss sich aber zusammen. Ward hatte nicht umsonst so lange keinen Tropfen Alkohol mehr angerührt, nicht einmal auf Evans' Geburtstagsfeier.

»Wenn Sie den ganzen Tag arbeiten würden, würde es Ihnen sicher genauso gehen. Moment! Spulen Sie bitte einmal zurück!«, rief er plötzlich. *Das kann doch nicht wahr sein!*

»Auf wen zielen Sie ab? Wir haben den Tod von Sean Dougan bereits gesehen. Es waren bis dahin genau drei Leute an seinem Tisch, zwei Kellner und die geheimnisvolle Frau, mit der er sich unterhalten hat. Leider sonst niemand, und in die Küche können wir nicht sehen, weil dort keine Kameras hängen. Mrs Gilberton rechtfertigt es damit, dass Betriebsgeheimnisse bewahrt werden sollen. Sie wissen schon ... geheime Rezepte, Zutaten und so weiter.«

»Stopp! Das Bild brauche ich bitte auch!« Ward drückte seinen Finger auf den Monitor und hinterließ einen Fleck an der Stelle.

»Ich weiß zwar immer noch nicht, auf wen oder was Sie aus sind, Harrison, aber wenn es nichts mit dem Mord zu tun hat, interessiert es mich nicht.«

Umso besser, wenn sich Carpenter heraushielt. Ward starrte abwechselnd von dem Ausdruck in seiner Hand zu der Frau, die er in diesem Moment auf der anderen Seite des Restaurants erspäht hatte. So viele Zufälle auf einmal konnte es nicht geben – oder doch?

In was für Probleme habt ihr euch bloß verstrickt?, fragte er lautlos, damit Carpenter nicht nachfragte.

Als das Band zu Ende war und auch auf dem anderen nichts Auffälliges mehr passierte, verabschiedete sich Ward.

Harry sprang hechelnd an seinem Bein hoch und bekam ein Leckerli zur Belohnung, weil er so gut ausgeharrt hatte. Seit er seinen vierbeinigen Freund in seinem Leben hatte, war Ward ein anderer Mensch. Er wachte morgens nicht mehr mit einem Kater auf, sondern freute sich sogar auf seinen Arbeitstag. Ein seltsames und ungewohntes, aber verdammt schönes Gefühl. Als er den Hundehaufen entdeckte, der einen bestialischen Gestank im Flur verteilte, war er weniger gern ein Hundehalter.

Carpenter legte den Arm um seine Schultern und schüttelte den Kopf. »Da kann man nichts machen. Wie das Herrchen, so der Hund.«

Ward wischte seine Hand weg. »Harry ist noch jung. Er lernt noch«, knurrte er.

Der Jack Russell Terrier tat es ihm gleich, als er Carpenter sah, der davonging und lässig winkte. Ward hörte ihn lachen.

Er säuberte den Boden ordnungsgemäß und spielte mit dem Gedanken, Carpenter den Kothaufen direkt vor der Tür seines Büros zu hinterlassen, aber als er in Harrys treue, unschuldige Augen sah, verwarf er seinen kindischen Plan. Er hatte jetzt Besseres zu tun, als sich mit diesem vorschnellen Kollegen herumzuärgern. Nicht dass am Ende noch Ward selbst auf dessen Verdächtigenliste landete. Zuzutrauen wäre es ihm.

***

Callan huschte durch den Vorhang, als niemand hinsah. Spielend fand er Pamelas Laptop und bewegte die Maus. Ihr Computer war noch nicht einmal mit einem Code gesichert. Einfacher hätte man es ihm nicht machen können. Als das riesige Bild eines sabbernden Chihuahuas auftauchte, der seinem Frauchen das Gesicht ableckte, schrak er zurück. Pamela hatte anscheinend keinen Geschmack für Desktophintergründe. Ein Sandstrand hätte es auch getan.

Er sah über seine Schulter und überprüfte den Gastraum. Myrna und Thea beschäftigten die kontrollsüchtige Chefin des ›Hungry Eyes‹ noch immer bestens. Er hatte alle Zeit der Welt.

Callan zückte einen USB-Stick und installierte sein kleines Helferlein auf ihrem Laptop. Weder das Antivirenprogramm noch eine andere Software schlugen an. Er gebrauchte es nicht das erste Mal und war sehr zufrieden damit. Zudem würde es Pamela nicht einmal bemerken, wenn er sich per Fernzugriff in ihren Dateien umsah.

Auf einmal wurde er zurückgerissen. *Jetzt haben sie mich!*, dachte er schockiert und erstarrte zur Salzsäule, bevor sein Fluchtinstinkt stärker wurde. Callan machte sich zum Rennen bereit, als er Thea erkannte und ausatmete.

»Was zum Teufel treibst du hier?«, zischte sie. »Das wird Evans gar nicht gefallen.«

»Du weißt, dass sie ewig für die Beschaffung eines Beschlusses bräuchte, den Gesetzen sei Dank. Bis dahin würde Pamela ihren Computer längst loswerden.«

»Und deshalb holst du dir deine Informationen illegal? Das wirst du ihr niemals beibringen können. Sie macht dich einen Kopf kürzer.«

Callan grinste. »Letzten Endes hat sie unsere Informationen immer zu schätzen gewusst. Ich helfe ihr nur bei den Dingen, die sie sich nicht zutraut.«

Thea verdrehte die Augen. »Jetzt spiel dich nicht als Retter in der Not auf. Evans kommt gut allein zurecht, und das wissen wir beide.«

Callan biss sich wütend auf die Lippe und klappte den Laptop zu. Alles sah so aus wie vorher. Pamela Gilberton würde nicht bemerken, dass er je hier gewesen war.

Thea warf einen Blick durch den Vorhang. Als Callan flüchten wollte, hielt sie ihn am Kragen fest und zog ihn zurück ins Büro. »Warte, da kommt jemand!«

Würgend rieb er sich den Hals. »Musste das unbedingt sein? Du bist gröber als Evans.«

»Psst, sei still!«, flüsterte sie zur Antwort. Kurz danach sah er die Panik in ihren Augen. »Er kommt direkt auf uns zu. Los, da runter!«

Schnell krabbelten sie unter den Schreibtisch und versteckten sich. Vom Vorhang aus sah man sie nicht, aber dummerweise konnten sie auch nicht erkennen, um wen es sich handelte.

Callan hielt die Luft an. Er wagte keinen Blick, weil er sich dadurch verraten hätte.

Erst hörten sie Schritte im Büro, dann starrte er auf zwei schwarze Männerschuhe, die direkt vor Pamelas Arbeitsplatz stoppten. Über ihrem Kopf raschelte es. Der Fremde durchsuchte allem Anschein nach das Büro.

Nach einer gefühlten Ewigkeit verschwand er endlich. Sie atmeten auf und kamen aus ihrem Versteck.

Thea sprang zum Vorhang, doch sie schüttelte den Kopf. »Er ist weg. Konntest du etwas sehen?«

»Leider nur die Schuhe.«

»Welche Größe?«

»Eine Zehn, vielleicht sogar Elf.«

»Also wahrscheinlich ein Mann. Wobei diese Gilberton riesige Füße hat. Hast du das gesehen? Sie ist Bigfoot höchstpersönlich.« Thea grinste schief.

Callan schüttelte den Kopf. »Das ist nicht ihr Stil. Sie würde nicht in Männerschuhen herumlaufen. Außerdem unterhält sie sich immer noch mit Evans.«

»Dieses Argument lasse ich gelten. Leider hat er einen Hoodie mit Kapuze getragen, die sein Gesicht verdeckt hat. Was er hier wohl wollte? Meinst du, er wurde fündig?«

Sie sahen sich ein letztes Mal um, konnten aber keinen Unterschied erkennen.

Er zuckte mit den Schultern. »Keine Ahnung. Jedenfalls sollten wir weg sein, ehe noch jemand vorbeikommt und uns dieses Mal erwischt.«

Callan hatte alles, was er brauchte. Sein Stick schlummerte in der Hosentasche, und er freute sich bereits jetzt auf die Informationen von Pamela Gilbertons Computer. Diese Frau hatte sicher mehr als ein Geheimnis zu verbergen. So entgegenkommend, wie sie sich zeigte, hatte sie sogar Dreck am Stecken.

***

»Was wissen Sie über Sean Dougan privat?«, fragte Myrna die Belegschaft. »Er war immerhin ein gefragter Mann und prominent in Ihren Kreisen.«

»Das kann ich Ihnen wahrscheinlich am besten beantworten«, erwiderte Pamela. »Ich kenne Sean noch von früher.«

Sie wollte die Küche verlassen, aber solange Myrna nicht wusste, wohin es ihre beiden Schützlinge verschlagen hatte, würde sie Pamela lieber noch etwas beschäftigen.

Sie stellte sich wie zufällig in die Tür und machte sich Notizen. »Das wusste ich bereits. Er war Ihr Mentor. Aber was können Sie mir sonst noch über ihn sagen?«

»Er ist ... war mit Claudia Brown, einem ehemaligen Model, verheiratet. Sie hat ihren Namen nach der Hochzeit behalten. Darf ich ehrlich sein?«

»Nur zu, ich liebe Ehrlichkeit.«

Pamela wollte allem Anschein nach hinter dem Rücken einer anderen lästern, doch selbst die schlimmsten Behauptungen enthielten meistens einen Funken Wahrheit.

»Claudia und Sean, das wäre nicht mehr lange gutgegangen.«

»Wieso glauben Sie das?«

Sie machte ein überhebliches Gesicht. »Ich habe Antennen dafür.«

»Hatte er eine Affäre?«

»Eine? Sicher mehrere! Dieser Mann war unersättlich und hat Frauen verbraucht wie Papiertaschentücher.«

Myrna schluckte. Wieder hatte sie das Bild dieses übergewichtigen, schnauzbärtigen Mannes vor Augen, der alles in sich hineingestopft und weder Manieren noch Humor an den Tag gelegt hatte. Schwer vorstellbar, dass er ein Frauenmagnet gewesen war.

»Er ruhte sich also auf seinem Geld aus und scharte FreundInnen um sich?«

»Nicht wie Hugh Hefner, aber ja, auch Sean konnte eine ganz schöne Rampensau sein und hat nichts anbrennen lassen.« Sie kicherte spitz, was albern klang und Myrnas Trommelfelle zum Klingeln brachte.

»Und seine Frau wusste davon?«

»Sie wusste alles. Claudia ist nicht dumm, aber geldgeil.« Pamela beugte sich vor. Ihre Stimme wurde zu einem Raunen. »Wenn Sie mich fragen, dann hat sie ihn umgebracht.«

»War sie denn an dem Abend im Restaurant?«

»Eine vermögende Frau wie Claudia macht sich nicht selbst die Finger schmutzig. Und sie kann sehr überzeugend sein.«

Myrna unterstrich diesen Punkt doppelt. »Sie möchten damit andeuten, dass sie jemanden beauftragt hat? Einen Killer?«

»Für Geld tun Menschen alles, selbst morden.« Pamela lächelte zuckersüß.

Nun zog Myrna sie doch aus der Küche und weg von ihren Angestellten. Noch immer entdeckte sie den Rest von *Churchyard Crimes* nicht. »Fällt Ihnen jemand ein, der Geldsorgen hatte? Jemand vom Personal vielleicht?«, raunte sie.

Pamela verschloss sich sofort wieder. »Wollen Sie damit sagen, dass einer meiner Angestellten ein Mörder ist? Nein, das glaube ich nicht. Sie haben sicher alle ihre Baustellen, auch finanziell, aber ich habe die Rasselbande unter Kontrolle. Hier würde sich niemand auch nur einen Zoll fortbewegen, ohne dass ich davon erfahre.«

Sie war sich wieder etwas zu selbstsicher für Myrnas Geschmack, die ein Fragezeichen hinter die letzten Punkte schrieb. Es gab noch viel zu klären.

»Wenn sich Charly Penrose oder Mary Beaumont einfinden, sagen Sie ihnen bitte, dass ich sie noch einmal dringend auf dem Revier sprechen muss. Ihre Aussage können die beiden auch gern hier im Restaurant machen. Sie hatten direkten Kontakt zu Mr Dougan, ehe er starb. Es ist wichtig.« Myrna reichte ihr eine Visitenkarte mit der Nummer der Wache.

Als sich Pamela wegdrehen wollte, tauchten auf einmal Thea und Callan in ihrem Rücken auf. Myrnas Gesicht wäre beinahe entgleist, als sie sah, wo sie gesteckt hatten.

»Eine Frage habe ich noch!«, rief sie die Inhaberin hastig zurück.

»Ja?« Pamelas Augenbraue wanderte skeptisch nach oben. »Was denn noch alles? Wir haben keine Zeit mehr. In einer halben Stunde öffnen wir, und lange Schlangen werden vor dem ›Hungry Eyes‹ erwartet. Sie haben keinen blassen Schimmer von Erfolg, Darling.«

»Es geht um Mrs Brown, Seans Ehefrau. Sie haben sie zwar verdächtigt, mir aber kein Motiv genannt. Ja, er hatte Affären, doch die haben andere auch. Hat Claudia psychische Probleme?«

Pamelas Augen funkelten, als sie wieder lästern durfte. Das tat sie offenbar besonders gern. »O nein, viel besser als das. Mit den Flittchen von Sean würde sie auskommen.«

»Aber?« Myrna musste ihr nun jede Antwort zähflüssig aus der Nase ziehen.

Pamela gefiel sich in ihrer wichtigen Rolle allem Anschein nach. Mit jedem Satz wurde sie Myrna unsympathischer.

»Ich weiß es von Sean, weil er damit geprahlt hat, er habe Claudia in der Hand. Sie hätte bei einer Scheidung, die wohl knapp bevorstand, keinen einzigen Penny gesehen.«

Endlich formte sich ein Bild in Myrnas Kopf. Sie verstand. »Durch seinen Tod kam es nicht mehr zur Scheidung, und damit behält Claudia das Vermögen.«

»So ist es. Ich weiß nicht, ob Sean vorgesorgt und sie enterbt hat, aber selbst dann würde sie noch einen stattlichen Betrag erhalten. Kinder und nähere Verwandte hatte er keine. Und als spendabel war Sean nicht gerade bekannt. Ganz im Gegenteil. Er hat sein Geld gehortet, wo er konnte.«

Myrna bedankte sich für die Informationen. »Ich muss die Witwe heute ohnehin aufsuchen. Dabei werde ich Ihre Aussagen berücksichtigen und im Hinterkopf behalten. Danke, Mrs Gilberton.«

Sie überprüfte, ob Thea und Callan inzwischen wieder an der Tür standen. Auch der Vorhang war ruhig. Erst dann verabschiedete sie sich von Pamela und entließ sie.

Myrnas Lächeln verwandelte sich kurz darauf in eine grimmige Miene. Sie packte ihre beiden Schützlinge an je einem Arm und zerrte sie nach draußen. »Was habe ich euch gesagt? Kann man euch nicht ein einziges Mal aus den Augen lassen?«, fauchte sie. »Ihr benehmt euch wie kleine Kinder. Ab sofort ermittle ich allein weiter.«

»Das ist unfair! Du brauchst uns!« Callan beschwerte sich umsonst.

Myrna schob sie weiter zu ihrem Wagen. Zum Glück schien wieder die Sonne, und die Regenwolken hatten sich verzogen. »Ich bringe euch jetzt nach Hause, und dann ...« Ihr Handy vibrierte, und sie war abgelenkt. »Ward? Sind Sie fertig mit Carpenter und den Kameras?«

Sie drehte sich weg, wusste aber, dass sich die anderen näherten, um zu lauschen.

»Inspector, ich habe Neuigkeiten. Auf den Aufnahmen sind zwei Einwohner von Pendle zu sehen.«

»Und begehen sie den Mord an Dougan?«

»Das nicht, aber es wird Ihnen trotzdem nicht gefallen. Das erkläre ich Ihnen aber lieber direkt.«

Myrna ging ein Stück und entfernte sich von den anderen. »Was meinen Sie damit?«

»Am besten, wir treffen uns bei Dougan und reden dort weiter. Hier haben die Wände Ohren.«

»Hier genauso. Alles klar, Ward. Ich habe dann auch noch eine interessante Information über seine Witwe Claudia Brown zu bieten. Übrigens haben die Köche angeblich kein Erdnussöl für seine Gerichte gebraucht. Ob er einen falschen Teller an den Tisch gebracht bekam, werden wir wissen, wenn das Labor damit durch ist.«

Sie legte auf und wandte sich um. Myrna wäre beinahe gegen ihre beiden Mitstreiter gelaufen.

»Und? Was sagt er?«, fragte Thea aufgeregt.

»Wir befragen gleich die Witwe. Außerdem müssen wir ihr noch unser Beileid aussprechen. Sie ist zudem eine Verdächtige.«

»Verdächtig?« Callans Augen wurden groß. Man konnte das Grün darin deutlich erkennen, als die Sonne hineinfiel und seine Iriden zum Glitzern brachte. »Was hat sie angestellt?«

Myrna überlegte, ob sie ihnen überhaupt von Pamelas Verdacht erzählen sollte, hatte aber ein Einsehen. »Die Chefin des ›Hungry Eyes‹ ist sich sicher, dass Claudia bei der bevorstehenden Scheidung kein Geld gesehen hätte. Durch den Tod ihres Mannes erbt sie nun alles.«

»Woher will sie das wissen? Ich dachte, die zwei waren bloß Arbeitskollegen von früher.« Thea runzelte die Stirn. »Hatten sie eine Affäre?« Sie verzog das Gesicht beim Gedanken daran.

»Nicht jeder hat gleich etwas mit dem anderen. Großkotzige Vorgesetzte geben eben gern vor den Angestellten an, wenn ihnen danach ist.« Sie setzten sich ins Auto. »Was hattet ihr in ihrem Büro zu suchen?«

»Ich habe unserem Nerd den Hals gerettet«, antwortete Thea schnell.

»Besten Dank aber auch!«, zischte er von hinten. »Ich habe mich bloß ein wenig umgesehen.«

»Was heißt in deinem Fall ›umgesehen‹?«, fragte Myrna ihn weiter aus und hob die Augenbrauen erwartungsvoll. Sie wurde von Wards SMS mit Dougans Adresse abgelenkt. Myrna startete den Motor. »Wir müssen los.« Im Rückspiegel fixierte sie Callan. »Dieses Gespräch ist noch nicht beendet, lediglich unterbrochen. Ich sehe dir an der Nasenspitze an, dass du geflunkert hast. Du weißt, dass du mir nichts vormachen kannst.«

»Ich habe nichts gestohlen, falls du das denkst!«

Myrnas Blick verharrte weiter auf ihm, doch dann ließ sie locker. Er sagte die Wahrheit – zumindest jetzt. Sie würde schon noch herausfinden, was die beiden vor ihr verheimlichten.

***

»Ihr wartet im Wagen.« Mit Nachdruck sah Myrna von einem zum anderen. »Habt ihr mich verstanden?«

»Ich würde dieser Witwe gern auf den Zahn fühlen«, erwiderte Thea geknickt. »Lass wenigstens mich mit hinein. Ich verspreche ...«

Myrna hob die Hand, wodurch sie verstummte. »Deine Versprechen kenne ich. Keine Widerrede. Nicht heute. Diese Frau trauert in erster Linie um ihren Mann. Ob die Aussage von Pamela wahr ist, wird sich zeigen. Das hier erledigen Ward und ich besser allein.«

Der Sergeant wartete bereits an der Straße und lehnte an seinem Auto. Harry tollte an der langen Leine durchs Gras und rannte umher, als wäre er viel zu lange eingesperrt gewesen.

»Und was machen wir in der Zwischenzeit?«, rief Callan vom Rücksitz aus. »Däumchen drehen?«

»Ich bezahle euch das Taxi nach Hause, falls ihr loswollt. Ich weiß, dass du«, sie sah zu Thea, »noch auf dem Friedhof zu tun hast, und du«, Callan erhielt den nächsten bedeutsamen Blick, »dich wahrscheinlich bei deiner Mutter melden sollst.«

»Wir bleiben!«, sagten beide wie abgesprochen.

Thea räusperte sich. »Reverend Hughing hat mir heute freigegeben. Es stehen keine Arbeiten an, auch keine Beerdigungen. Ich habe alle Zeit der Welt.«

»Und meine Mum und ich haben uns ausgesprochen. Sie wird mich jetzt nicht zurückpfeifen. Außerdem kann ich die Hausaufgaben auch später noch machen. *ChatGPT* sei Dank, brauche ich nicht lange dafür.«

»Und du meinst, das ist der richtige Weg, um etwas zu lernen? Eine Internet-KI?«

Callan schob trotzig die Unterlippe nach vorn. »Ich habe eben Besseres zu tun, als Gedichtanalysen zu schreiben. Ein Mörder läuft durch Lancashire. Wir müssen ihn schnappen, ehe er noch einmal zuschlägt.«

Myrna seufzte, konnte sich das Lächeln aber nicht verkneifen. »Ich halte euch auf dem Laufenden und erzähle euch später, was wir in diesem Haus erfahren haben. Ihr müsst dafür nicht hinterherspionieren. Und meine Versprechen sind etwas wert.« Ein strenger Blick streifte Thea, die verhalten lächelte. »Euch bleibt wohl leider nichts anderes übrig, als Däumchen zu drehen. Dieses Mal muss ich hart sein. Hier steht nicht nur mein Job auf dem Spiel, sondern auch der gesamte Fall. Ihr steigt nicht aus, außer, um euch die Beine zu vertreten. Das Grundstück wird nicht betreten und auch niemand ohne meine Erlaubnis befragt oder anderweitig provoziert.«

»Das ist unfair! Ich dachte, wir wären ein Team! Komm schon, Evans, gib dir einen Ruck!«, antwortete Callan quengelnd.

Thea hingegen zeigte sich einsichtig. »Ich wollte sowieso noch einen Beitrag für ›Churchyard Crimes‹ fertigstellen. Das kann ich genauso gut hier erledigen. Callan, du gehst mit Harry eine Runde um den Block und leihst mir so lange deinen Laptop.«

Myrna war zufrieden und schenkte ihrer Freundin ein dankbares Lächeln. Sie wurde langsam erwachsen, hatte Myrna das Gefühl. »Dann wäre das ja geklärt.« Sie stieg aus dem Wagen und schlug die Tür zu.

***

»Das meintest du doch nicht ernst.«

Thea grinste noch etwas breiter. »Evans ist eine gute Ermittlerin, aber sie hat keine Ahnung, wie viel Arbeit im Hintergrund wartet.«

»Arbeit?«

»Wir werden herausfinden, was diese Pamela Gilberton zu verbergen hat.«

»Du meinst ...« Er packte seinen Rucksack etwas fester. Als Thea nickte, erwiderte er ihr Lächeln. »Ich kann sie hier und jetzt durchleuchten, wenn du willst.«

»Zuerst nimmst du die Leine in die Hand. Ich verfasse mit deinem Laptop meinen ersten Artikel über den Mord im ›Hungry Eyes‹. Evans hat mir nicht verboten, etwas zu schreiben.«

»Sie wird trotzdem sauer sein, wenn du zu viele Infos preisgibst. Ihr habt eine dauerhafte Abmachung, wie ich weiß«, sagte Callan altklug. »Ohne ihr Einverständnis darfst du gar nichts schreiben.«

»Wenn ich mich allgemein genug halte, umgehe ich die Abmachung«, erwiderte Thea und zuckte mit den Schultern. »Los jetzt, Harry wartet.«

Der junge Jack Russell Terrier hechelte aufgeregt. Ward reichte Callan die Leine und hatte noch ein paar ermahnende Worte für ihn, bevor er zusammen mit Myrna durch das surrende Gartentor der weißen Stadtvilla trat.

Callan warf einen leidvollen Blick zurück, aber Thea konzentrierte sich längst auf ihren Blog. Sie brauchte nicht lange, um den Beginn ihrer nächsten Beitragsreihe zu verfassen. Thea wollte nicht die Letzte sein, die sich diesem Fall annahm. Sie musste ihre Follower bei Laune halten.

›Wookieeboy‹ war wieder der Schnellste:

Willkommen zurück. Dieser Fall klingt mehr als mysteriös. Es heißt, Lancashire sei verflucht. So langsam denke ich das auch. Vielleicht ist es einen Besuch wert.

›Peach92‹ antwortete, ehe es Thea konnte:

Jetzt rede nicht schon wieder von Hexen und Marsmenschen! Das hier ist ein glasklarer Mord. Jemand wusste von seiner Allergie und hat ihn ausgeschaltet.

Thea mischte sich nun doch ein, um nicht bloß dazusitzen:

Ich habe noch nicht viele Informationen über Dougan. Kennt ihn jemand von euch? Was war er für ein Mensch?

Während ›Wookieeboy‹ still blieb und wahrscheinlich schmollte, war es ›Peach92‹, mit der sich Thea weiter unterhielt:

Dougan soll in ganz Europa unterwegs gewesen sein. Dieser Mann ist eine Koryphäe auf seinem Gebiet. Dass du ihn nicht kennst, ist ein Wunder.

Noch nie von ihm gehört, aber ich gehe auch nicht in Sternerestaurants oder sehe viel fern. Hat er selbst Lokale?

Mehrere in ganz Großbritannien verteilt. Wenn er nicht gerade damit beschäftigt ist, andere Restaurants zu zerstören, findet man ihn dort sogar in der Küche vor.

Theas Herzschlag beschleunigte sich. Mit flinken Fingern tippte sie ein:

Zerstören? Was meinst du damit? Schreibt er schlechte Kritiken?

Mehr als das. Er zerreißt sie in der Luft. Erst voriges Jahr musste ein Restaurant in der Nähe von London dichtmachen, das vorher immer ausgebucht gewesen ist. Moment, ich suche es dir raus ...

Thea wartete ungeduldig. Sie klopfte im Rhythmus gegen die Autotür. Endlich tauchte wieder ein Kommentar im Chatfenster auf, aber es war der vergrämte ›Wookieeboy‹.

Sie meint das ›Sunset‹, das von Cilian Anderson in dritter Generation geführt wurde. Es ist letztes Jahr insolvent gegangen. Dankt mir später.

Thea staunte. Zum ersten Mal brachte sie der ›UFO-Spinner‹ weiter. ›Peach92‹ bestätigte seine Aussage, somit konnte Thea darauf aufbauen. Sie bedankte sich bei den beiden und klappte den Laptop zu. Für ihren nächsten Artikel brauchte sie erst genug Hinweise und außerdem Myrnas Erlaubnis. Bis jetzt hatte sie nicht mehr als das, was in der Zeitung stand, sowie die Aussagen ihrer Follower.

Also hatten jede Menge Leute einen Grund, Sean Dougan zu hassen und vielleicht auch umzubringen, überlegte sie.

Die Liste der Verdächtigen wurde immer länger, was die Sache nicht einfacher machte.

***

Myrna unterhielt sich mit Ward, bevor sie die paar Stufen zur Veranda hinaufstiegen. Sie tauschten Informationen über Dougan und dessen Ehefrau aus.

»Sie wollten mir noch etwas über die Aufnahmen sagen.«

»Später. Dafür sollten Sie erst sitzen.«

Myrna schluckte angespannt, nickte aber und drehte sich wieder nach vorn. Sie drückte auf die Klingel neben der schwarzen Eichentür. Es dauerte nicht lange, bis ihnen eine sportliche Frau um die sechzig öffnete. Sie hatte ihr Gesicht eindeutig ein paarmal zu viel straffen lassen, aber ihre Augen blickten lebhaft drein.

Neugierig sah sie von Myrna zu Harrison und zurück. »Kann ich Ihnen helfen? Sie sind doch nicht etwa von den Zeugen Jehovas?«

Myrna hielt ihre Marke hoch, damit keine weiteren Missverständnisse aufkamen. »Detective Inspector Evans, das hier ist mein Kollege Police Sergeant Harrison. Sie sind Claudia Brown, wohnhaft in diesem Haus?«

»Sieht ganz danach aus. Worum geht es denn?« Sie trug Sportkleidung und wischte sich die gerötete Stirn mit einem Handtuch trocken, als hätten sie Mrs Brown aus ihrem Work-out gerissen. Im Hintergrund lief laute

Musik. »Hat Sean wieder falsch geparkt oder einen Hund überfahren? Ich habe ihm schon tausendmal gesagt, dass ...«

»Es geht um Ihren Mann, das ist wahr«, sagte Ward schnell. »Dürfen wir vielleicht kurz reinkommen und dort weiterreden?«

Myrna war stolz auf ihre Arbeit mit Harrison. Seit er sich zusammenriss und auf sie hörte, waren sie ein gutes Team. Auch vom Alkohol schien er dank Harry weiter abzurücken. In diesem Sergeant steckte ein vorbildlicher Ermittler, wenn er nur wollte. Er hatte nicht nur Feingefühl entwickelt, sondern wusste auch, wann es Zeit war, sich zurückzuhalten.

Claudia machte Platz. »Kann ich kurz duschen gehen?« Sie schaltete die Musik aus.

»Wenn Sie das möchten, gern«, erwiderte Myrna.

Sie wunderte sich, dass sie nicht nachfragte, was mit ihrem Mann war, wenn schon die Polizei ihn erwähnte. Stattdessen machte sie sich in aller Seelenruhe frisch und summte ein Lied. Mehr als verdächtig.

Sie warteten so lange im Foyer. Ihre Schuhsohlen quietschten auf den blanken Fliesen. Eine große Treppe führte ins Obergeschoss der ausschweifenden Villa. Überall hingen oder standen moderne Kunstgegenstände, deren Bedeutung Myrna schleierhaft war. Sie ahnte, dass jedes einzelne ein Vermögen kostete. Für moderne Kunst hatte sie kein Faible, also beließ sie es bei einem kurzen Blick auf die expressionistischen Gemälde mit der unordentlichen Signatur.

Als Ward seinen wulstigen Finger an eines der größten Bilder setzen wollte, zischte sie ihn an und schüttelte den Kopf.

»Ich wollte nur mal testen, ob ... Es sieht einfach so frisch aus.«

Auf einmal ertönte eine schnarrende Stimme aus einem Lautsprecher über ihren Köpfen: »*Das liegt daran, dass mein Mann es selbst gemalt hat. Er hat viele Talente.*«

Myrna senkte ihre Stimme noch einmal mehr, um nicht abgehört zu werden. Dieses Haus war ihr nicht geheuer. »Wir sind nicht für die Kunst gekommen. Bereiten Sie sich darauf vor, gleich eine weinende Witwe im Arm zu halten.«

Er verdrehte die Augen. Ein wenig blieb auch er immer ein Kind. Myrna spielte mit dem Gedanken, ihr Handy herauszuholen und Milton die versprochene Nachricht zu senden. Er wartete noch immer auf ein Lebenszeichen von ihr. Sie behielt das Telefon lieber in der Tasche. Jetzt war nicht der passende Zeitpunkt, um sich mit privaten Dingen zu beschäftigen. Sie wollte Ward stattdessen ein Vorbild sein.

Myrna zischte noch einmal in seine Richtung, als sie seinen gebannten Blick bemerkte, der auf der gläsernen Minibar im Nebenzimmer haftete. Es war, als risse sie ihn aus einer Trance.

»Entschuldigung«, raunte er und stellte sich wieder neben sie. »Ich wollte nicht zugreifen. Es war nur ... Manchmal überkommt es mich einfach.«

»Ihnen fehlt Harry«, sagte sie versöhnlich. »Sonst erinnert er Sie immer daran, dass die Flasche nicht alles im Leben ist.« Myrna hörte Schritte im Obergeschoss. »Sie kommt zurück«, flüsterte sie alarmbereit.

Ward stand stramm, als wären sie beim Militär. Sie sahen dunkle Hosenbeine, die nicht zu Claudia Brown gehörten. Langsam, fast majestätisch stieg die Person die Treppe hinab.

Myrnas Gedanken überschlugen sich, während sie unter Anspannung abwartete. *Hat Mrs Brown etwa einen Geliebten im Haus? Oder ist das der Butler? Aber hätte er uns dann nicht die Tür geöffnet?*

Eine Hand rutschte über das Treppengeländer aus Mahagoni. Ein dicker goldener Ring hing am kleinen Finger, der breiter war als mehrere Finger von Myrna zusammen. Das hier war ganz sicher kein Bediensteter, sondern jemand, der etwas auf sich hielt.

Sie hätte mit allem und jedem gerechnet, nur nicht mit dem Mann, der ihr nun stattdessen freundlich die Hand reichte.

Sean Dougan lächelte einnehmend hinter seinem Schnauzer. »Guten Abend, Inspector. Wie schön, dass wir uns endlich persönlich kennenlernen.«

10. Kapitel

Im ersten Moment war Myrna zu perplex, um zu reagieren. Vorsichtig ergriff sie seine Finger und schüttelte sie einmal. Er war echt und stand aus Fleisch und Blut vor ihr.

»Sergeant.« Er nickte Harrison einmal zu. »Folgen Sie mir bitte in den Salon. Sie haben viele Fragen, nehme ich an.«

Myrna und Ward starrten sich entgeistert an. Sie war sich sicher, dass es dafür eine Erklärung gab, konnte sie sich allerdings selbst noch nicht zusammenreimen.

Dougan führte sie durch das große Foyer in einen prächtigen Salon aus dem 18. Jahrhundert. Dazu gehörte auch die Minibar, auf die es Harrison abgesehen hatte. Er starrte fast absichtlich in eine andere Richtung.

Sehr gut. Nur weiter so, dachte sie und lächelte ihn an. Ward war auf dem besten Weg.

Myrna fühlte sich an das Krimidinner von vor ein paar Monaten erinnert, bei dem es eine echte Leiche gegeben hatte. Alles in diesem Zimmer war alt und teuer, von den Teppichen bis hin zum Mobiliar.

Sie beobachtete den Auferstandenen eine Weile stumm. Er war genauso gebaut, gekleidet und frisiert wie der Tote. Seine Haare hatte er sich über die Glatze gelegt. Außerdem steckte er in einem feinen Anzug mit Einstecktuch und passender Krawatte.

»Was kann ich Ihnen zu trinken anbieten? Scotch, Whisky, Merlot, Champagner? Wir haben alles da.«

»Sicher auch Wasser«, meinte Myrna und erfreute sich daran, dass ihm sein selbstgefälliges Grinsen abhandenkam. Ward blieb schweigsam. Als er nicht von selbst antwortete, tat sie es für ihn, ehe er Unsinn anstellte. Auf seiner Stirn perlte der Schweiß. Es war nicht gut, ihn in Versuchung zu bringen. »Bitte auch ein Wasser für meinen Kollegen.«

»Sprudel? Zitrone? Lauwarm oder kalt?«

»Zweimal ja und gern mit Eiswürfeln, falls das geht. Danke.«

»Für mich das Gleiche«, sagte Ward hastig und setzte sich ehrfürchtig auf den feinen Stoff einer teuren Chaiselongue. »Ihre Frau hat uns geöffnet.«

»Ich weiß. Ich konnte Claudia an der Tür hören. Sie hat es nicht gern, wenn man sie bei ihrer Trainingseinheit stört«, rief er ihnen aus der Küche zu. Sie hörten es klappern, als er die Eiswürfel in die Gläser füllte.

»Sie wissen, welche Frage wir Ihnen gleich stellen werden?«

»Ich gehe davon aus, ja. Ich habe die Morgenzeitung gelesen und weiß von dem toten Mann im ›Hungry Eyes‹ nicht weit von hier. Die arme Pamela. Sie hatte es noch nie einfach, und jetzt gibt es auch noch eine Leiche in ihrem Lokal. Na, wenn das mal nicht der Genickbruch für ihr Business ist.« Er kam mit den Gläsern zurück und reichte sie ihnen. »Falls Sie doch etwas anderes möchten, geben Sie mir Bescheid. Ich stelle mich gern in die Küche. Ein Horsd'œuvre gefällig? Von heute früh habe ich noch Rucola-Salat mit gratiniertem Ziegenkäse und Lachs-Blätterteig-Röllchen da.«

Myrna lief das Wasser im Munde zusammen, aber sie waren nicht zum Essen gekommen, weshalb sie sich zusammenriss und hoffte, dass ihr leerer Magen bei der Erwähnung der Köstlichkeiten keinen Purzelbaum schlug.

»Sie sind also Sean Dougan höchstpersönlich?«

»Wie er leibt und lebt, ja.« Er setzte sich auf einen seltsam geformten Sessel gegenüber und breitete seine Arme auf Schulterhöhe aus.

Selbstgefällig kam er ihr vor. Als er lächelte, entblößte er einen goldenen Backenzahn.

»Also haben wir es hier nicht mit einem Zaubertrick zu tun? Kein doppelter Boden? Sie sind und waren seit Ihrer Geburt Sean Dougan, geboren 1961 in Bristol, der in diesem Haus lebt und als Restaurantbetreiber sowie -kritiker arbeitet?«

»Wenn Sie mir nicht glauben, werde ich mich gern einem DNA-Test unterziehen.« Er zog seine Wange lang. »Ich trage auch keine Maske. Nur etwas Botox steckt in meiner Haut. Sehen Sie, wie straff sie für einen Mann meines Alters ist?«

Myrna scannte ihn von oben bis unten. Er sah dem Opfer wirklich verflucht ähnlich. Fast schon zu ähnlich.

»Haben Sie einen Zwillingsbruder?«, fragte Ward verblüfft. »Das hier kann doch nicht real sein. Wo ist der Haken?«

Dougan lachte und machte eine wegwerfende Geste. »Aber nein, ich war immer schon ein Einzelkind und froh darüber. Meine Eltern können Sie leider nicht mehr befragen, aber das finden Sie auch anders heraus. Gern helfe ich Ihnen auf die Sprünge, ehe Sie Ihre Köpfe zermartern. Ich kenne die Lösung nämlich und fühle mich etwas schuldig.«

»Schuldig? Weswegen?«

»Bei dem Ermordeten handelt es sich um meinen guten Bekannten Michael Sims. Er hat sich für gewöhnlich im Hintergrund gehalten und ist selten ausgegangen. Familie und Freunde hatte er auch keine. Aus diesem Grund hat ihn wohl noch niemand als vermisst gemeldet. Wir wurden schon früher oft miteinander verwechselt, müssen Sie wissen.«

Myrna lief auf und ab, um nachzudenken. »Und wieso trug er Ihren Ausweis bei sich und hat sich als Sean Dougan ausgegeben?«

»War er ein Betrüger, der auf Ihre Kosten speisen wollte?«, fragte Ward und wechselte einen Blick mit Myrna.

»Ich habe ihn an diesem Abend gebeten, mich zu vertreten. Bitte setzen Sie sich doch zu Ihrem Kollegen, Inspector. Sie machen mich ganz nervös.« Er deutete auf die helle Chaiselongue.

Myrna traute sich kaum, sich mit ihrer Jeanshose darauf niederzulassen, weil sie sich viel zu schmutzig für das gute Stück vorkam. Andererseits machte sich Harrison bereits darauf breit. Sie setzte sich auf die Kante des Sofas und zückte ihren Notizblock.

»Stört es Sie denn gar nicht, dass man Sie für tot hält? Sie haben bislang versäumt, den Irrtum aufzuklären. Auch Ihre Frau hat sich nicht bei uns gemeldet.«

»Umso besser wird die Presse sein, wenn ich von den Toten wiederauferstehe.« Er grinste. »Es ist nicht das erste Mal, dass jemand behauptet, ich sei tot. Irgendwelche Spinner im Netz sagen das ständig, um Aufmerksamkeit zu bekommen. Außerdem hätten Sie die Wahrheit nach einem Gebissabgleich bei meinem Zahnarzt sowieso erfahren, ob er nun meinen Ausweis bei sich hatte oder nicht.«

»Wie dürfen wir das mit Ihnen und Mr Sims verstehen?«, fragte Myrna weiter.

»Michael ist ... war mein Double. Als Prominenter hat man eines, habe ich mir sagen lassen. Außerdem habe ich aus Zeitmangel ausnahmsweise zu diesem Mittel gegriffen. Man kann schließlich nicht überall zur selben Zeit sein.«

Seine überhebliche Art passte zu Sims' Auftreten. Die beiden kamen Myrna wie Klone vor. Ob er auch so schlechte Tischmanieren hatte wie sein totes Double?

»Sie haben nicht selbst gegessen? Ungewöhnlich für einen Kritiker. Man könnte Ihnen Betrug vorwerfen.«

Dougan schnaufte. Seine Finger verkrampften sich kurz. »Sie werden das mit dem Doppelgänger hoffentlich nicht an die große Glocke hängen. Natürlich hängt mein Ruf davon ab.«

»Mrs Gilberton wird es so oder so erfahren, wenn wir sie ein zweites Mal befragen. Schließlich geht es nun doch um einen anderen Mann, der in ihrem Lokal gestorben ist.«

Er winkte ab. »Um Pamela mache ich mir keine Sorgen. Sie hat viel zu viel Angst vor meiner Kritik, um mich ans Messer zu liefern.«

Myrnas Aufmerksamkeit wurde geweckt, als sie seine Hand sah. »Sie haben da eine beachtliche Brandnarbe.« Sie deutete auf die verheilte Wunde.

Schnell zog er den Ärmel höher. »Ach die. Das ist lange her. Ich habe auch einmal klein angefangen und mich gleich bei meiner ersten Schicht in der Kombüse böse verbrannt. Das ist mehr als dreißig Jahre her.«

»Und Sie fühlen sich schuldig, weil er tot ist?« Ward nahm damit den Faden von vorhin wieder auf.

»So ist es. Mein Mitleid hält sich zwar in Grenzen, da Michael kein freundlicher Zeitgenosse war, aber er war immerhin nützlich. Finden Sie mal auf die Schnelle ein perfektes Double. Da diese Angelegenheit geheim stattfinden musste, weil sonst jeder Bescheid weiß, konnte ich schlecht ein großes Casting veranstalten.« Er fluchte leise und trank von seinem Martini.

Ward leckte sich über die Lippen und räusperte sich. »Sie denken, dass er fälschlicherweise getötet wurde?«

»Wie kommen Sie darauf, Sergeant?«

»Sie spielen nervös mit Ihrem Ring und können uns nicht lange in die Augen sehen. Normalerweise würde ich das als verdächtig betiteln, aber in Ihrem Fall denke ich eher, dass Sie Angst haben.«

Stille breitete sich im Zimmer aus. Myrna nickte Harrison zu. Sie war zum selben Schluss gekommen wie er. Dougan spielte ihnen den lässigen Gastgeber vor, aber insgeheim lief ihm der Allerwerteste auf Grundeis.

Eine Menge Emotionen wie Argwohn und Verunsicherung spielten sich in Dougans Gesicht ab. Sein Bart vibrierte leicht. Dann lächelte er kapitulierend. »Sie sind besser, als ich dachte. Meine Hochachtung. Und ich habe geglaubt, dass in Pendle nur Dorfdeppen arbeiten. Nichts für ungut.«

Myrna winkte entspannt ab. Sie hatte schon schlimmere Bezeichnungen gehört. »Also wollte man Sie tot sehen, hat aber durch ein Missverständnis Ihr Double erwischt?«

»Davon gehen Claudia und ich aus, ja.«

Myrnas Vermutung bezüglich der Ehefrau brach in sich zusammen. Erbschleicherei kam nun nicht mehr in Betracht.

»Wie ist Ihr Verhältnis als Paar?«, fragte Ward.

Dougan kniff die Augen zusammen. »Das ist eine sehr private Frage, Sergeant.«

»Die Sie nicht beantworten müssen, wenn Sie nicht wollen.« Myrna lächelte milde, bohrte aber nach. Ward hatte nun ohnehin ins Wespennest gestochen. »Es gibt Gerüchte um eine Ehekrise und einen Scheidungskrieg.«

Wie aufs Stichwort trat die frisch geduschte und umgezogene Claudia Brown zu ihnen. Sie legte ihre Arme um ihren Mann. Fast, als wollte sie ihnen beweisen, dass an den Gerüchten nichts dran war. Ihre dunkelgefärbten, schulterlangen Haare waren noch feucht und dufteten nach einem aufdringlichen Shampoo. Außerdem schien sie in einem Liter Parfum gebadet zu haben.

»Von Scheidung kann keine Rede sein. Das behaupten unsere Neider seit etlichen Jahren. Lassen Sie sich nicht darauf ein.«

Dougan küsste ihre Hände und wirkte wie ein verliebter Ehemann. Dennoch meldete sich Myrnas Bauch. Sie hatte das Gefühl, einem schlechten Theaterstück beizuwohnen.

»Wie war Ihr Verhältnis zu Michael Sims?«, fragte sie Claudia.

»Ich kannte ihn kaum. Er war für mich nichts weiter als der Geschäftspartner meines Mannes, und aus seiner Arbeit halte ich mich heraus. Wäre das dann alles, Inspector?« Ihre rauchige Stimme weckte in Myrna den Drang, sich zu räuspern.

Ward war es, der wieder übernahm. »Wo waren Sie am 14. September um halb acht Uhr abends?«

Sie sahen sich kurz an, dann kicherten beide.

Myrna erwiderte das Lächeln verunsichert. »Dürfen wir mitlachen?«

Dougan fing sich als Erster. »Wir waren in einem Hotel außerhalb von Lancashire und haben ... nun ja ... unseren Hochzeitstag auf besondere Art gefeiert. Dafür gibt es zahlreiche Zeugen. Erst deutlich später sind wir auf dem Zimmer verschwunden.«

»Auf besondere Art?«

Ward war für Myrnas Geschmack nun etwas zu neugierig, aber sie ließ die Frage ebenfalls durchgehen. Schließlich interessierte sie die Antwort genauso brennend.

Claudia errötete. »Wir waren in einem Schrein und hatten ein augenöffnendes Erlebnis mit einer Gruppe Gleichgesinnter.«

Ward beugte sich zu Myrna. »Ich glaube, sie waren bei einem Schamanen, der Sexorgien abhält.« Er war inzwischen genauso rot angelaufen wie Claudia. »Von so etwas habe ich gelesen.«

Myrna hätte am liebsten laut losgelacht. Sie bewahrte die Fassung. »Würden Sie uns bitte Adresse und Telefonnummer des Veranstalters aufschreiben, damit wir Ihre Alibis überprüfen können?«

Dougan zog eine Visitenkarte aus seiner Sakkotasche. »Dort finden Sie alles, was Sie brauchen. Vielleicht haben Sie ja selbst einmal Lust auf die Erlösung und ein wenig Entspannung. Es lohnt sich und kann Ehen retten.«

Myrnas Mundwinkel zuckte. »Ich bin weder verheiratet noch an einem erotischen Abend mit allerlei Fremden interessiert, die sich im Schein des Vollmondes auf Yogamatten rekeln und sich dabei Weihrauch durch die Nase ziehen.«

Entrüstet versteifte sich Claudias Oberkörper. Sie war erkennbar empört, aber Myrna gab ihr keine Zeit, um darauf einzugehen. »Ich danke Ihnen für das Angebot und Ihr Entgegenkommen. Das wäre vorerst alles.« An der Tür drehte sie sich noch einmal um. »Eine Sache noch: Hatten Sie Feinde, Mr Dougan? Jemand, der Ihnen schaden will? Immerhin ist Ihr Doppelgänger gestorben.«

»Mir will so gut wie jeder an den Kragen. Das Los eines Prominenten. Dafür haben wir Leibwächter, wenn wir das Haus verlassen, und eine Alarmanlage, die uns gute Dienste erweist. Außerdem habe ich einen Waffenschein und schieße zur Not. Wir kommen klar.«

»Was ist mit Allergien?«

»Wieso fragen Sie danach?«

»Ich muss jede Lücke schließen, bevor ich meinen Bericht schreibe«, sagte sie. »Haben Sie welche?«

»Gegen Katzen und Pferde, das ist alles.«

»Keine Lebensmittel?«

Dougan kam näher und funkelte sie an. So langsam wurde es ihm wohl zu viel. Aus dem charmanten Gastgeber wurde ein zorniger kleiner Mann mit Bluthochdruck. »Ich denke, Sie haben für heute genug gefragt, Inspector. Falls uns etwas einfällt, melden wir uns.«

Ward hielt merklich die Luft an. Seine Augen wurden schon ganz glasig.

Noch immer sah das Paar so entrüstet drein, als wäre Myrna ihnen mit ihrer Absage auf die Füße getreten.

»Das werte ich als ein Nein. Korrigieren Sie mich, wenn ich mich irre. Für Fragen würde ich Sie bitten, die Stadt nicht zu verlassen.«

»Das wird wohl kaum möglich sein. Ich habe morgen bereits den nächsten Termin in London.«

»Ich kann es nicht verbieten, rate Ihnen aber, jetzt vorsichtig zu sein und lieber das Haus zu hüten, als sich überall zu zeigen.«

»Viel Erfolg, Miss Evans.« Dougan schloss die Tür etwas zu rabiat vor ihrer Nase.

Sie kehrten um, ehe ihr Kollege platzte. Erst am Gartentor brach er in schallendes Gelächter aus und wischte sich die Tränen aus den Augenwinkeln. »Das war klasse! Ganz wie Alethea. Haben Sie das Gesicht von diesen Leuten gesehen? Da wäre Dougan doch fast das Botox aus den Wangen gerutscht.« Er lachte noch immer.

Erst jetzt merkte auch Myrna, dass sie tatsächlich wie ihre Freundin reagiert hatte. Der Umgang mit Thea prägte sie allem Anschein nach.

***

Lucretia stieß Jolene in die Rippen. »Aua!«, rief diese aus. »Was soll denn das?«

»Du bist eingeschlafen.«

»Sagt wer?«

»Sage ich. Und dein Schnarchen hätte uns fast verraten. Reiß dich zusammen. Für ein Nickerchen bleibt heute keine Zeit«, zischte Lucretia ungehalten.

Sie hockten hinter einer Tanne und beobachteten das Pfarrhaus, seit Reverend Hughing darin verschwunden war.

»Mein Hintern ist eingeschlafen«, murrte Jolene. »Und mein krankes Knie wird immer steifer. Lass uns lieber klingeln. Du lenkst ihn an der Tür ab, während ich durch den Hintereingang schleiche und mich umsehe. Das hier dauert sonst ewig.«

»Wie wäre es, wenn wir es umdrehen? Du kannst besser reden als ich.«

Jolene schnaubte. »Netter Versuch, Lu, aber darauf falle ich nicht herein. Du musst früher aufstehen, um mich zu verschaukeln.«

»Wenigstens bleibe ich während der Observation wach.«

Sie zankten sich noch eine Weile, bis sie ein Knacken hinter sich hörten und herumfuhren.

»Kann ich den Damen behilflich sein?«, fragte der Pfarrer mit einem Lächeln.

Erstaunlich flink sprang Lucretia auf und half Jolene auf die Beine.

»Wir haben uns nur kurz ausgeruht«, sagte sie und bekam Panik. Ihr Hals schnürte sich zu. Sie fuhr sich mehrmals durch das raspelkurze Haar. »So ein Spaziergang macht müde.«

»Und wieso setzt ihr euch dann nicht lieber auf eine Bank?«

Jolene war keine Hilfe, denn sie schwieg und wollte sich zum Gehen abwenden. Lucretia hielt sie am Arm fest und hakte sich bei ihr unter. Nun konnte sie nicht mehr flüchten und sie alleinlassen.

»Wie wäre es mit einer Tasse Tee im Pfarrhaus?«, fragte der Reverend. Was für ein glücklicher Umstand!

»Nein, danke. Wir gehen besser. Es ist schon spät«, erwiderte Jolene auf einmal. Nun war sie es, die Lucretia mit sich zerrte.

»Einen schönen Abend, Reverend!«, rief diese noch und löste sich erst vor ihren Häusern von ihrer Nachbarin. »Was sollte das denn? Wir wären hautnah herangekommen, wenn du nicht kalte Füße gekriegt hättest!«, fauchte sie mit der Hand auf der Klinke.

Jolenes Miene war grimmig. Ihre Falten warfen Schatten. »Kam es dir nicht verdächtig vor, dass er uns erst erwischt und dann noch auf einen Tee einlädt?«

»Verdächtig? Das ist Peter. Wir kennen ihn seit einer Ewigkeit.« Verärgert schnaufte Lucretia und sah zurück zur Kirche. Düstere Wolken schoben sich darüber zusammen und verdunkelten den roten Abendhimmel, als wollten sie eine Gefahr ankündigen. Bestimmt würde es bald wieder gewittern. »Was dachtest du denn, hat er mit uns vor?«

»Vielleicht wollte er uns einsperren. Er muss inzwischen wissen, dass wir herumschnüffeln. Denk an das offene Buch, das wir liegen gelassen haben. Ich traue diesem Pfarrer nicht mehr. Er plant etwas. Vielleicht ist er selbst der Laternenmann aus den Tunneln.«

Lucretia seufzte. »Und jetzt? Unser Plan ist schon wieder nach hinten losgegangen.« Sie hatte das Gefühl, nicht voranzukommen.

Jolenes Miene sprach eine andere Sprache. Sie humpelte auf Lucretia zu und stellte sich direkt vor sie. Ihre Augen funkelten. »Wir werden heute Nacht das Grab ausheben.«

»Das ... Grab?«, schrie Lucretia etwas zu laut. Sofort landete die Hand ihrer Freundin auf ihrem Mund.

»Sei doch still!«, zischte sie und sah sich um. »Oder willst du, dass Oakley und Brian etwas mitbekommen? Mein Sohn hat genug Ärger am Hals. Da soll er sich nicht noch um seine Mutter sorgen.«

Lucretia löste Jolenes Finger von ihrem Mund. Etwas Lippenstift klebte daran. Deutlich leiser, aber nicht weniger entsetzt fragte sie: »Du willst Nathan Shaws Grab ausheben? Wie soll das gehen? Wir haben Herbst, und die Erde ist nicht mehr die weichste. Das schaffst du nie allein.«

»Ich bin nicht allein. Du bist ja da. Vielleicht können wir sogar Callan überzeugen.«

Lucretia schüttelte entschieden den Kopf. »Das kann ich nicht tun. Ich möchte den Leuten hier noch in die Augen sehen können. Grabschändung steht nicht auf meinem Programm.«

»Von einer Schändung kann man nur sprechen, wenn auch jemand darin liegt, nicht wahr?«

Lucretia verstand. »Das glaube ich zwar nicht, aber ... Moment, du meinst, dass es leer ist?«

»Natürlich. Was denn sonst?«

»Und wenn nicht? Dann kommen wir in die Hölle.«

Jolene breitete den Arm aus und deutete auf die Nachbarschaft. »Siehst du das hier? Pendle ist bereits die Hölle auf Erden. Sei kein Angsthase, Lu. Du willst die Wahrheit doch genauso dringend erfahren.«

Sie kämpfte mit sich. »Ich weiß nicht. Das ist ein Schritt zu viel. Dass wir in Häuser einbrechen und uns in Gefahr begeben ist eine Sache, ein Grab auf dem St. Benet's Churchyard zu entweihen, eine andere.«

Jolene rollte mit den Augen und kehrte zurück vor ihre eigene Haustür. »Wusste ich's doch, dass du kneifst.« Sie zeigte Lucretia die kalte Schulter. »Auf dich ist eben kein Verlass. Und ich dachte, du wärst meine Freundin.«

»Warte!«, rief sie ihr nach, bevor sie im Haus verschwand. »Ich tue es ja. Aber gib mir Zeit, mich vorzubereiten. Ich bin auch nicht mehr die Jüngste und war immer gottesfürchtig.«

Jolene wendete den Kopf, sodass sie sie im Profil sah. »Du gehst kaum in die Kirche und hast in deinem Leben weitaus Schlimmeres getan als das.«

»Ich muss mich dennoch erst darauf einstellen. Es ... behagt mir nicht. Was, wenn wir erwischt werden?«

»Dann reden wir uns heraus wie sonst auch. Denk an die Einbrüche, die wir zusammen begangen haben. Du allein bist schon ins Chamberling-Anwesen eingestiegen, also belehre mich nicht. Wenn du Zeit brauchst, machen wir es eben erst morgen Nacht.« Sie schloss die Tür ohne ein Wort des Abschieds.

Lucretia kam sich klein und schäbig vor. Sie hatte ein schlechtes Gewissen, dass sie Jolene zuerst sich selbst hatte überlassen wollen. Natürlich würde sie sie unterstützen, um das Geheimnis um Nathan Shaw aufzudecken. Sie waren schließlich Freunde und Nachbarn. Verbündete, die sich seit ihrer Jugend kannten.

Als Lucretia die Tür aufschloss und eintrat, hielt sie inne. Hatte Jolene eben siegessicher gelächelt?

Das bildest du dir ein. Sie nutzt dich doch nicht aus, sondern braucht dich. Ohne dich würde Jojo nicht weit kommen, und das weiß sie. Du *bist die treibende Kraft in diesem Team, aber das kann und will sie nicht einsehen*, redete sie sich ein, bis sie es selbst glaubte.

Lucretia ging in die Küche und setzte Kaffee auf, bevor Oakley von seiner Schicht nach Hause kam. Sie verdrängte jegliche Gedanken an ihr schlimmes Vorhaben morgen Nacht, das bereits jetzt für Schweißausbrüche bei ihr sorgte.

***

Myrnas Kopf arbeitete auf Hochtouren. »Er hatte die Visitenkarte griffbereit«, murmelte sie vor sich hin, als sie wieder bei den Wagen standen. »Und er sprach von einem Mord, obwohl Sims' Tod nach wie vor als Unfall gelistet wird. Selbst die Zeitung schreibt nichts von einem Täter, sondern nur von einem Missgeschick der Küche. Er konnte es somit gar nicht wissen.«

»Er hat vielleicht gut geraten. Schließlich hat er Angst«, sagte Ward.

»Ich denke, er weiß mehr, als er zugibt.«

»Was ist mit seiner Frau? Nun ist sie also doch keine trauernde Witwe.«

»Sie stellt sich auf seine Seite, aber ich hatte das Gefühl, dass sich die beiden nicht wirklich lieben. Sie haben uns das glückliche Paar nur vorgespielt. Könnten Sie ihr Alibi überprüfen?«

»Mache ich.« Ward nahm die Visitenkarte entgegen und steckte sie ein. Als er Harry an der langen Leine sah und kurz danach Callan, erhellte sich sein Gesicht. »Da ist ja mein größter Schatz.« Er hockte sich etwas behäbig hin und breitete die Arme aus, als begrüßte er ein Kleinkind.

Harry bellte vor Freude und sprang mit einem Satz hinein. Er bekam eine ordentliche Schmuseeinheit. Glücklich beobachtete Myrna die beiden. Da hatten sich zwei gesucht und gefunden. Dass ein Streuner ihren mürrischen Kollegen einmal derart umkrempelte, hätte sie nicht für möglich gehalten.

Callan bedachte Myrna mit einem neugierigen Augenaufschlag. »Und? Was habt ihr rausgefunden?«

»Während der Fahrt erzähle ich euch alles. Hier sind mir zu viele Neugierige.« Sie nickte zu den großen Villen.

Gardinen bewegten sich, und auf der penibel gepflegten Rasenfläche gegenüber arbeitete ein Gärtner, der sie unumwunden anstarrte.

»Harrison, Sie wollten mir noch die Erkenntnisse bezüglich der Kameraaufnahmen mitteilen. Es waren zwei Einwohner von Pendle darauf zu sehen?«

Er stand wieder auf und sah sich nun ebenfalls um. »Wir treffen uns am besten auf dem Revier. Da kann ich Ihnen alles zeigen. Ich muss Carpenter zuerst noch einmal auf die Finger schauen, damit er mir endlich die gewünschte Kopie mitgibt. Von selbst wird er das nicht machen.«

»Sagen Sie es mir doch einfach.« Seine Geheimniskrämerei machte sie stutzig. Waren es womöglich Leute, die sie persönlich kannte? Wieso rückte er nicht mit der Sprache heraus?

»Nein, Sie sollten das besser selbst sehen, Evans.«

»Na schön, dann eben später. Wir sind so lange zu Hause und sortieren dort die neuen Erkenntnisse.«

Sie stiegen wieder in ihre Fahrzeuge und fuhren in entgegengesetzte Richtungen davon. Thea wartete bis dahin brav auf ihrem Platz und tippte etwas in ihr Handy. Myrna entgingen die Blicke nicht, die Callan und sie wechselten. Sie fragte sich automatisch, was die beiden ausgefressen hatten.

11. Kapitel

Nachdem sie Callan mitsamt seinem Equipment zu Hause abgesetzt hatten, ließen sich Myrna und Thea in der Bibliothek ihres Hauses nieder. Es dämmerte bereits und würde bald dunkel werden.

Thea deckte die Tafel auf und pinnte Sean Dougan und seine Ehefrau Claudia Brown an. Aus dem ursprünglichen Opfer machte sie Michael Sims.

»Beide haben sich verdächtig verhalten, aber wo ist das Motiv? Immerhin war er auf Sims angewiesen, wenn es wirklich so schwierig ist, ein passendes Double zu finden.«

»Vielleicht hat sich Sims zu sehr in seine Geschäfte eingemischt oder wollte eine Gehaltserhöhung«, sagte Thea.

»Dafür bringt man niemanden um. Es muss mehr dahinterstecken. Eine Affäre mit der Frau des Kritikers vielleicht? Aus Eifersucht haben Menschen schon gemordet.«

»Das haben sie für weitaus weniger«, murmelte Thea und beschriftete weitere Kärtchen mit möglichen Motiven, hinter die sie jeweils ein Fragezeichen setzte.

Myrna betrachtete das Gesamtbild wieder aus der Ferne. Sie verschränkte die Arme und dachte nach. »Wen haben wir bis jetzt alles?«

Thea zählte von links nach rechts auf: »Da wären der eben erwähnte Sean Dougan, seine Frau Claudia, der Küchenchef Benedict McCain, der nichts mit der Vergiftung des Gastes zu tun haben will, Pamela Gilberton, die sich nicht selbst schaden würde, wie ich denke, sich aber auf andere Weise mehr als verdächtig macht, die ominöse Kate Harper, die dem Toten neben den Kellnern Charly Penrose und seiner Freundin Mary Beaumont am nächsten kam und sogar einen Streit mit ihm hatte.«

»Nicht zu vergessen, das Telefonat auf der Damentoilette, das du belauscht hast«, sagte Myrna. »Wir haben also jede Menge Verdächtige. Es wird Zeit, einige davon auszuschließen. Morgen verhören wir Charly und Mary. Sie arbeiten am Wochenende bestimmt. Selbst wenn sie nichts mit Michael Sims' Tod zu tun haben, könnten sie wichtige Zeugen sein.«

»*Wir*? Oder muss ich im Auto warten? Keine dankbare Aufgabe«, murrte Thea und hob eine Braue.

»Dieses Mal nicht. Aber Callan lassen wir besser daheim. Er sollte sich nicht den ganzen Tag mit uns abgeben. Wir werden ihn, wie versprochen, auf dem Laufenden halten.«

Thea drehte sich wieder zum Board um. »Bis jetzt haben wir keine echten Motive, sondern bloß Annahmen. Wir raten mehr, als wir wissen. Das gefällt mir nicht. Was war Michael Sims für ein Mensch?«

»Ein zurückgezogen lebender Mann ohne Familie und Freunde, heißt es. Seine Wohnung wird gerade überprüft. Leider hatte er am Abend im *Hungry Eye* kein Handy oder Adressbuch bei sich. Er war nicht einmal mit dem Auto da, sondern hat sich mit einem Taxi vom Bahnhof abholen lassen.«

Myrnas Handy klingelte passenderweise. Thea wartete so lange und schien nicht einmal zu atmen, bis sie wieder aufgelegt hatte.

»Das waren die Kollegen aus Preston. Die Durchsuchung der Wohnung hat nichts ergeben. Er war wirklich ein Einsiedler. Nicht einmal die Nachbarn konnten der Polizei weiterhelfen. Um sein Bankkonto einzusehen, brauchen wir länger.« Myrna knabberte an ihrem Stift.

»Frag doch Callan. Du weißt, wie schnell er ist.«

»Ich weiß aber auch, dass ich mit seiner Hilfe keine Beweise vor Gericht verwenden könnte. Da ist mir der langsame, aber legale Weg lieber.«

Thea machte große Augen. »Ob Sims in kriminelle Machenschaften verwickelt war und deshalb aus dem Weg geräumt wurde?«

»Hätten sie ihn dann nicht eher erschossen oder mit einem Zementblock im See versenkt?« Myrna schüttelte den Kopf. »Nein, dieses perfide Vorgehen passt nicht zu einer großen Organisation.«

Es wurde still im Zimmer. Thea zeigte auf Sims und Dougan. »Eines wissen wir mittlerweile: Der Mörder hatte es nicht auf den echten Kritiker abgesehen.«

»Du meinst, weil er keine Allergie hat? Falls Sims schon einmal als Double eingesetzt wurde, könnte man ihn dennoch verwechselt haben. Der Täter hat sich vielleicht die falsche Information gemerkt und ist danach gegangen.«

Thea blieb unbeeindruckt. »Der Mörder würde keinen solchen Schnitzer begehen. Er hat seine Tat sehr gut geplant.«

»Aber denken wir einmal an das Krimidinner zurück, dann ist schon wieder alles möglich. Der Fall war ganz ähnlich.«

»Also bleibt sogar das Opfer ein großes Fragezeichen. Es ist dieses Mal wirklich verzwickt.« Thea malte Michaels Namen nach.

Bevor sie weiter über die Ermittlung reden konnten, klingelte Myrnas Smartphone erneut. Heute war sie eine gefragte Frau. Als sie einen anderen Namen als erwartet auf dem Display las, kam das schlechte Gewissen zurück. »Ich bin gleich wieder da. Das ist privat.«

Sie ging in die Küche und rief zurück. »Hallo, Milton. Es tut mir furchtbar leid, dass ich es noch nicht geschafft habe, dich anzurufen. Du glaubst nicht, was heute alles los war.«

»Ich weiß, dass du tief in der Arbeit steckst.« Es klang nicht, als wäre er sauer. »Und Informationen wirst du mir sowieso nicht geben.«

»Ich darf es leider nicht. Es ist schon zu viel, dass ich sie mit Callan und Thea teile.«

»Deine beiden Freunde aus Pendle?«

»Alethea hast du kurz im Restaurant getroffen. Sie kam mir zu Hilfe und wäre beinahe selbst verhaftet worden.«

»Ach ja, die vorlaute Brünette mit dem Nasenpiercing. Ich erinnere mich.«

Er machte eine Pause, in der sie ihren Herzschlag im Kopf fühlte. War wirklich alles in Ordnung zwischen ihnen?

»Ich bin ja nicht der Typ Mann, der Frauen nachstellt, aber da du dich nicht gemeldet hast, habe ich mir Sorgen gemacht. Ist wirklich alles in Ordnung? Du stehst doch nicht etwa schon wieder mit einem Bein im Gefängnis?«

Myrna musste lachen. Es tat gut, seine Stimme zu hören. »Zum Glück nicht. Mein Kollege ärgert sich mit diesem Widerling von Sergeant herum. Carpenter würde mich liebend gern einsperren, um den Fall zu den Akten zu legen.« Sie setzte sich. »Wie wäre es, wenn ich dich als Wiedergutmachung auf einen Kuchen im ›Café Healy‹? Dann kann ich dir auch gleich meine Heimat zeigen. Der Pendle Hill ist hübscher, als man denkt, und perfekt für Frühsport.«

»Ein Abendessen wäre mir lieber.« Sie hörte das Lächeln in seiner Stimme und war sofort hin und weg.

»Von Restaurants habe ich nach den letzten Zwischenfällen erst einmal genug, aber ich koche leider viel zu grauenhaft, um dir meine Werke vorzusetzen«, entgegnete sie bedauernd. »Von einer guten Hausfrau bin ich weit entfernt. Du hast also noch die Chance, zu flüchten.«

Er lachte tief. »Vor dir zu flüchten, hätte keinen Sinn. Du würdest mich sowieso einholen, so sportlich, wie du bist. Ich bin sogar bereit, dich großzügig in deinen eigenen vier Wänden zu bekochen, nur um dich wiederzusehen. Zwar bin ich kein Profi, aber man sagte mir eine gewisse Leidenschaft dafür nach. Wir könnten zur Not immer noch ins Lokal, falls es dir nicht schmeckt. Die Zutaten besorge ich. Ich würde dich gern überraschen.«

»Zu Hause bekocht zu werden, klingt fantastisch! Allerdings lebe ich nicht allein. Thea und ich haben vor

Kurzem eine Wohngemeinschaft im alten Herrenhaus ihres Vaters gegründet. Ich könnte sie aber bitten, bei ihrem Freund zu übernachten. Dann sind wir ganz unter uns. Es passt mir morgen Abend ab sieben. Ich räume bis dahin noch etwas auf. Wir renovieren gerade, musst du wissen.« Myrna erschrak. Hatte sie Milton gerade indirekt zu einer heißen Liebesnacht im Chamberling-Haus eingeladen? War es das, was sie wollte oder sich schon von ihrem Essen im ›Hungry Eyes‹ erwartet hatte?

»Klingt gut. Ich bringe außerdem den Wein mit. Rot oder weiß?«

»Rot bitte. Mir gefiel die Sorte im ›Hungry Eyes‹.«

»Das ist machbar. Dann freue ich mich auf einen schönen Abend zu zweit. Bis morgen.«

»Bis morgen.«

Myrna presste das Telefon an ihre Brust und atmete erst einmal durch. Als sie sich umdrehte, erstarrte sie.

Thea lehnte am Türrahmen und beäugte sie. »Du hast also ein Date, sogar ein ziemlich privates. Und mich schiebst du morgen einfach aus dem Haus. Das ist ja sehr interessant.«

Myrna erwiderte das freche Grinsen. »Wenn du helfen möchtest, räumst du bis dahin mit mir auf. Milton soll nicht gleich beim ersten Besuch über Kisten und Werkzeug stolpern.«

»Klingt ziemlich ernst zwischen euch. Du magst ihn also?«

»Nach dem Reinfall mit Hank kam er wie gerufen. Milton lenkt mich ab und tut mir gut. Was daraus wird, werden wir sehen.«

»Mir gefällt deine Einstellung. Dir tanzen die Männer von nun an nicht mehr auf der Nase herum.«

Myrna sah auf die Uhr. »Ich fahre jetzt rüber in die Station.«

»Und ich frage Oakley nach einem warmen Bett. Vielleicht schlafe ich heute Nacht schon bei ihm.« Sie zwinkerte vergnügt.

»Wo ist der Menschenhasser in dir geblieben? Hat man meine Freundin etwa ausgewechselt?« Myrna gluckste und knuffte ihr verspielt gegen die Schulter.

»Ach, weißt du, ich habe gemerkt, dass es ausreicht, wenn ich ein paar wenige Hassobjekte in nächster Nähe habe. Unsere beiden Dorfhexen zum Beispiel. Mit denen bin ich bedient genug.«

Sie lachten gemeinsam, bevor sich Myrna zum Abschluss ihres ereignisreichen Tages auf den Weg zu Harrison machte.

***

Ward trommelte nervös mit dem Stift auf der Tastatur herum. Er hatte sich die Aufnahmen noch einmal in Pendle angesehen und war zum selben Schluss gekommen.

Als Myrna eintrat, drehte er den Monitor so, dass sie alles sah. Er stellte das Video extra noch einmal auf Anfang. Sie begrüßte ihn lächelnd und setzte sich.

Harry schlummerte derweil in seinem Körbchen. Manchmal bewegte sich sein Bein, als würde er im Schlaf rennen. Nach einem langen Spaziergang war er ganz kraftlos gewesen. Es brauchte seine Zeit, um dieses kleine Energiebündel müde zu bekommen. Selbst in seinen Träumen schien er herumzutollen.

»Sie sehen glücklich aus«, meinte Ward, als er noch immer das dümmliche Grinsen seiner Vorgesetzten sah.

Myrna errötete nicht, aber ihr Blick wurde dennoch verlegen. »Sie erinnern sich an den Mann, mit dem ich an meinem Geburtstag essen war?«

»Vage.« *Bitte erzähl mir jetzt nichts von eurer Verlobung!*

»Wir haben ein Date morgen Abend.«

»Glückwunsch«, murrte er mit Blick auf den Bildschirm. »Wären Sie dann so weit?« *Die gute Laune wird dir leider gleich vergehen*, dachte er angespannt.

Weil er ihre Begeisterung nicht teilte, wurde auch Myrna wieder ernst. Diese ganzen Beziehungsgeschichten waren einfach nichts für Ward. Er liebte die Einsamkeit und das Miteinander mit seinem Haustier zu sehr, um eine Frau dazwischenfunken zu lassen. Meistens machten sie alles viel komplizierter. Kurz dachte er an Mona Summers mit der knarzigen Stimme. Ob sie wohl immer am Empfang der Rechtsmedizin saß?

Ward verscheuchte dieses Bild und startete die Aufnahme. »Wollen Sie alles sehen?«

»Das nehme ich mir morgen Vormittag vor, aber heute reichen mir die wichtigsten Stellen. Wen haben Sie entdeckt?«

Ward spulte vor und stoppte bei der Zeit, die er sich gemerkt hatte. »Erkennen Sie ihn? Ich dachte, mich trifft der Schlag. Ich habe dem Sergeant nichts davon gesagt und mir nichts anmerken lassen.« Er reichte ihr die Vergrößerungen, die Carpenter für ihn ausgedruckt hatte.

Myrnas Gesicht wurde blass. Sie nickte statisch und nahm die Ausdrucke ohne einen Blick entgegen. Stattdessen starrte sie weiterhin auf den Monitor. »Das ... ist doch Hank.« Ihr Satz klang mehr nach einer Frage.

»Wir sollten dringend mit ihm sprechen.«

Sie beobachteten, wie der Wirt stehen blieb und wütend die Hände ballte.

»Er ist wieder gegangen, also kann er nichts mit Michael Sims zu tun haben.«

»Carpenter hat auf einen Hintereingang hingewiesen, der durch die Küche führt. Dort gibt es keine Kamera. Jeder hätte hingehen und einen Teller manipulieren können. Auch Hank könnte noch einmal zurückgekommen sein.«

»Ich rede mit ihm«, antwortete sie leise und presste die Lippen aufeinander. »Es könnte sein, dass er meinetwegen da war. Das möchte ich aber lieber von ihm selbst hören.«

»Ich rufe währenddessen das Labor an. Vielleicht wissen sie inzwischen mehr zum Erdnussöl und Sims' Essen.«

»Danke, Ward. Machen Sie ruhig Feierabend. Ich kümmere mich um den Rest.«

»Sie haben gar nicht nach Person Nummer zwei gefragt.«

Myrna schien sich zu erinnern. »Natürlich! Wie dumm von mir. Das mit Hank hat mich gerade etwas aus der Bahn geworfen.«

Er schaltete das Band der zweiten Kamera ein und zeigte auf einen Tisch in der Ecke. »Dort drüben. Auch von ihr habe ich Vergrößerungen.«

Dieses Mal musste sich Myrna vorbeugen und beinahe ihre Nase gegen den Bildschirm drücken, um etwas zu erkennen. Sie nickte dankbar, weil sich Harrison um Abzüge bemüht hatte.

»Ach du Schreck! Ist das diejenige, von der ich denke, dass sie es ist?«

»Jolene Downing, ganz recht. Wie es aussieht, haben Sie heute noch mehr Befragungen vor sich.«

»Ich knöpfe sie mir morgen nach Sichtung der Aufnahmen vor. Sie rennt uns nicht weg.«

Ward grunzte beim Lachen und fing sich einen strengen Blick ein. »Entschuldigung. Ich dachte nur, weil sie doch am Stock geht ...«

»Wir reißen bitte keine Witze über körperliche Einschränkungen. Das ist nicht unser Stil.«

Er nickte peinlich berührt. »Entschuldigung.«

»Das sagten Sie schon. Machen Sie lieber Feierabend. Ich erledige den Rest und spreche mit Hank. Falls er etwas mit diesem Sims zu tun hat, finde ich es heraus.«

Ward hatte das Bedürfnis, zu salutieren, hielt sich aber zum Glück zurück. Er sollte Evans besser ernst nehmen.

»Und Sie meinen, dass Sie nicht zu sehr darin involviert sind?«

»Wie meinen Sie das?«

Er nestelte am Saum seines Pullovers. »Na ja, weil Sie und Hank doch ...«

»Wir sind ausgegangen, aber das war es auch schon. Ansonsten gibt es keine private Verbindung zwischen uns. Er ist der Wirt des einzigen Pubs in Pendle. Als mehr sehe ich ihn nicht mehr an.«

Die ungewohnte Härte in ihrer Stimme sowie die schimmernden grauen Augen verrieten, dass ihr diese Sache nah ging.

Vorsichtig legte Ward eine Hand auf ihren Arm. »Wir sind alle nur Menschen. Wenn Sie Hilfe brauchen, sagen Sie es mir. Ich bin sofort zur Stelle.«

Dankbar sah sie ihn an. Ihre traurigen Augen ließen einen Kloß in seinem Hals entstehen, der ihm das Sprechen unmöglich machte.

»Danke, Ward.«

***

Thea wich erschrocken zurück, als sie einen Schatten vor dem Küchenfenster sah. Sie erkannte Oakley und atmete auf, bevor sie ihm die Haustür öffnete und die Hände in die Seiten stemmte. »Du hast mich zu Tode erschreckt!«, rief sie vorwurfsvoll, fand sich aber gleich darauf in seinen Armen wieder. Ein leidenschaftlicher Kuss verflüchtigte ihren Ärger. »Was machst du hier?«

»Dich abholen. Du wolltest doch in ein warmes Bett.«

Sie lächelte. »Ja, aber noch nicht jetzt. Ich habe zu tun.«

»Ich kann dir beim Abwasch helfen.« Er deutete auf das Küchenhandtuch in ihrer Hand.

»Eher beim Aufräumen. Evans bringt morgen einen Mann mit nach Hause.«

Er schloss die Tür hinter sich. »Ach, daher weht der Wind. Und ich dachte, du hättest auf einmal Sehnsucht bekommen.«

Sie grinste mit Oakley um die Wette. Thea suchte seinen Blick. Aus der Nähe konnte sie die grünen Punkte in seinen fesselnden blauen Iriden erkennen.

Als sie sich ihm noch einmal entgegenstreckte, klingelte es. »Nanu?« Kurze Zeit später hörte sie einen Schlüssel im Türschloss, doch statt Myrna stand plötzlich Callan vor ihr. »Ich dachte, du bleibst zu Hause. Weiß deine Mutter, dass du hier bist?«

»Tut mir leid, aber das schlechte Gewissen nagt an mir. Ich muss dringend mit dir reden.« Seinem blassen Gesicht nach zu urteilen, war es wichtig.

»Soll ich uns ein Bad einlassen?«, fragte Oakley.

»Nicht mehr heute.« Sie gab ihm einen Schmatzer auf die Wange. »Bis später. Ich schreibe dir, wenn ich vor dem Haus stehe.«

»Schönen Abend, Callan!«, rief er und schlug ihm etwas zu hart auf die dürre Schulter.

Callan musste einen Ausfallschritt machen, um Oakleys Muskelkraft auszugleichen. »Ist er sauer?«

Thea winkte ab. »Nein, aber wir hatten lange keine Zweisamkeit mehr.«

Callan verzog das Gesicht und schüttelte sich. »Wieso müssen Erwachsene nur immer so widerlich sein?«

»Und wieso musst du immer so vorlaut und kränkend sein?«

»Das sagt ja die Richtige. Aber egal.« Er machte eine wegwerfende Geste. »Sind wir allein?«

»Sind wir. Evans hat noch Arbeit auf dem Schreibtisch. Da du Oakley vergrault hast, musst du mir beim Räumen der Kisten helfen. Schaffst du das?«

Callan packte sofort mit an. »Ich habe mich mit meiner Mutter ausgesprochen, wie du weißt.«

»Weiß ich. Du hast gesagt, sie war nur eine gute, vielleicht sogar die beste Freundin meines Vaters. Deshalb bringt sie ihm regelmäßig Blumen. Eine nette Geste, für die ich mich noch bedanken werde. Geht es darum?«

»Nein, aber ich habe sie nach dem Begräbnis von Nathan gefragt.« Callan hielt inne und stellte die Kiste auf halbem Weg ab. »Thea, es war niemand da außer Hughing, nicht einmal meine Mum. Und das, obwohl er in der Gemeinde sehr beliebt gewesen ist. Findest du das nicht seltsam?«

Sie ließ seine Worte sacken. »Eventuell hat er darüber verfügt. Das müssten wir den Reverend fragen. Er hat ihn beerdigt, also wird er wissen, was los war.«

»Wir haben heimlich nachgesehen. Im Sterberegister der Kirche ist Nathan sogar eingetragen. So weit, so gut.«

Thea blieb nun ebenfalls stehen und setzte die schwere Kiste ab. »*Wir*? Wer sind *wir*? Du und Evans?«

Verlegen blickte er zur Seite und studierte einen Fleck an der Wand. »Ich habe eine kurzzeitige Allianz mit Lucretia und Jolene geschlossen.« Seine Stimme wurde leiser, bis sie ihn kaum noch verstand. »Ihr habt mir ja das mit dem Laternenmann nicht geglaubt.«

Thea ließ sich erschöpft auf dem Karton nieder. »Das ist nicht dein Ernst, Callan! Diese beiden Tratschweiber haben dir einen Floh ins Ohr gesetzt.«

»Ich habe ihn selbst gesehen!«, entgegnete er eisern. »Er ist real und hat mir mein Taschenmesser wiedergebracht, das ich in den Tunneln verloren habe.«

»Wieso sollte er das tun?«

»Weil er ein netter Mensch ist? Ich habe keine Ahnung. Jedenfalls muss es eine Verbindung zum Reverend geben. Du hast selbst gesagt, dass du Schritte im Pfarrhaus gehört hast. Und er hat gelogen. Mehrfach. Lucretia, Jolene und ich haben uns dort umgesehen. Im Buch ist dein Vater eingetragen, aber wie kommt es, dass er trotzdem keinen Totenschein hat?«

Theas Gesicht erhitzte sich. Sie war außer sich, wollte sie doch selbst eines Tages danach forschen. »Du hast in meiner Familiengeschichte herumgeschnüffelt, ohne mich vorher zu fragen?«

Callan ballte die Fäuste. »Begreifst du es denn nicht? Dein Vater ist nie offiziell für tot erklärt worden. Und es gibt dafür nur eine Erklärung.«

»Ja, dass man in Pendle allgemein schlampig arbeitet. Du weißt, dass hier draußen nichts mit rechten Dingen zugeht. Dann hat man Nathan eben nicht aufgeschnitten und untersucht. Wird das hier zum Cold Case, oder was willst du damit bezwecken? Ich glaube kaum, dass der Pfarrer meinen Vater umgebracht und ihn dann in einer Nacht-und-Nebel-Aktion verscharrt hat.«

Natürlich hatte sie längst verstanden, worauf er hinauswollte, doch diese Erklärung konnte nicht stimmen. Thea suchte nach jeder anderen erdenklichen Lösung.

Callan schüttelte den Kopf, als könnte er es nicht fassen. »Du bist intelligent genug, um deine eigenen Schlüsse zu ziehen. Ich entschuldige mich nicht dafür, dass ich nachgesehen habe. Hätte ich es nicht getan, würdest du die Tunnel und deine Geschichte noch in hundert Jahren nicht erforschen.«

»Du merkst schon, dass du ein kleiner Angeber bist.«

»Und du bist ein Feigling. Wäre das hier ein Roman, würde der Leser sofort wissen, wer der heimliche Held der Geschichte ist.« Er zeigte auf sich.

Thea rieb sich die klamme Stirn und schloss die Augen. »Ja, du hast recht. Ich bin feige. Aber das gibt dir nicht das Recht, mir solche Dinge zu verheimlichen«, sagte sie deutlich sanfter. »Ich muss so etwas gleich wissen, Callan.«

»Ich wusste nicht, wie ich es dir sagen soll. Aber jetzt bin ich hier, oder nicht?«

Thea legte beide Hände auf seine Schultern. Sie musste den Kopf leicht in den Nacken legen, um ihm in die Augen zu sehen. »Das Zauberwort heißt Reden. Merk dir das bitte. Keine Alleingänge mehr. Das sagt Evans auch immer.«

»Keine Alleingänge, okay. Du bist also nicht mehr wütend?«

»Das bin ich, aber weniger auf dich als auf mich selbst. Komm, wir räumen das hier noch schnell weg, und dann radelst du bitte wieder nach Hause.«

Callan ließ plötzlich nicht mehr locker. »Wann erkunden wir denn nun die Tunnel?«

»Wenn das Haus darüber ordentlich aussieht und wir Zeit haben. Die Renovierung, meine Arbeit und der Mordfall im ›Hungry Eyes‹ beschäftigen uns zu viel, um große Recherchen zu betreiben. Erzähl mir lieber etwas über Pamela Gilberton.«

»Ich bin noch dabei, ihre Passwörter zu knacken. Bis auf ihre widerlichen Chats mit diesem Muskelprotz habe ich noch nichts Interessantes entdeckt.«

Thea nickte. »In Ordnung, aber sobald du überall reinkommst, sagst du mir Bescheid. Keine Alleingänge mehr«, wiederholte sie und hob mahnend den Zeigefinger.

»Und Evans? Wann weihen wir sie ein?«

»Wenn sie ihr Date morgen Abend hatte. Noch einmal wird ihr das niemand vermiesen. Ihr Geburtstag war anstrengend genug. Sie hat es verdient, einmal Ruhe zu tanken. Bis dahin forschen wir selbst nach. Dass du es ja nicht wagst, morgen Abend hier aufzukreuzen!«

»Ich habe Besseres zu tun, als unserem Inspector beim Knutschen zuzusehen.«

Sie lachten vergnügt und trugen die letzten Kisten nach oben oder in die Abstellkammer.

Thea ließ es sich nicht anmerken, aber es arbeitete in ihr. Die Zahnräder in ihrem Kopf wollten einfach nicht stillstehen. Konnte es wahr sein, dass ...?

Nachdem Callan gegangen war, setzte sie sich mit ihrem heißen Earl Grey samt einem Schuss Milch in den Ohrensessel der Bibliothek, klappte den Laptop auf und versank eine Weile in ihrem Blog. Es wurde wieder heftig gemutmaßt, was wirklich im Restaurant passiert war.

Ihr Blick wanderte zu dem verschiebbaren Regal. Sie lauschte auf Geräusche im Haus, aber lediglich der Herbstwind rüttelte an den Fensterläden.

Thea fühlte sich beobachtet und fröstelte. Ihre Nackenhaare stellten sich auf, als sie an den Pfeifengeruch kurz vor dem Krimidinner zurückdachte. Er hatte sie sofort in ihre Kindheit zurückkatapultiert.

»Nein!«, rief sie schließlich und sprang auf. »Nein, nein, nein, nein!« Sie lief umher und schüttelte entschieden den Kopf. In Thea hatten sich Zweifel eingeschlichen, die sie niemals an sich heranlassen wollte.

»Wenn du da bist, dann komm doch! Ich habe keine Angst vor einem Geist!«, brüllte sie wie von Sinnen.

Ein hysterisches Lachen überkam sie, und sie sank zu Boden. Thea blinzelte die Tränen weg. Das hier war nicht real. Alles davon war gelogen! Ein Trugbild. Ein Wunschtraum, der sich nicht erfüllte. Sie würde nie wieder mit ihrem Vater sprechen. Ihre Vorhaltungen wegen ihrer toten Mutter würden für alle Zeiten begraben sein und tief in ihr schlummern.

Thea schrieb daraufhin ihren Beitrag für ›Churchyard Crimes‹ fertig, packte Laptop und Kleidung zusammen und verließ eilig das Haus. Noch nie zuvor war ihr die Decke auf den Kopf gefallen. Sie mochte die Einsamkeit sonst und suchte sie sogar. Heute Nacht wollte Thea auf keinen Fall allein sein, und bis Myrna zurückkehrte, konnte es eine Weile dauern.

12. Kapitel

Myrna ging vor dem ›Hills Inn‹ auf und ab. Sie legte sich den Beginn ihrer Befragung zurecht. *Wieso fällt es mir auf einmal so schwer, mich auf meinen Job zu konzentrieren?*

Sie starrte eine Weile durch das Fenster und beobachtete Hank, wie er Getränke ausschenkte und abkassierte. Ab und zu reichte Candice einen frischen Burger oder Fish and Chips über den Tresen. Das Geschäft lief an diesem Abend besser denn je. Myrna hörte Livemusik, die dumpf zu ihr durchdrang. Es handelte sich um irgendeine einheimische Popband, die sie nicht kannte.

»Komm schon, du schaffst das«, sagte sie zu sich selbst und straffte die Schultern.

Mutig trat sie ein und inhalierte sofort wieder die diesige Luft des alten Pubs. Dennoch fühlte sie sich hier wie zu Hause. Es wurde geklatscht, gejohlt und mitgesungen. Alle hatten gute Laune, und die drei Musiker auf der Bühne gaben alles.

Myrna schlängelte sich durch die Menschen bis zur Theke. Als Hank sie entdeckte, zuckte er kurz zusammen. Wusste er, wieso sie gekommen war?

»Ich muss mit dir reden!«, brüllte sie über den Lärm hinweg.

Er verdeutlichte ihr mit Handzeichen, dass er gleich nach draußen kommen würde. Myrna vertraute darauf und verließ die proppenvolle Kneipe.

Fünf Minuten und ein Betrunkener später verließ Hank das Lokal. Er trug nur ein schwarzes Bandshirt und schien nicht zu frieren. Der anschwellende Lärmpegel ebbte ab, als sich die Tür hinter ihm schloss.

»Danke, dass du dir Zeit nimmst.«

»Worum geht es?« Tonfall und Haltung waren defensiv. Er hatte die Arme verschränkt und ging auf Abstand, was sie vollkommen verstand. Myrna selbst wusste auch nicht, wie sie mit Hank umgehen sollte.

Sie konnte seinem Blick nicht länger standhalten und starrte in eine Regenpfütze, in der sich der Mond spiegelte. »Es fällt mir nicht leicht, das kannst du mir glauben.« Myrna holte die Vergrößerung der Kameraaufnahme aus ihrer Tasche und reichte sie ihm. »Das bist doch du am 14. September im ›Hungry Eyes‹?«

Er hielt seinen Blick starr auf das Papier gerichtet. In seinem Gesicht zeichneten sich Ärger und Überraschung ab, während er nachdachte. Hank war ein offenes Buch für sie, und dennoch verstand sie ihn meistens nicht. Es war zum Verrücktwerden! Sein Kinn wurde noch eine Spur kantiger, und er fuhr sich mehrmals über den Anchor-Bart.

Dann sackten seine Schultern herab. »Sieht so aus. Dass wenig später jemand stirbt, wusste ich aber nicht.«

Myrna steckte den Ausdruck wieder weg. Ihr Herz raste. »Also gibst du zu, an jenem Abend im Lokal gewesen zu sein?« Hank nickte und hielt ihrem Blick dieses Mal stand. »Wieso warst du da?«

»Ist das nicht offensichtlich?« Seine treuen braunen Augen durchbohrten sie praktisch.

Myrnas Kehle wurde trocken. Sie musste sich räuspern, um weiterzureden. Hank brachte sie mit nur einem Blick aus der Fassung. So kannte sie sich für gewöhnlich nicht. »Ich möchte, dass du es selbst sagst. Vergiss nicht, dass ich dich als Ermittlerin befrage, nicht als Privatperson.« *Ja, rede es dir ruhig ein!*

Er lächelte traurig. »Ich war deinetwegen dort. In Pendle verbreiten sich Gerüchte und Neuigkeiten wie ein Lauffeuer. Als ich gehört habe, dass du mit einem Mann in dieses Nobelrestaurant gehst, wollte ich mich mit eigenen Augen davon überzeugen.«

»Warst du deshalb sauer und bist wieder gegangen?«

»Kaum habe ich dich mit diesem Lackaffen gesehen, sind mir die Sicherungen durchgebrannt. Am liebsten wäre ich zu euch rübergekommen und hätte ihn an seinem steifen Kragen gepackt.«

»Milton ist ein feiner Kerl. Du würdest ihn mögen. Ihr habt einen ähnlichen Humor.« Myrna meinte, ihn verteidigen zu müssen. Gleichzeitig war sie gerührt, dass Hank extra für sie ins ›Hungry Eyes‹ gekommen war. »Er hat eine Tracht Prügel definitiv nicht verdient.«

»Du kennst mich. So etwas würde ich nie machen. Du hast es hingegen verdient, jemanden ohne Geheimnisse und Lügen an deiner Seite zu haben. Mein Leben ist leider zu kompliziert dafür.«

»Was meinst du damit?«

»Gar nichts. Ist schon okay.«

Hier würde sie nicht weiterkommen. Hank machte bereits beim ersten Nachhaken dicht. Außerdem musste sie bei der Sache bleiben.

»Kennst du einen Michael Sims?«

»Nie gehört. Wer soll das sein?«

»Das ist der Tote vom 14. September.«

Er runzelte die Stirn. »Ich dachte, der hieß Sean Douglas.«

»Du meinst Dougan. Nein, da gab es eine Verwechslung. Sims war sein Double. Wir können bis jetzt nur mutmaßen. Bist du danach gleich nach Hause gefahren?«

Hank nickte. »Ich wollte nichts mehr von diesem Restaurant oder euch sehen.«

»Gibt es dafür einen Zeugen?« Myrna zückte den Block und notierte sich alles in gewohnter Weise.

»Gibt es, aber du wirst ihn nicht befragen können.«

»Ist er abgereist oder verstorben?«

»Es ist Foster, mein Labrador. Er war bei mir und hat dabei zugesehen, wie ich mich in meinem Pub aus Frust betrunken habe.«

Myrna krallte die Finger fester um den Stift. »Hank, das hier ist ernst. Die Polizei hält dich für verdächtig, weil du zufällig nicht nur auf uns, sondern auch in Richtung von Sims alias Dougan gestarrt hast.«

»Ich bin nach Hause gerast, kaum dass ich wieder draußen war. Mehr habe ich dazu nicht zu sagen. Glaubst du etwa, ich bin ein Mörder? Ich habe nichts mit diesen Männern oder dem Restaurant zu tun. Ich passe sowieso nicht in diese piekfeine Welt hinein.«

So gereizt kannte sie ihn nicht. Hank war sonst die Ausgelassenheit in Person. Heute wirkte er angespannt und sogar beleidigt. Der Schmerz über ihr Date saß also noch tief.

»Danke, dass du kooperierst«, sagte sie. »Das erleichtert unsere Arbeit immens. Ich hoffe, dass ich dich bald von der Liste streichen kann.«

»Nicht dafür. Wäre das dann alles?« Er drehte ihr das breite Kreuz zu und wollte gehen.

»Hank, warte!«, rief sie, einem Impuls folgend.

Er blieb stehen und wendete nur den Kopf. »Noch eine Frage, Inspector?« Die Kälte in seiner Stimme schmerzte höllisch.

Myrna nahm all ihren Mut zusammen. »Es tut mir leid, dass ich neulich einfach verschwunden bin. Und dass ich gelauscht habe, erst recht. So eifersüchtig kenne ich mich normalerweise nicht.«

»Du hast deine Gründe, und ich habe meine. Hättest du meinen Brief gelesen oder dich an deinem Geburtstag nicht gleich mit dem nächsten Mann verabredet, wüsstest du mehr.«

Sie hatte das Kuvert von Hank tatsächlich vergessen und schämte sich dafür. Es würde sie nicht wundern, wenn er nach seiner Schicht ins ›Café Healy‹ gekommen war, um ihr persönlich zu gratulieren. Doch da war Myrna längst auf und davon gewesen. Es würde auch erklären, woher seine Info über Milton und das ›Hungry Eyes‹ stammte.

»Hank, du bist unfair«, sagte sie gekränkt. »Wir beide, das war noch nichts Festes. Wir hatten gerade einmal ein richtiges Treffen, und das ist gründlich in die Hose gegangen. Ich hatte uns eine Chance gegeben, aber du ...«

»Ich muss jetzt los, wir reden wann anders. Die Gäste warten, und ich kann meine Angestellten nicht allein mit dem ganzen Stress lassen. Außerdem mache ich die besten Burger der Stadt.« Sein Zwinkern war fast das alte. Sie erkannte dennoch den tief sitzenden Schmerz in seinen Augen.

Myrna machte einen Ausfallschritt auf die Straße. Hank hatte also trotz ihrer Entschuldigung kein Interesse mehr an ihr. Sie hatte es verbockt! Oder war es Hank mit seiner geheimnisvollen Freundin Alison gewesen, die für einen Keil zwischen Myrna und ihm gesorgt hatten?

Ihr schwirrte der Kopf, und ihr Magen krampfte sich zusammen. Der Kloß in ihrem Hals war übermenschlich. Bloß wie durch Watte hörte sie, dass in ihrer Nähe ein Auto beschleunigte. Das Gaspedal wurde durchgetreten, und Reifen wühlten Kies auf.

»Achtung!«, schrie jemand. Es war Hank, der sie zur Seite stieß.

Dann passierte alles wie im Zeitraffer. Myrna fiel hart zu Boden und rutschte schmerzhaft über den Kies, der ihre Haut aufrieb. Kaum sah sie in Hanks entsetztes Gesicht, wurde er von dem Wagen erfasst und hochgeschleudert, als würde er nichts wiegen.

Myrna wollte schreien, aber ihre Stimme versagte. Das Fahrzeug bremste nicht, sondern raste davon. Ungeachtet ihrer eigenen Schmerzen rannte sie zu Hank, der zusammengekrümmt auf der Straße lag und röchelte.

Myrna untersuchte ihn vorsichtig auf Brüche, wie sie es in ihrer Ausbildung gelernt hatte. Ihr letzter Erste-Hilfe-Kurs war schon eine Weile her. Außerdem flogen ihre Gedanken wild durcheinander und vermischten sich mit blanker Panik. Der Druck in ihrem Kopf war enorm, und ihr fiel es zunächst schwer, einfachste Sätze zu bilden.

»Hank, kannst du mich hören?«, rief sie und berührte ihn vorsichtig an der Wange. »Hank?« Myrna griff zum Handy und rief einen Rettungswagen. »Hilfe ist unterwegs. So lange bleibe ich bei dir.«

Er sah sie an. Ein Rinnsal Blut floss ihm aus dem Mundwinkel. Sein Bein war grauenhaft verdreht. Sie betete, dass er keine inneren Blutungen, sondern sich nur auf die Lippe gebissen hatte. Hank atmete und war bei Bewusstsein.

Tränen kullerten über Myrnas Gesicht. »Es tut mir so leid. Das ist alles meine Schuld.«

»Ist ... es nicht«, erwiderte er gurgelnd und lächelte wehmütig. Unter Schmerzen hob er die Hand und strich Myrna eine Strähne hinters Ohr. »Du ... bist ... so schön.«

Myrna glaubte, er würde langsam halluzinieren, weil seine Augen gelegentlich abschweiften oder die Lider flatterten. Sie musste ihn unbedingt wachhalten.

»Nicht reden. Sie sind gleich hier und kümmern sich um dich. Du musst deine Kräfte sparen, Hank. Und ich weiß, dass du jede Menge davon hast.« Sie versuchte sich an einem Lächeln, das kläglich misslang. Noch immer weinte sie.

Zur Sicherheit brachte sie ihn vorsichtig in die stabile Seitenlage und hielt Kopf und Nacken in ihrem Schoß, bis der Wagen eintraf.

Myrna hatte noch nie so viel gebangt und gezittert wie in dieser grauenhaften Herbstnacht.

***

Thea wartete am nächsten Morgen ungeduldig auf Myrna, die die gesamte Nacht lang nicht nach Hause gekommen war. Weder Harrison noch Callan wussten, wo sie steckte. Der Sergeant sagte nur etwas von einem Treffen im Pub.

Als sie dort nachfragen wollte, kam sie nicht einmal hinein. Die Kneipe war geschlossen. Ein Schild an der Tür verriet, dass es einen Familiennotfall gegeben hatte.

»Hmm, sehr seltsam.« Thea entfernte sich und entdeckte Lucretia auf der gegenüberliegenden Straßenseite. »Hey, Mrs Miller, warte mal kurz!«, rief sie und winkte.

»*Miss*! Es heißt *Miss* Miller, du vorlaute Göre!«, keifte Lucretia. Sie kniff ihre kleinen Augen misstrauisch zusammen. »Das tust du doch extra.«

»Erwischt.« Thea verlor ihr Grinsen auch dann nicht, als ihr Gegenüber die Geschwindigkeit erhöhte. Mit ihren kurzen Beinen kam Lucretia nicht weit, bis sich Thea in ihren Weg stellte.

Die Alte biss ihre Zähne zusammen. »Wieso sich Oakley mit dir abgibt, ist mir ein Rätsel«, nuschelte sie.

Thea überhörte ihren Kommentar geflissentlich. Sie hatten sich noch nie riechen können. »Ich wäre an deiner Stelle freundlicher«, meinte sie. »Immerhin bist du mit deiner Busenfreundin in mein Haus eingebrochen.«

Lucretia verdrehte die Augen. »Na und? Dafür habe ich mich längst entschuldigt.«

»Was plant ihr als Nächstes? Ich sehe dir an, dass da etwas schlummert.« Thea beugte sich vor und betrachtete sie.

Ihre Nachbarin wich ihrem Blick eindeutig aus. Vielleicht waren ihr die vergangenen Einbrüche auch bloß furchtbar peinlich.

»Nichts planen wir! Was glaubst du nur schon wieder von uns?«, rief sie viel zu schrill. Ihre Stimme überschlug sich.

Sie lügt. Also ist doch etwas im Busch. Diesen alten Hexen kann man nicht trauen.

Thea erlöste sie lieber. »Eigentlich wollte ich dich fragen, ob du heute Evans oder Hank irgendwo gesehen hast.«

»Nicht jeder kann den lieben langen Tag auf der Straße herumhängen und Mitbürger beobachten. Musst du nicht irgendein Grab ausheben?«

Thea drehte sich zur Kirchturmuhr. »Längst geschehen. In zwanzig Minuten beginnt die Trauerfeier. Der Reverend und ich bereiten alles vor.«

»Na dann ... Hat mich *nicht* gefreut.« Sie wollte weitergehen, aber Thea ließ nicht locker. »Du hast also weder Evans noch den Wirt irgendwo gesehen?«

»Hast du was an den Ohren? Weniger Metall wäre wohl ratsam.«

Auch diese Spitze überging Thea. Sie war ihre zänkischen Antworten gewohnt. »Es könnte sein, dass du es nur verdrängt hast.«

Lucretia drückte ihr schmerzhaft den Zeigefinger in die Brust. »Ich bin vielleicht alt, aber nicht senil, Alethea Shaw.« Sie spuckte ihren Namen regelrecht aus. »Kümmere du dich lieber darum, dass Oakley nicht in irgendwelche dubiosen Machenschaften hineingezogen wird.«

»Wir versuchen bloß, einen Mordfall zu lösen. Damit hat dein Neffe nichts zu tun.«

»Das hoffe ich für dich. Er ist ein guter Junge.«

Als sie Thea grob zur Seite schob und davoneilte, sah sie ihr eine Weile nach. Lucretia drehte sich noch ein paarmal um, als wollte sie kontrollieren, dass Thea ihr auch wirklich nicht folgte. Der Schweiß auf ihrer Stirn und die roten Flecken auf ihren Wangen waren Thea nicht entgangen. Lucretia verbarg etwas, das sie neugierig machte.

Dennoch musste sie sich erst um Myrna kümmern, deren Handy ausgeschaltet war. Wenn sie nicht bei Hank war, und auch Ward nicht wusste, wo sie steckte ... *Vielleicht hat sie ihr Date mit Milton vorverlegt*, überlegte Thea und verwarf den Einfall gleich wieder. *Nein, das hätte sie mir gesagt. Außerdem wollte sie das Treffen bei uns stattfinden lassen, und nach einem Candle-Light-Dinner hat nichts ausgesehen. Ihr Bett und die Küche waren absolut unberührt.*

Ehe sie sich noch länger den Kopf zerbrechen konnte, klingelte ihr Smartphone. »Evans! Na endlich!«, rief sie erleichtert. »Wo steckst du denn? Ich war über Nacht bei Oakley und muss gleich wieder ...«

Ein Schniefen unterbrach sie. »Thea, ich bin im Krankenhaus. Hank wurde angefahren.«

»O mein Gott, geht es ihm gut? Was ist mit dir?«

»Mir fehlt nichts. Ich warte noch immer hier vor dem OP. Sie müssten gleich fertig sein. Seit Stunden operieren sie ihn nun schon. Ich weiß nicht, was los ist, und werde langsam verrückt! Niemand spricht mit mir!«

»Ganz ruhig. Atme bitte kräftig durch. Nicht zu viel auf einmal. Eins nach dem anderen«, sprach sie beruhigend auf ihre leicht hysterische Freundin ein. Myrna klang zum ersten Mal dermaßen ängstlich, dass es auch Thea ganz aus dem Konzept brachte. »Und nun erzähl mir, was passiert ist.«

»Hank hat mich aus dem Weg gestoßen und mir das Leben gerettet. Ein Auto ist mit Vollgas auf mich zugerast.«

»Also wollte dich jemand umbringen? Hast du den Fahrer erkannt?«

»Ich glaube, es saßen zwei Personen im Wagen, bin mir aber nicht sicher. Es ging alles furchtbar schnell.« Sie atmete hörbar aus. Dann wechselte Myrna in ihren Ermittler-Tonfall. So gefiel sie Thea schon besser. »Das Nummernschild habe ich nicht gesehen, aber es war ein grüner Volvo. Ein älteres Modell. Vorne hat ein Scheinwerfer nicht funktioniert.«

»Ich gebe das so an Harrison weiter. Kümmere du dich um Hank. Sobald ich die Beerdigung hinter mich gebracht habe, kann ich zu dir kommen.«

Myrna antwortete nicht sofort. Dann sagte sie: »Um ehrlich zu sein, wollte ich dich um etwas anderes bitten. Aber du musst das ernst nehmen.«

»Klar. Um was geht's? Soll ich Foster füttern? Für dich niese ich mir gern die Seele aus dem Leib.« Thea wartete gespannt.

»Das ist sehr lieb von dir, aber nein. Ich wollte dich vielmehr darum bitten, dass du heute die Befragungen zusammen mit Ward durchführst. Ich werde noch eine Weile bleiben. Außerdem muss ich meine Aussage machen und die Anzeige gegen Unbekannt aufsetzen.«

Thea ließ sich auf der nächsten Bank nieder. Ihre Kinnlade klappte herunter. »Ich als Kommissarin?«

»Du wirst Wards Assistentin sein. Er soll nicht allein gehen. So, wie wir es sonst machen. Aber bitte halte dich an seine Anweisungen und achte auf alles, was dir ins Auge springt. Du weißt inzwischen, worauf es ankommt.«

»Ich habe bei der Besten gelernt.« Thea lächelte über das ganze Gesicht, ehe sie wieder ernst wurde. »Du kannst dich auf mich verlassen. Sieh zu, dass du Hank wieder auf die Beine bekommst.«

Myrna ließ einen lang gezogenen Seufzer hören. »Ich mache mir Vorwürfe.«

»Der Einzige, der sich welche machen muss, ist der Fahrer des Wagens.«

»Er hat leider den Falschen erwischt.«

»Sag so etwas nicht. Keiner von euch sollte im Krankenhaus liegen. Du bist jemandem wohl ordentlich auf die Zehen getreten, Evans. Das ist kein Kinderspiel. Bleib lieber erst mal in der Klinik. Da bist du sicherer. Ich melde mich nach meiner Arbeit auf dem Friedhof beim Sergeant.«

Myrna schluchzte leise. »Danke. Ich wüsste nicht, was ich ohne dich tun sollte. So kommen wir wenigstens weiter.« Sie räusperte sich. »Ward weiß Bescheid. Jolene Downing sowie Charly Penrose und Mary Beaumont müssen heute noch befragt werden. Ich beeile mich und stoße später zu euch. Wann genau das sein wird, kann ich noch nicht sagen.«

»Jolene? Warum denn auf einmal sie?« Thea stöhnte genervt. Sie fand einfach keine Ruhe vor den beiden Hexen.

»Der Sergeant erklärt dir alles, was du wissen musst. Und tu mir einen Gefallen: Sag Ward bitte, dass er nach einem Foto von Hanks Wagen suchen soll. Ich schicke dir gleich sein Kennzeichen zu. Am 14. September ist er aus Preston nach Hause gerast, wahrscheinlich über die M65. Dort steht ein Blitzer, der ihn vielleicht noch vor oder während Sims' Tod erwischt hat.«

Thea begriff. »Das wäre das perfekte Alibi.«

Sie verabschiedeten sich. Ihre Vorfreude auf den Tag stieg an, auch wenn der Grund ein trauriger war.

Sie beeilte sich, zurück zur Kirche zu kommen und an der Hintertür zu warten. Die Trauernden kamen samt Sarg heraus. Schnell holte sie das Foto des Verstorbenen aus der Kirche und stellte es neben das offene Grab. Reverend Hughing hielt eine Rede, während sich Thea in den Hintergrund zurückzog.

Als die Gruppe zum Leichenschmaus überwechselte, nahm sie ihn beiseite. »Kann ich das Grab auch später schließen?«

»Sie wollen schon gehen?« Er hob beide Augenbrauen.

»Es ist ein Notfall für *Churchyard Crimes*.« Thea machte ein zerknirschtes Gesicht.

»Ich verstehe Ihre Beweggründe, aber leider geht die Verantwortung für unsere Verstorbenen dieses Mal vor. Das Grab muss zuerst verschlossen werden. Erst recht, weil der Herrgott es heute noch regnen lässt.« Er wies zum Himmel. »Ich könnte Ihnen aber behilflich sein, sobald ich aus der Soutane gestiegen bin. Sie ist etwas sperrig, um damit eine Schaufel zu bedienen.«

Thea winkte ab. »Ich mache das schon. Sie sollten Ihrem Rücken nicht noch mehr zumuten.«

Sie arbeitete doppelt so schnell wie sonst und kam ordentlich ins Schwitzen. Der Erdhaufen neben dem Grab wurde immer kleiner, bis er fast vollständig verschwunden war. Nun klopfte Thea die Erde fest, setzte das vorübergehende Holzkreuz ein und verteilte die Trauerkränze sorgsam.

Sie spürte einen Windhauch hinter sich und drehte sich um, konnte aber niemanden entdecken. Die Trauergemeinde war längst weitergezogen, und der Pfarrer hielt sich in der Kirche auf, um aufzuräumen.

Mit dem nächsten Windstoß duftete die Luft nach Pfeifentabak. Thea verharrte. Als der Geruch verflog, glaubte sie an einen Tagtraum. Außerdem war Nathan Shaw nicht der einzige Mann gewesen, der Pfeife rauchte.

Das bildest du dir ein. Es kann nicht real sein. Du wirst verrückt, dachte sie und räumte Schubkarre, Schaufel und Spitzhacke in den Schuppen neben dem Pfarrhaus.

Thea verabschiedete sich vom Reverend, duschte zu Hause und zog sich frische Kleidung an. Dann stieg sie auf ihr Rad und fuhr zur Polizeistation.

13. Kapitel

Ward war alles andere als begeistert, als er statt Myrna plötzlich Pendles Totengräberin vor sich stehen sah.

»Hallo, Harrison. Du weißt Bescheid?«

Er grummelte ein »Ja« und vertiefte sich daraufhin wieder in seine Aufzeichnungen. *Und ich habe eigentlich überhaupt keine Lust auf deine Mitarbeit.* »Du wirst mir heute zur Hand gehen, weil Evans im Krankenhaus bei Hank ist. Der Inspector hat versprochen, nachher dazuzustoßen und wieder am Fall zu arbeiten.«

»Du sollst sein Kennzeichen überprüfen, bevor wir aufbrechen.«

»Sein Kennzeichen?« Nun sah Ward doch auf. »Von Hank Forsythe?«

Thea nickte eifrig. »Richtig. Er könnte ein Alibi haben, wenn er am Tatabend auf der M65 geblitzt worden ist.«

Ward griff sofort zum Hörer und rief die zuständige Stelle an. Er kannte den fiesen Blitzer auf besagter Autobahn nur zu gut und war ihm selbst ein paarmal in die Falle gegangen.

Ward legte auf. »Sie kümmern sich darum. Jetzt sollten wir uns beeilen. Ich warte schon seit Stunden, dass du endlich auftauchst.«

Thea zuckte mit den Schultern. »Ich habe auch noch ein Leben und einen Job neben *Churchyard Crimes*. Oder willst du lieber mit deiner Freundin Lucretia ermitteln gehen?«

Ward schmunzelte. »Das würde Evans nicht passen.«

»Da bin ich mir sicher.« So langsam entspannte sich die Stimmung zwischen ihnen.

»Nimm du Harry.« Er deutete auf seinen Vierbeiner und griff zur Leine auf dem Tisch.

Der Jack Russell Terrier stand hechelnd da und wedelte mit dem Schwanz. Er ahnte wohl bereits, dass es losging.

»Du hast schon einmal im Fall von Hope Fernsby ermittelt, nicht wahr?« Ward schnappte sich seine verschlissene Lederjacke aus besseren Tagen, die er vorne nicht mehr schließen konnte, und leinte Harry an.

»Und bei einem Krimidinner, bei dem es eine echte Leiche gegeben hat, ja.«

»Also kennst du dich aus.« Er hielt ihr die Leine hin, aber Thea machte einen Schritt rückwärts. »Was ist? Bist du nun meine Assistentin oder nicht?«

»Sehr gern sogar, aber ich habe eine Hundehaarallergie. Du willst nicht, dass ich dir auf den Beifahrersitz kotze oder mit Ausschlag zum Arzt muss.«

Ward seufzte. Na, das konnte ja heiter werden! »Reicht es, wenn Harry in seiner Hundebox auf dem Rücksitz bleibt, oder schwillt dir dann dein Hals an? Noch eine Leiche durch Allergien können wir nicht gebrauchen.«

»Das passt. Meine Nase kitzelt dann nur etwas, und manchmal muss ich niesen. Aber bei Berührung kann ich für nichts garantieren. Evans ist mehr der Hundefreund.«

»Habe ich gemerkt. Na schön, dann brechen wir auf. Wir haben nicht den ganzen Tag Zeit zum Plaudern.«

Ward glaubte nicht, dass er mit Thea vorankam. Ihm behagte diese Frau nicht. Wer trug schon mehrere Ringe im Ohr und ständig diese ausgeleierten Pullover? Kein Wunder, dass Lucretia nichts von ihr hielt.

Er schob ihr zuletzt Myrnas Verschwiegenheitserklärung über den Tisch. »Das hier ist deine Unterschrift?«

Thea beugte sich darüber und kniff die Augen zusammen. »Ja, ist es. Aber das Papier ist noch von unserem ersten Fall.«

»Nicht, wenn es nach mir geht. Du hältst dich zurück und lässt mir den Vortritt.«

»Ist ja gut, Brummbär. Ich weiß auch ohne den Wisch, wo mein Platz ist. Ich bin weder Police Sergeant noch Detective Inspector und habe auch keine Marke.«

Er sah in der Spiegelung des Fensters, dass sie die Augen verdrehte, kommentierte ihr Verhalten aber nicht weiter.

Sie setzten sich in seinen alten Dienstwagen, dessen Motor erst beim zweiten Versuch ansprang. »Was soll der Laptop?«, fragte Ward, als sie das Gerät auf ihrem Schoß aufklappte.

»Das ist für meinen Blog. Der Tote im Nobelrestaurant interessiert meine Abonnenten.«

»Habe ich dir nicht eben erst erklärt, dass du nicht über den Fall berichten darfst?«

»Evans hat mir ihre Erlaubnis erteilt. Du kannst sie gern fragen, wenn du sie jetzt stören willst.« Sie hielt ihm ihr Handy unter die Nase.

Wieso muss es ausgerechnet Alethea Shaw sein? Da wäre mir sogar Klugscheißer Callan lieber gewesen, dachte er zermürbt.

Ward glaubte, dass Thea ihm nicht die volle Wahrheit sagte, aber es war ihm eigentlich auch egal. Myrna hatte momentan andere Sorgen als ihre dreiste Freundin, und er wollte nichts weiter, als einen Mörder zu fassen. Wenn sie etwas zur Lösung beisteuern konnte – mit welchen Mitteln auch immer – war es ihm recht. Hauptsache, sie klebte nicht wie eine Klette an ihm und störte seine Ermittlungen.

»Meine Follower haben schon bei einigen alten Fällen weitergeholfen. Sie sind wirklich gut«, erzählte sie munter.

»Das sind nichts weiter als Spinner«, raunte er in seinen Bart und fuhr los.

»Du liest meinen Blog?« Ihre Augen weiteten sich erstaunt.

Thea kam ihm wie ein überdrehter Teenager vor, und er konnte diese vorlauten Blagen nicht ausstehen.

»Habe mal reingesehen, als mir langweilig war.« Er versuchte, desinteressiert zu klingen.

»Und wie findest du ihn? Kann ich etwas verbessern?«

»Keine Ahnung. Interessiert mich nicht.« Das war eine Lüge. Mittlerweile erwischte sich Ward manchmal dabei, wie er in den Kommentarspalten versank und bis tief in die Nacht zu alten Kriminalfällen recherchierte und heimlich miträtselte. Von vielen hatte er noch nie zuvor gehört. »Du kennst die Regeln für Befragungen?«

»Von Evans.« Sie nickte etwas zu eifrig. Sicher spielte sie ihm die brave Assistentin bloß vor. Thea glaubte wohl, ihn verschaukeln zu können. »Ich halte mich im Hintergrund und frage nur, wenn ich darf.«

Ward antwortete erst gar nicht darauf. Er ahnte, wie es stattdessen kam. »Das Erdnussöl war übrigens auf dem Teller mit dem Schweinebraten zu finden. Jemand hat es ihm also untergemischt. Er hat es nicht vorher verabreicht bekommen.«

»Das Küchenpersonal?«

»Oder ein Gast. Bei diesem Betrieb könnte es jeder sein. Außerdem gibt es eine Hintertür zur Küche. Wir tappen noch vollkommen im Dunkeln.«

»War es denn dasselbe wie aus der Küche des ›Hungry Eyes‹?«

Ward schüttelte entschieden den Kopf. »Nein. Es muss von außen mitgebracht worden sein. Trotzdem würde ich die Angestellten nicht ausschließen.«

Thea nickte. »Der Mörder ging nach Plan vor. Er hat vielleicht bedacht, dass man das Öl zurückverfolgen kann, und sich so aus der Schusslinie begeben. Nun könnte es jeder sein. Und die Herkunft?«

»Nicht rückverfolgbar. Ein gewöhnliches Öl wie aus jedem Supermarkt. Wir haben es bereits befürchtet.«

Je länger sie über den Fall sprachen, desto wohler fühlte er sich. Es machte Ward sogar Spaß, sich mit Thea zu unterhalten. Sie nahm den Fall ernst und sah ihn nicht als Karrierechance für ihren True-Crime-Blog an.

Vielleicht habe ich mich in ihr geirrt, dachte er. *Ich habe mich schließlich immer gefragt, was Evans an ihr findet.*

***

Sie hielten vor Jolenes Haus. Thea bemerkte den strengen Blick des Sergeants und hätte beinahe geschmunzelt, aber sie riss sich zusammen. Jetzt war nicht der Moment, um Witze zu reißen oder ihn zu verärgern. Schließlich wollte sie weiter Teil der Ermittlung sein.

Ward hämmerte den Türklopfer etwas zu hart gegen das Holz.

»Es gibt auch eine Klingel«, flüsterte Thea, aber da öffnete Jolene bereits.

Statt begrüßt zu werden, wurden sie direkt angefahren. »Wieso stört ihr mich in meinem Schlaf?«

Jolenes grauer Dutt sah aus wie ein Vogelnest. Sie hatte Augenringe und stützte sich verkrampft auf ihren Gehstock. Theas Highlight war allerdings der rosafarbene Bademantel, in dem sie steckte.

»Du hast jetzt noch in den Federn gelegen? Es ist zwölf Uhr mittags«, meinte Ward überrascht. »Warst du nicht immer die Erste, die das Dorf unsicher gemacht hat?«

»Na und? Was ist schon dabei? Ich bin Rentnerin und muss mich vor niemandem rechtfertigen. Außerdem gehen dich meine Schlafgewohnheiten einen feuchten Dreck an!«, fauchte sie und behielt Thea fest im Blick. »Und was will *die* eigentlich schon wieder hier?«

»*Die* hat nach wie vor einen Namen«, entgegnete Thea. Ihr Tonfall war hart. »Ich assistiere Harrison bei der Ermittlung. Das kennst du ja bereits. Und wieder einmal stehen wir auf deiner Fußmatte. Sehr verdächtig.«

»Du vorlautes ...« Eine getigerte Katze huschte durch ihre Beine und rannte in den Garten.

Ward stellte sich zwischen die beiden Frauen. »Es ist abgesprochen und erlaubt. Nur die Ruhe. Niemand möchte dem anderen etwas Böses, nicht wahr?« Er lächelte zaudernd.

»Was ist mit dem Inspector? Hat sie nun doch aufgegeben und ist abgereist? Also, lange durchgehalten hat sie ja nicht.«

Am liebsten hätte Thea ihr das hinterhältige Grinsen aus dem Gesicht gewischt. Jolene war und blieb ein unzufriedenes Miststück.

Bevor sie etwas sagen konnte, begann Ward mit der Befragung. Er hielt Jolene den Ausdruck, der sie im ›Hungry Eyes‹ zeigte, unter die Nase. »Können wir kurz darüber reden und reinkommen?«

»Reden gern, rein dürft ihr nicht. Oder habt ihr einen Durchsuchungsbefehl?«

»Das nennt sich laut Gesetz ›Anordnung zur Durchsuchung‹ und nicht Durchsuchungsbefehl«, entgegnete Thea keck. Sie richtete sich an Ward. »Nicht wahr?«

Sein Schnauben deutete sie als Zustimmung. Gleichzeitig schien er jetzt schon genervt von ihr zu sein. Thea würde dennoch nicht lockerlassen und manchmal selbst das Ruder übernehmen. Sie konnte gar nicht anders.

»Du warst am 14. September im ›Hungry Eyes‹ in Preston. Wieso?«

»Darf ich nicht auch einmal schick essen gehen?«

»Natürlich, aber meine Frage ist damit nicht hinreichend beantwortet. Es hat an diesem Abend einen Toten gegeben.«

»Ja, den fetten Kerl, der sich überfressen hat. Hat gegessen wie ein Schwein. Selbst schuld. Was soll damit sein?«

»Wir gehen von einem Mord aus, Jolene. Du tust dir einen Gefallen, uns alles zu sagen, was du noch weißt.«

Sie haderte sichtlich mit sich. Dann stöhnte sie. »Na schön, ich war dort, weil ich ein Menü gewonnen habe. Ich mache manchmal bei Preisausschreiben mit. Ist das ein Verbrechen?«

»Erinnerst du dich an Einzelheiten oder verdächtige Personen an diesem Abend?«

»Nicht dass ich wüsste.« Sie blockte sofort ab, ohne überhaupt richtig nachzudenken.

Thea schob sich vor den breiten Ward. »Streng dich an. Du bist doch nicht dumm und beobachtest in Pendle auch immer alles ganz genau. Außerdem ist dir Michael Sims aufgefallen, wie du eben selbst verraten hast. Also?«

»Mit dir rede ich nicht.« Sie reckte ihr Kinn.

»Du bist mir noch einen Gefallen schuldig, weil du in mein Haus eingebrochen bist. Dafür gibt es Zeugen, darunter unseren Sergeant hier.« Harrison nickte bedächtig, während er Thea lauschte. »Ich könnte dich immer noch anzeigen, wenn ich wollte. Dein Entgegenkommen in diesem Fall würde mich vielleicht davon abbringen.«

Jolene malmte mit den Zähnen und sah zu Ward. »Das ist Erpressung. Und so etwas gestattest du?«

»In diesem Fall höre ich mal nicht hin«, sagte er.

Thea gefiel seine neue Art. Er war tatsächlich etwas lockerer als zu Beginn geworden. Die hyperkorrekte

Myrna hatte wohl weniger daran Anteil als sein vierbeiniger Freund.

Jolene schnaufte. »Was Lu an dir findet, ist mir schleierhaft. Ich war ab halb acht in Preston und habe ein Drei-Gänge-Menü genossen. Dabei ist mir der widerliche Mann an Tisch sieben aufgefallen. Ich saß aber am weitesten von ihm entfernt, also kann ich ihm nichts getan haben.«

»Das behauptet auch niemand. Was hast du noch gesehen?«, fragte Harrison weiter und gab Thea ein Zeichen, damit sie sich Notizen machte.

»Dass der Inspector dort war, habe ich erst bemerkt, als der Trubel schon in vollem Gange war. Sie hat sich zu dem Verfressenen runtergebeugt und ihn berührt.«

»Evans wollte seinen Puls fühlen«, flüsterte Thea Ward zu.

»Vielleicht hat sie ihn dabei gleich noch umgebracht. Wer weiß das schon? Ihr Städter mordet, ohne mit der Wimper zu zucken.« Wieder traf Thea der volle Hass.

Und erneut war es Ward, der die Wogen glättete. »Wir stehen alle auf derselben Seite. Ich denke nicht, dass du eine Mörderin bist. Du hast keine Verbindung zu Sims und damit auch kein Motiv. Er wurde mit Erdnussöl getötet, auf das er allergisch reagiert hat. Hast du jemanden mit einer Flasche oder einem anderen kleinen Behälter gesehen? Jemand, der sich verdächtig benommen hat? Was passierte vor seinem Tod?«

»Eine Frau in einem viel zu freizügigen Kleid hat sich mit ihm gestritten. Aber sie hat seinen Teller nicht einmal berührt, auch das Glas nicht«, berichtete Jolene nun etwas offener. »Sie ist ganz verheult auf die Toilette gegangen. Ach ja, und ein Mann ist in der Küche verschwunden.«

Thea hakte sofort nach. »Ein Mann? Jemand vom Personal?«

Jolene überlegte dieses Mal länger. »Nein, ich denke nicht. Eher ein Gast.«

»Würdest du ihn wiedererkennen?«

»Das bezweifle ich. Diese Schnösel sehen doch alle gleich aus. Einen feinen Anzug hat er getragen, aber mehr ist mir nicht in Erinnerung geblieben.«

»Wieso bist du nicht bis zur Befragung geblieben?«

»Ich wollte keinen Ärger haben. Es war spät, und ich war müde«, erwiderte sie. »Wäre das dann alles? Ich brauche noch etwas Schlaf. Falls ihr etwas gegen mich in der Hand habt, dann könnt ihr mich gern vorladen. Bis dahin will ich in Ruhe gelassen werden.«

»Wofür brauchst du so viel Schlaf?« Thea beugte sich grinsend vor. »Lange Nacht gehabt?«

Jolenes Augen blitzten geheimnisvoll. »Das ist meine Privatsache.« Sie schmiss ihnen die Tür vor der Nase zu.

***

Myrna wartete an Hanks Bett, doch er wachte nicht auf. Sein Kopf war mit einem Verband umwickelt und das verletzte Bein eingegipst. Es wurde von einer Schlaufe in der Luft gehalten, wie man es aus den Filmen kannte.

Der Arzt hatte ihr geraten, erst wiederzukommen, wenn man sie anrief. Ihre Nummer hatte sie als Kontaktperson hinterlegt und behauptet, ihm noch ein paar Fragen zum Fall stellen zu wollen. Das beschleunigte den Prozess meistens.

»Ich bin bald wieder da«, flüsterte sie und küsste ihn auf die raue Wange. Vielleicht spürte er ja ihre Anwesenheit.

Wenigstens hatten sie Hank nicht in ein Koma versetzen müssen. Die Operation an seinem Bein und die Computertomografie waren reibungslos verlaufen. Er hatte keine inneren Blutungen und war glimpflich davongekommen. Hank lebte, und nur das zählte!

Myrna verließ widerwillig das Krankenzimmer, aber sie musste zurück an die Arbeit und sich mit Thea und Harrison zusammentun.

Plötzlich kam ihr ein Gedanke, und sie erschrak. *Foster!*

Myrna machte sich auf den Weg zum Pub. Als sie Licht sah, klopfte sie. Hank konnte es nicht sein, aber vielleicht bereitete sich das Personal auf die Schicht heute Abend vor. Eventuell war es auch jemand vom Reinigungsdienst. Tatsächlich öffnete ihr Hanks Angestellte Candice.

»Was kann ich für Sie tun, Inspector? Der Chef ist nicht hier, er ist ...«

»Ich weiß, dass Hank im Krankenhaus liegt, aber sein Labradorrüde Foster müsste noch hier sein, vielleicht in seiner Wohnung über der Kneipe. Ich könnte mich um ihn kümmern, solange Hank behandelt wird.« Es würde ihr helfen, das Tier um sich zu haben, zumal sie dadurch ihr schlechtes Gewissen beruhigen würde.

»Nicht nötig, das macht schon seine Frau. Foster ist bei ihr.«

»Seine ... Frau?« Myrna hatte alle Mühe, sich nichts anmerken zu lassen. Das Lächeln verging ihr schlagartig und wich einem beklemmenden Gefühl. »Ähm ... Ja, danke. Dann ist das ja geklärt.« Etwas steif drehte sie sich um und ging.

Also hatte sie richtig vermutet: Hank war längst vergeben und hatte nur aus Spaß mit ihr angebandelt. Myrna fühlte sich benutzt. Ganz ähnlich wie damals, als sie ihren Freund mit einer anderen im Bett erwischt hatte.

Sie wollte sauer auf ihn sein, konnte es aber wegen seiner Heldentat nicht. Ihretwegen lag er mit einer Gehirnerschütterung, mehreren gebrochenen Rippen und einem fiesen Beinbruch im Krankenhaus. Es hätte viel schlimmer kommen können. Hank hatte Glück im Unglück gehabt.

Erst im Auto ließ sie ihren Tränen freien Lauf. Die Anspannung fiel von ihr ab. Myrna krallte ihre Finger um das Lenkrad und atmete kräftig durch. »Es ist alles gut. Du warst nicht einmal in einer Beziehung mit ihm. Kein Mann dieser Welt kriegt dich klein«, sagte sie zu sich selbst und suchte ihren eigenen Blick im Rückspiegel. Frische Energie strömte durch ihre Adern. »Und jetzt reißt du dich zusammen, klärst einen Mordfall und schaffst den Täter dahin, wo er hingehört.«

Das Handy klingelte genau zur rechten Zeit.

»Ich wollte dich fragen, ob du Fisch isst und Unverträglichkeiten hast, ehe ich einkaufen fahre«, sagte Milton am anderen Ende der Leitung.

»Ich esse alles und bin völlig unkompliziert«, antwortete sie erleichtert. »Du glaubst ja nicht, wie froh ich über deinen Anruf bin und darüber, dass du nicht absagst.«

»Wieso sollte ich absagen? Dafür habe ich zu lange um diesen Abend gekämpft.« Sie hörte wieder das unverkennbare Lächeln in seiner tiefen Stimme.

Myrna konnte nicht länger an sich halten. Es brach einfach aus ihr heraus. Sie schüttete Milton ihr ganzes Herz aus, wie sie es sonst nur bei Thea machen würde. Dabei kannte sie diesen Mann kaum.

Als er nichts mehr sagte, glaubte sie, ihn verschreckt zu haben, doch er antwortete: »Ich denke, dieses Essen hast du nötiger denn je. Ich lasse dich nicht im Stich, Evans.«

Wenigstens auf Milton konnte sie sich verlassen.

Als das Telefon noch einmal klingelte, erwartete Myrna einen Anruf der Klinik, doch ihre Hoffnungen wurden zunichtegemacht, als Callans Namen aufleuchtete.

»Ich habe jetzt keine Zeit.«

»Dafür nimmst du sie dir freiwillig«, entgegnete er forsch. »Aber sei bitte nicht sauer, okay?«

Ihr schwante Böses.

***

Harrison drängte Thea zurück, als sie als Erste ins ›Hungry Eyes‹ spazieren wollte.

»Nicht so eilig, sonst nimmt dich niemand ernst. Wir sind Autoritätspersonen – zumindest ich. Also benimm dich auch so.«

»Du redest nicht mit einem kleinen Kind. Ich weiß, was ich tue.« Sie schmollte dennoch kurz und folgte ihm ins Restaurant.

Sofort kam ein Kellner auf sie zugeeilt. Thea erkannte ihn als Charly Penrose wieder. *Volltreffer!*

»Willkommen im ›Hungry Eyes‹. Möchten Sie einen Tisch für den Abend reservieren? Für eine größere Gruppe könnte es knapp werden, da wir fast vollständig ausgebucht sind.«

Thea sah ihm an, dass er keine Lust auf Freundlichkeiten hatte und sich nur zusammenriss. Sie wartete darauf, dass Ward sich als Sergeant zu erkennen gab.

»Mit wem haben wir die Ehre?«

»Charly Penrose. Geht es immer noch um den Toten von Tisch sieben?«

»So ist es. Ich ... *Wir* haben da noch ein paar Fragen.«

»Wo ist der Inspector vom letzten Mal?«, fragte Penrose. »Ist sie nun doch verhaftet worden?«

Wie aufs Stichwort schwang die Tür auf. »Entschuldigt meine Verspätung.« Myrna gesellte sich außer Atem zu ihnen.

Thea sah ihr an, dass sie etwas bedrückte, würde aber erst später danach fragen. Entweder schlug ihr Hanks Unfall auf den Magen, oder Milton hatte das Date abgesagt. Myrna hatte einfach kein Glück bei den Männern.

Ward atmete auf. »Wir fangen gerade erst an. Das ist Mr ...«

»... Penrose. Wir hatten schon einmal das Vergnügen. Außerdem hat mein Kontaktmann im Hintergrund zu Ihnen und Ihrer Freundin nachgeforscht, bevor ich herkam.« Myrna ließ keine Zeit verstreichen und legte sofort mit der Befragung los.

Thea formte ein erstauntes ›Kontaktmann‹ mit ihren Lippen. Es konnte sich dabei nur um Callan handeln.

Myrna konzentrierte sich weiter auf den Kellner. »Zum Beispiel kenne ich nun die Hintergründe über das ›Sunset‹.«

An seiner versteinerten Miene sah Thea, dass sie ins Schwarze getroffen hatte.

»Brauche ich einen Anwalt?«, fragte er leichenblass. Das vorlaute Grinsen war ihm vergangen.

»Nicht, wenn Sie nichts zu verbergen haben und kooperieren.« Thea war beeindruckt von Myrnas Tatendrang und ihrer direkten Herangehensweise. Fast schon aggressiv, aber immer noch im Rahmen. In ihr hatten sich augenscheinlich viele Gefühle angestaut. »Wir werden uns außerdem gesondert mit Mary Beaumont unterhalten. Sie ist heute auch hier, nehme ich an?« Die Androhung, seine Freundin ins Kreuzverhör zu nehmen, zeigte Wirkung.

Charly schwitzte und sah zur Küche zurück. Seine Stimme war nicht mehr als ein Raunen. »Halten Sie bitte meine Freundin da raus. Seit unserer Kündigung im ›Sunset‹ ist sie sehr labil. Wir sind auf diese Arbeit angewiesen, egal wie scheußlich Pamela auch ist.«

»Dürfen wir mitreden?«, fragte Ward. »Was ist damals im ›Sunset‹ passiert?«

Charly kaute auf seiner Lippe. »Nicht hier. Lassen Sie uns rausgehen.« Er drehte sich noch einmal zur Küche. »Ich gehe kurz eine rauchen!«, rief er und drängte sie nach draußen. Dort zündete er sich tatsächlich eine Zigarette an und blies den Rauch gen Himmel. »Mary und ich waren Kellner im ›Sunset‹, bevor es geschlossen wurde. Dieser Sean Dougan hat eine so vernichtende

Kritik geschrieben, dass die Gäste weggeblieben sind. Cilian Anderson hatte keine andere Wahl, als Insolvenz anzumelden. Es liefen wohl bereits zahlreiche Kredite auf das Restaurant.«

Thea ging langsam auf und ab und strich über einen kahlen Busch, um ihre nervösen Finger zu beschäftigen, während sie aufmerksam lauschte. Sie hob einen losen Ast vom Boden hoch und balancierte ihn auf ihrer Handfläche. Sie war nun ohnehin mehr der Beobachter als eine aktive Ermittlerin.

Ward blieb derweil ganz bei der Sache. »Also haben Sie ein Motiv für die Tat: Rache und Angst vor einer erneuten Kündigung, wenn er erst einmal Pamelas Lokal auseinandernimmt. Immerhin wussten Sie nicht, dass er ein Doppelgänger war.«

»Blödsinn!« Charly schüttelte sich. »Wir sind keine Mörder, sondern brauchen bloß eine Grundlage zum Leben. Wir wollen bald heiraten und eine Familie gründen. Dafür wäre finanzielle Sicherheit wichtig.«

Thea lächelte und brach den Ast entzwei. Das laute Knacken ließ Charly zusammenfahren. »Und damit haben Sie Ihr Motiv gerade noch einmal verstärkt. Macht Ihre Freundin Druck?«

Myrna bedachte sie mit einem Kopfschütteln. »Nicht so schnell. Mr Penrose hat sich mit seiner Aussage immerhin kooperativ gezeigt. Wir sollten uns dringend mit Mrs Gilberton unterhalten, bevor wir Schlüsse ziehen.«

»Trotzdem bleibt er verdächtig.«

Charly schickte Thea einen verächtlichen Blick. »Wenn ihr hier jemanden verdächtigen wollt, dann doch wohl Kate. Sie hat das stärkste Motiv von allen.«

Sie wechselten vielsagende Blicke.

Ward zeigte das Bild der Überwachungskamera. »Meinen Sie diese Frau? Sie trug am Tatabend ein rosafarbenes Kleid.«

Charly brauchte nicht lange, um zu nicken. »Ja, das ist sie. Wir waren überrascht, sie hier zu treffen, weil sie bis dahin immer in London gelebt hat. Sie muss einen Grund gehabt haben, so weit rauszufahren.«

Myrna nahm das Bild an sich. »Meinen Sie, das gute Essen von Mrs Gilberton und Küchenchef McCain genügt dafür nicht?«

Charly schnaubte. »Sie meinen die Gerichte, die sich Pamela überall zusammengestohlen hat? Nichts davon gehört ihr. Benedict hat auch die Nase voll und will längst eigene Gerichte auf die Karte bringen, aber sie verhindert es. Sie erpresst ihre Konkurrenz und setzt ihre eigenen Angestellten unter Druck. Pamela ist Gift für unsere Branche. Kein Wunder, dass sie Angst hat, ihr Restaurant könne ebenfalls geschlossen werden.«

Myrna beugte sich zu Thea hinüber und flüsterte ihr ins Ohr: »Das passt zu dem, was Callan gesagt hat. Er hat ihre Geheimcodes entschlüsselt. Erpresserbriefe an diverse Leute sind auf ihrer Festplatte und in ihrem E-Mail-Postfach zu finden. Sie hatte viele Menschen in der Hand. Dougan war allerdings nicht darunter.«

»Aber sie könnte Angst um ihren Ruf gehabt haben. Ein Motiv hätte sie also.«

Ward drängte sich zwischen die beiden. »Kann ich auch mitreden, oder ist das hier eine Pyjamaparty unter Frauen?«

Als sich Charly davonschleichen wollte, rief Myrna: »Moment, nicht so schnell! Sie sind mit Ihrer Geschichte noch nicht am Ende angekommen.«

»Ich muss jetzt arbeiten. Der Boss wird sonst sauer, und niemand will Pamela wütend erleben.«

»Das verstehen wir, aber wir haben noch Fragen zur ominösen Kate Harper.«

»Kate wer? Harper? Nie gehört.« Er zog seine Brauen zusammen.

Das brachte selbst Thea zum Staunen. »Aber haben Sie nicht eben erst gesagt, dass ...«

»Ja, Kate *Anderson*. Zumindest kannten wir sie noch unter diesem Namen. Inzwischen hat sie geheiratet und womöglich den Namen ihres Mannes angenommen. Den weiß ich aber nicht.«

»Anderson? So wie Cilian Anderson?«, fragte Myrna nach.

Charly nickte. »Sie ist Cilians Tochter. Deshalb habe ich Ihnen auch gesagt, Sie sollten besser mit ihr reden. Wenn jemand ein Motiv hat, Dougan umzubringen, dann sie. Dank ihm ist das Lokal ihres Vaters pleitegegangen. Sie hasst Dougan wie die Pest.«

Myrna wandte sich wieder den anderen zu. »Das könnte der Grund für ihren Streit gewesen sein. Sie hat womöglich nach ihm gesucht, erfahren, dass er am 14. September im ›Hungry Eyes‹ isst, und ihn dort zur Rede gestellt. Er hat sie weggejagt und Kate nicht gerade ernst genommen.«

»Kann ich dann gehen, Inspector? Pamela guckt schon.«

»Halten Sie sich für Nachfragen bitte bereit. Mit Ihrer Chefin reden wir gleich noch, aber Mary kann sich vorerst entspannen. Das wäre es fürs Erste. Vielen Dank.«

***

Thea beharrte darauf, auch bei der letzten Befragung für heute dabei zu sein. Sie drohte, sonst zu Hause zu bleiben und Milton und Myrna über die Schulter zu schauen. Jene glaubte nicht, dass sie es ernst meinte, aber wissen konnte man es bei Thea nie.

»Mrs Gilberton. Haben Sie einen Moment? Es ist dringend.«

»Habe ich nicht. Sie sehen doch, dass wir mitten in den Vorbereitungen stecken. Es stört mich, wenn Sie hier ständig aufkreuzen.«

Myrna ließ sich nicht beirren. »Uns sind Gerüchte zu Ohren gekommen, dass es sich bei Ihren Gerichten um Kopien anderer Köche handelt.«

Thea hätte am liebsten hinzugefügt, dass sie Beweise hatten, aber dafür hätte sie Callans Schnüffelei in ihrem Laptop zugeben müssen. Leider würden sie diese nicht nutzen können, wie Myrna ständig betonte. Sie zu ihrem Vorteil zu nutzen, war etwas anderes.

»Das kann gar nicht sein!«, rief sie vehement und verschränkte die Arme vor der ausladenden Brust. »Welche Ratte hat das behauptet?« Sofort huschten ihre Augen zu Charly, aber er ließ sich nichts anmerken und verteilte weiter Gläser und Besteck im Saal. »Benedict McCain arbeitet vortrefflich. So etwas nennt sich Verleumdung. Ich werde mich bei Ihrem Vorgesetzten beschweren.«

Thea hielt Myrna am Arm zurück. »Aus der kriegen wir eh nichts mehr raus«, raunte sie. »Lass uns lieber den Küchenchef befragen.«

Myrna wartete das Nicken von Harrison ab. »Da Sie nicht auf die Gerüchte eingehen wollen, würden wir gern mit Ihrem Küchenchef sprechen. Sollte daran etwas stimmen, müssen wir nachhaken.«

»Lassen Sie Benedict gefälligst aus dem Spiel! Mein Lokal kann es nicht verkraften, noch einen Küchenchef zu verlieren. Der letzte ist auch gegangen.«

»Und das wundert Sie bei Ihrem Getue?« Thea erntete böse Gesichter. »Was denn? Ich spreche nur aus, was hier jeder denkt. Sie sind nun mal eine herrische Person, die gern über andere bestimmt und sie unter Druck setzt.«

Pamela funkelte sie an. »Gehen Sie! Raus hier!«, schrie sie und wies zur Tür. »Sie haben alle drei Hausverbot!«

Ward hob beschwichtigend die Arme. »Was habe ich denn getan?«

»Raus! Und zwar sofort! Kommen Sie wieder, wenn Sie wirkliche Beweise oder einen Durchsuchungsbefehl haben!«

»Also, eigentlich heißt das nicht ...« Thea konnte nicht weitersprechen, weil Pamela sie bereits Richtung Ausgang schob.

Myrna atmete hörbar aus und stellte ihren Fuß in die Tür, bevor sich diese schloss. »Mrs Gilberton ... Sean Dougan ist wohlauf. Der Tote heißt Michael Sims und war sein Double. Aber das wussten Sie bereits, habe ich recht?« Rote Stressflecken übersäten Pamelas Dekolleté. »Bitte reden Sie mit uns. Wir sind nur darauf aus, den Mörder zu finden. Das Erdnussöl, an dem er starb, wurde definitiv in Ihrem Lokal beigemischt. Es kann nicht anders gewesen sein.«

Sie drückte die Tür trotzdem zu und sperrte ab.

»Und was nun?«, fragten Ward und Thea gleichzeitig.

»Jetzt gehen Sie, Harrison, erst einmal eine Runde mit Harry um den Block. Der Ärmste bellt schon die ganze Zeit, weil er am Baum angeleint ist und nicht ins Restaurant darf. Und wir, Thea, fahren schon einmal zur Station vor und durchsuchen die Datenbanken nach Kate Anderson. Wir brauchen eine Adresse, um sie aufzuspüren. Hier kommen wir ohne Vorladung sowieso nicht weiter.«

Sie gingen zurück zu Myrnas Ford. »Und was, wenn Pamela jetzt jemanden vorwarnt oder ihre Sachen packt und verschwindet?«, fragte Thea nicht überzeugt.

»Sie hat viel zu viel Angst, dass ich ihr Telefon anzapfe. Nein, ich denke eher, dass sie die Füße fürs Erste stillhält. Um ihre Vergehen kümmern wir uns später. Der Mordfall ist jetzt wichtiger. Mein Bauchgefühl sagt mir, dass sie es nicht war. Sie wird nicht türmen, solange das Restaurant noch steht. Callan weiß über jeden Schritt Bescheid, weil er ihren Laptop orten kann. Wir werden wissen, wenn sie ausfliegt.« Myrna zwinkerte.

Thea war tief beeindruckt. »Ich erkenne dich kaum wieder, Evans. Wo ist die bürokratische Polizistin geblieben, die ihre Regeln und Vorschriften vehement verteidigt?«

Ein Schleier legte sich über Myrnas Augen. »Die habe ich für heute beiseitegeschoben. Es gibt Wichtigeres als das.«

14. Kapitel

Es war bereits später Nachmittag, als sie zurück nach Pendle kamen. Bis auf die Systemsuche würden sie heute nichts mehr unternehmen.

Myrna hielt vor dem Polizeirevier.

Thea drehte sich zu ihr, bevor sie ausstiegen. »Wie geht es Hank?«

»Unverändert, sagen die Ärzte, aber er lebt und wird wieder aufwachen. Sein Körper muss sich zuerst erholen. Das war ein heftiger Aufprall.« Myrna erzitterte leicht, als sie davon erzählte. Sie würde diese Bilder wohl nie wieder aus dem Kopf bekommen.

»Du hast mir gesagt, der Fahrer hatte es auf dich abgesehen?«

»Ich glaube, jemand wollte mich am Ermitteln hindern. Pass also bitte gut auf dich auf. Auch Callan sollte seine Augen und Ohren offenhalten. Wir wissen nicht, wer dahintersteckt. Derjenige könnte noch einmal zuschlagen, weil er sein Ziel verfehlt hat.«

Thea überlegte. »Es waren zwei, meintest du?«

»Das habe ich mir eingebildet, aber erkennen konnte ich nicht wirklich viel. Das Auto war ziemlich sicher ein dunkelgrüner Volvo 66. Ich habe mir während der Wartezeit auf dem Krankenhausflur Fotos ähnlicher

Wagen im Internet angesehen und sie mit meiner Erinnerung verglichen. Ein Scheinwerfer vorne rechts war kaputt. Das Kennzeichen weiß ich nicht. Es ging alles viel zu schnell.«

»Dafür hast du dir erstaunlich viel gemerkt.«

»Zu dumm, dass wir keine Reifenabdrücke mehr genommen haben. Der Regen letzte Nacht hat alle Spuren weggeschwemmt.«

»Ihr werdet ihn trotzdem bald schnappen. Oder sie.« Thea nickte eisern.

»Der Fahrer war groß. Sein Kopf lag im Schatten, aber der muss an der Decke gerieben haben. Ich glaube nicht, dass es eine Frau war.«

»Und der Beifahrer?«

»Den konnte ich noch weniger sehen. Ich weiß es leider nicht.« Myrna biss sich in die Faust. »Verfluchter Mist! Hätte ich Hank doch nur nicht nach draußen geholt!« Sie schlug auf das Lenkrad.

Thea legte ihr eine Hand auf die Schulter. »Du kannst nichts dafür, dass jemand Lust hatte, Menschen umzufahren. Wir achten ab jetzt auf uns. Ich bin heute Nacht nicht allein, du auch nicht, und Callan erst recht nicht, wenn er brav zu Hause bleibt. Niemand wird uns etwas tun. Du konzentrierst dich jetzt bitte auf unsere Computerarbeit und später auf dein Date. Und du wirst endlich mal einen schönen Abend haben, bevor der Ernst weitergeht.«

Myrna lächelte traurig, aber dankbar.

***

Sie betraten die Polizeistation und fuhren Myrnas alten Computer hoch. Das Revier war schon lange nicht mehr auf dem neuesten Stand.

»Würde es nicht schneller gehen, wenn wir Callan einbeziehen und ihn fragen, ob er sich schnell in die Datenbanken hackt?«

Myrna wollte widersprechen, aber als sie den langen Ladebalken sah, schwenkte sie um. Sie würde damit nicht das erste Mal eine Grenze überschreiten. »Na gut, ich rufe ihn an.«

Es dauerte nicht lange, bis der Teenager eintraf. »Ich habe gehört, ihr braucht meine Talente?« Sein Grinsen war eine Spur zu selbstsicher, aber außer ihm hatte niemand die Möglichkeit, schnell und unbemerkt an Daten zu kommen.

»Wir müssen nach einer Kate Anderson suchen«, meinte Thea und brachte ihn auf den neuesten Stand der Ermittlung.

»Anderson heißt so gut wie jeder Zweite in England. Geht es etwas genauer?« Er setzte sich im Schneidersitz auf den Boden, wie er es in der Bibliothek vom Chamberling-Anwesen für gewöhnlich tat.

»Ihr Vater ist Cilian Anderson, der Gastronom. Welche Datenbanken schaust du durch?«

»Ich lasse eine allgemeine Suche laufen. Darin sind Polizeiakten, Krankenhäuser und Behörden von ganz England hinterlegt. Das könnte eine Weile dauern, geht aber immer noch schneller als mit diesem Dinosaurier.« Er deutete mit abschätziger Miene auf Myrnas Computer. »Gleich werden wir wissen, ob sie Schulden beim Finanzamt hat, wo sie wohnt und ob sie jemals polizeilich erfasst wurde.«

Myrna goss Thea und Callan ein Glas Cola ein. Sie selbst blieb bei Sprudelwasser mit einer Scheibe Zitrone für den Geschmack.

Sie unterhielten sich über Callans Schule, Thea und Oakley sowie Myrnas kommendes Treffen mit Milton. Sie zeigte Callan ein Foto von ihm und lächelte stolz. *Churchyard Crimes* war wieder vereint. Dabei fiel Myrna ein, dass sie schon eine Weile nicht mehr auf Theas Blog geschaut hatte. Sie zückte ihr Handy und suchte danach.

»Du hast all unsere Fortschritte geteilt?«, rief sie entsetzt.

»Bleib locker. Es ist nichts dabei, was nicht auch schon irgendwo in der Zeitung stand. Alle Ergebnisse von heute halte ich zurück.«

»Wer ist eigentlich dieser ›Wookieeboy‹? Und wieso denkt er, dass Michael Sims ein Alien war?«

»Das ist bloß irgendein Verrückter aus dem Netz. Ich kenne die Leute nicht persönlich.« Thea war die Ruhe selbst. Ja, *ihre* Karriere stand auch nicht auf dem Spiel.

Myrna las sich die Kommentare unter den Beiträgen durch, bis sich Callans Laptop meldete.

Zahlreiche Einträge erschienen auf dem Bildschirm. Callan scrollte sie durch und tippte eifrig auf der speckigen Tastatur herum. »Ich habe sie. Kate heißt heute aber nicht mehr Anderson. Deshalb war es für mich schwieriger, auszusieben.«

»Sondern?«, fragte Myrna neugierig.

»Ihr glaubt es mir nicht, wenn ihr es nicht seht.« Callan drehte ihnen den Monitor zu und deutete auf eine Zeile. »Sie heißt inzwischen Carpenter.«

Thea spuckte ihre Cola zurück ins Glas, während Myrna zur Salzsäule erstarrte. Ein Zufall? Dafür war Lancashire zu klein.

Ward und Harry kamen in diesem Moment zur Tür herein. »Was zieht ihr denn für Gesichter? Ist was passiert?«

Callans Grinsen reichte von einem Ohr zum anderen. »Gute Nachrichten, Harrison. Sie dürfen morgen einen ganz speziellen Kandidaten ins Kreuzverhör nehmen.«

***

Myrna betrachtete sich bereits zum fünften Mal im Spiegel.

»Du siehst gut aus.« Theas Bestätigung half ihr nur bedingt bei der Wahl ihres Outfits. Als Myrna das Kleid noch einmal wechselte, meinte sie: »Das ist auch schön.«

»Du sagst jedes Mal, dass es gut aussieht, ohne überhaupt hinzusehen. Wo ist deine ehrliche Meinung geblieben? Du nimmst doch sonst kein Blatt vor den Mund.« Myrna stemmte die Hände in die Seiten und nickte zum Bett hinüber, auf dem allerlei Kleider, Röcke und Blusen lagen.

»Am besten siehst du nun einmal in einer hautengen Jeans aus, Evans. Das weißt du. Zeig dich doch einfach ganz natürlich. Männer mögen das.«

»Milton hat mich aber anders kennengelernt. Ich möchte, dass der Abend etwas Besonderes wird. So gern ich meinen neuen Kaschmirpullover auch habe, so wenig passt er zu dieser Verabredung.«

Thea schlug das Buch zu und stellte sich neben sie. Sie zeigte der Reihe nach auf die Kleider. »Das ist hässlich, das da zu kurz für ein Abendessen, das hier zu brav, um wirklich interessant zu sein.« Sie griff beherzt in den Stapel. »Das hier ist es.«

»Ein Sommerkleid im Herbst?«

»Ihr seid doch im Haus. Es ist süß und nicht zu einladend. Perfekt. Außerdem passt seine Kette dazu.«

Myrna war ihrer Meinung. Sie hatte sich bloß nicht entscheiden wollen. »Meine Hände schwitzen. Ich hatte vor Hank seit Jahren kein Date mehr.«

»Und das Essen mit ihm kann man getrost vergessen«, meinte Thea und presste die Lippen zu einem dünnen Strich zusammen.

Myrna zog sich in Ruhe um, während ihre Freundin Kleidung und Technik zusammenpackte. Sie würde, wie verabredet, noch einmal bei Oakley übernachten.

Bevor sie ging, fasste sie Myrna bei den Schultern. »Du schaffst das. Niemand ist tougher als du. Vergiss das nicht. Und falls er frech wird, schlägst du ihn genauso nieder wie Brian und Nate im ›Hills Inn‹.«

Myrna lächelte. »Ich denke nicht, dass es so weit kommen wird. Danke, Thea.«

»Viel Spaß.« Sie winkte im Weggehen.

Es dauerte keine Viertelstunde, bis es klingelte. Myrna wurde gerade so fertig mit allem.

»Du trägst die Kette. Wie schön«, sagte Milton, als er hereinkam. Er hatte Blumen, Wein und einen Korb voller geheimer Köstlichkeiten dabei.

Als Myrna einen Blick hineinwerfen wollte, drehte er ihn weg. »Nichts da. Lehn dich zurück und lass dich überraschen.«

Ihr Herz pochte aufgeregt. Ihr war eigentlich nicht mehr nach dem Date gewesen, seit Hank im Krankenhaus lag, doch Milton abzusagen, war für sie ebenso wenig infrage gekommen.

»Du siehst viel zu schick für unser Abendessen aus«, bemerkte sie mit Blick auf seine Krawatte. »Jetzt komme ich mir in meinem Sommerkleid richtig schäbig vor.«

»Du könntest nie schäbig aussehen. Hast du eine Musikanlage?«

Myrna nickte. Sie hatten einen alten Plattenspieler von Theas Vater auf Vordermann gebracht. Zum Glück war das Haus komplett eingerichtet vererbt worden.

Sanfte Klänge erfüllten das Zimmer.

Er packte aus und verteilte allerlei Gemüse, das Myrna noch nie in ihrem Leben gesehen hatte, auf der Küchenzeile. Sie war gespannt, was er vorhatte.

Milton wandte sich um und strich sich das dunkle Haar aus der Stirn. Er lächelte herzlich. »Wie läuft es bei eurem Fall?«

»Schleppend. Einerseits haben wir zu viele Motive und Verdächtige, andererseits können wir nichts davon verbinden oder beweisen. Jedenfalls war es nicht Sean Dougan, der uns an diesem Abend vor die Füße fiel.«

»Nicht?« Er riss seine Augen erstaunt auf. »Aber hat ihn diese ... Pamela Gilberton nicht als ihren alten Mentor wiedererkannt?«

»Dazu muss ich sie noch einmal befragen. Ihr Verhalten kam mir seltsam vor. Sie wusste sehr wohl, dass es nicht Dougan war.«

Milton stützte sich auf den Tisch und stemmte die andere Hand locker in seine Seite. Mit schief gelegtem Kopf betrachtete er Myrna. »Woran machst du das fest?«

»Sie hat sich sein Handgelenk angeschaut, als sie den Toten berührt hat. An ebenjenem Gelenk hat der echte Dougan eine Brandnarbe. Sie wird sie kennen, wenn sie zusammengearbeitet haben.«

»Also ist die Inhaberin deine Hauptverdächtige?« Er sah sich im Zimmer um. »Hast du zwei unterschiedlich große Töpfe und eine Pfanne da?«

Myrna zeigte ihm, wo er was fand. Als Milton so dicht hinter ihr stand, fühlte sie die Wärme seines Körpers. »Nicht direkt. Dougan selbst kam mir mehr als eigenartig vor, aber wieso sollte er sein einziges Double töten? Außerdem gibt es noch einige Kellner, den Küchenchef und eine Frau, von der wir nicht viel mehr als ihren Namen kennen.«

»Das klingt ziemlich verzwickt.« Er schenkte ihr ein bedauerndes Lächeln. »Und wie fühlst du dich? Ich merke, dass dich die Sache mit Hank noch immer sehr bedrückt. Außerdem reden wir zu viel über den Mordfall, obwohl du deine Arbeit nicht mit nach Hause nehmen sollst. Entschuldige, dass ich gefragt habe.«

Myrna befreite sich aus seiner Nähe und blieb im Türrahmen stehen. Sie dachte viel an Hank und sorgte sich um ihn. War es richtig, sich so knapp nach dem Unfall mit einem anderen Mann zu treffen?

»Es geht schon. Wir waren ja nicht zusammen. Und deine Fragen sind nichts im Gegensatz zu denen von

Thea oder Callan.« Sie zwang sich zu einem entspannten Lächeln, damit er nicht merkte, wie abwesend sie heute war.

»Wie du meinst. Aber du kannst mit mir über alles reden. Ich habe große Lust, dich endlich richtig kennenzulernen.«

»Das kann ich nur zurückgeben.« Sie griff nach Miltons Hand, ehe er den Herd anstellte. »Bevor du in der Küche anfängst, würde ich dir gern das Anwesen zeigen. Es ist wirklich beeindruckend.« Sie lenkte sich damit perfekt selbst ab.

Myrna zog ihn mit sich und fand sich nur wenige Augenblicke später in seinen Armen wieder. Im Halbdunkeln sah er ihr tief in die Augen. Das Prickeln war greifbar, und die Luft zwischen ihnen heizte sich wie von selbst auf. Diese anstrengende Nacht und ihre kniffligen Ermittlungen ließen Myrna kaum los, doch hier und jetzt konnte sie alles einmal in den Hintergrund drängen.

»Und ich würde gern etwas ganz anderes machen, bevor ich dich bekoche«, raunte er, sodass ihr eine angenehme Gänsehaut über den Rücken lief.

»Da bin ich ja mal gespannt«, antwortete sie herausfordernd.

Seine Lippen senkten sich auf ihre. Zuerst war Myrna nicht wohl dabei, doch schon nach kurzer Zeit entspannte sie sich und erwiderte den Kuss leidenschaftlich.

Fürs Erste vergaßen sie das Essen. Sie hatten gerade viel mehr Hunger auf etwas anderes.

***

Der fahle, schmale Mond beleuchtete die hohen Grabsteine vom St. Benet's Churchyard. Erst vor Kurzem hatte es Neumond gegeben. Die Gemeinde wurde fast in völlige Dunkelheit getaucht. Perfekt für Jolenes und Lucretias Plan.

Sie wichen den Blicken der anderen aus und hielten sich im Schatten, bis sie mit Schaufeln bewaffnet den Friedhof erreichten.

»Wir müssen auf den Reverend warten. Es ist gleich Mitternacht«, flüsterte Jolene. »Er darf uns nicht sehen.«

»Na, zum Glück liegt Nathan Shaws Grab weit genug vom Pfarrhaus entfernt.«

Sie sahen die hochgewachsene Gestalt des Geistlichen, als er von seiner Wohnung hinüber zur Kirche ging. Wenig später läutete die Glocke zur Geisterstunde.

Lucretia stieß warme Wolken aus. Sie fühlte sich unwohl und zitterte. Es war kalt für Mitte September. Hier auf dem Friedhof erschrak sie sich vor jedem Knacken und dem Rauschen der losen Blätter, die über die Straße wehten.

Jolene reckte den Hals und hielt Lucretia auf Abstand, sodass diese hinter ihr nichts sehen konnte.

»Er ist weg. Wir haben eine Stunde, bevor er wieder auftaucht. Na los, fang an.« Sie zeigte auf das Grab.

»Wieso hilfst du nicht mit?«

»Weil ich ein kaputtes Knie habe und am Stock gehe, darum. Außerdem muss jemand die Zeit und das Pfarrhaus im Auge behalten. Wenn wir erwischt werden, war es das. Dann können wir uns für immer Leichenschänder nennen lassen. Willst du das?«

Lucretia riss die Augen auf. »Du hast doch gesagt, hier liegt niemand im Grab.« Sie ließ die Schaufel entsetzt fallen, kaum dass sie den ersten Spatenstich getan hatte.

Selbst mit wenig Licht sah sie, dass Jolene mit den Augen rollte. »Nun hab dich nicht so. Wir sind uns doch einig, dass das Grab leer ist.«

Lucretia grub weiter. Schon nach drei weiteren Schaufeln war sie erschöpft. »Das ist eine selten dämliche Idee«, murrte sie und wiederholte sich damit zum vierten Mal in dieser Nacht.

»Jammere nicht, sondern leg einen Zahn zu«, giftete Jolene, die sich auf ihren Stock stützte und dabei zusah, wie das Loch größer wurde.

»Das dauert die ganze Nacht. Wie tief ist so ein Grab? Sechs bis sieben Fuß? Das schaffe ich nie, wenn du nicht mitmachst.«

Jolene hatte ein Einsehen, lehnte ihren Stock gegen die Mauer und nahm sich die zweite Schaufel. Gemeinsam schafften sie es gerade einmal ein paar Zoll tief. Der Boden war glücklicherweise weich genug, um zu graben, doch ihnen ging viel zu schnell die Kraft aus.

»Wie schafft diese Shaw das nur?«, fragte sich Lucretia außer Atem. Ihr lief Schweiß über die Stirn. Ihre Brust wurde eng, und sie keuchte. Das hier war alles andere als gesund für sie. *Hätte ich bloß Nein gesagt!*, dachte sie. Lucretia bemerkte erst jetzt, dass Jolene wieder eine Weile nicht gegraben hatte. »Tust du nur so, als würdest du mir helfen? Das ist nicht sehr nett von dir!«

»Psst, sei doch still! Er hört uns sonst!«, zischte sie zurück. »Nette Menschen kommen im Leben nicht weit.

Jetzt mach schon. Du willst doch nicht, dass ich mir das Knie kaputt mache.«

»Will ich nicht.«

»Na also. Letzten Endes wirst du die Heldin sein, die man dafür feiert, einem Betrüger auf die Schliche gekommen zu sein.«

Lucretia lächelte in die Dunkelheit. »Das klingt schon ganz anders. Trotzdem brauche ich allein zu lange. Wir hätten eben doch Callan Bescheid sagen sollen.«

»Nichts da!«, entgegnete Jolene erbost. »Dieser Teenager soll sich nicht länger einmischen. Schlimm genug, dass er vom Schatz und den Tunneln weiß.« Sie drehte sich um und sah Richtung Kirchturmuhr. »Gleich kommt er wieder raus. Zum Glück macht er das nachts nur einmal pro Stunde. Wann schläft dieser Pfarrer eigentlich?«

»Ich ... weiß es nicht«, erwiderte Lucretia krächzend und hätte sich am liebsten hingesetzt und verschnauft.

Jolene beachtete die Anzeichen für ihre Erschöpfung nicht. Sie hatte einzig ihr Ziel vor Augen. »Auf mein Zeichen versteckst du dich.«

Lucretia schluckte. Ihre Kehle war wie ausgetrocknet, und ihre Hände schmutzig. Sie hatte Blasen an den Fingern, die brannten, weil der raue Stiel der Schaufel ihre Haut aufriss. Seit einer Stunde arbeitete sie nun schon und stand mittlerweile in einer kleinen Kuhle. Sie würde niemals bis zum Ende der Nacht durchhalten, geschweige denn fertig werden, solange Jolene nicht mit anpackte.

»Jetzt weiß ich auch, wieso ich die größere Schaufel nehmen sollte. Du hattest nie vor, selbst zu graben, sondern lässt mich alles allein machen!«, fauchte Lucretia wütend und krabbelte mühsam aus dem Loch. Auch ihre Kleidung fühlte sich erdig an. »Es reicht mir, Jojo! Ständig nutzt du mich aus!«

»Nenn mich nicht so! Und schrei gefälligst nicht, Herrgott!«

Als sich eine Wolke vor den Mond schob, wurde der Friedhof in völlige Finsternis getaucht. Lucretia konnte nur erahnen, was um sie herum passierte.

»Ich habe Angst. Können wir nicht einfach nach Hause gehen?«, wisperte sie mit bebender Stimme. »Ich bin müde und schwach. Jolene, mir geht es ganz und gar nicht gut.« Sie atmete schwer und legte ihre Hand an die Brust, die ihr von Minute zu Minute enger vorkam.

»Kommt nicht infrage! Wir haben die Grenze bereits überschritten. Jetzt gibt es kein Zurück mehr. Los jetzt, weitermachen!«, befahl Jolene im Tonfall einer Generalin.

Lucretia hatte die Nase gestrichen voll. »Mach es doch selbst, wenn es dir so wichtig ist!«, krächzte sie und ließ die Schaufel erschöpft ins Gras fallen.

»Lu, was soll das werden?«

Die Wolke zog weiter. Nun konnte Lucretia wieder alles sehen. Sie zuckten zusammen, als die Glocke schlug.

Entsetzt drehten sie sich um. Der Pfarrer hatte sie beim Vorbeigehen also nicht bemerkt. Schnell versteckten sie sich wieder im Schatten. Lucretia sah erst danach ihre Schaufel im Gras liegen und kam noch einmal aus ihrem Versteck.

»Was tust du?«, rief Jolene ihr stimmlos hinterher. »Bist du verrückt geworden?«

»Er wird sie sehen!«, flüsterte Lucretia panisch. Sie schaffte es rechtzeitig zurück, als sich die Tür der Kirche öffnete und wieder schloss.

Hughing hielt inne. Ließ er gerade den Blick kreisen? Sie hielten die Luft an und bewegten sich nicht, bis er verschwunden war. Danach kamen sie aus ihrem Versteck und machten weiter.

Lucretias Sinne spielten plötzlich verrückt. »Riechst du das?«

»Was meinst du? Lenk nicht von der Arbeit ab.«

»Es duftet nach ... alter Pfeife.«

»Du bist auch so eine alte Pfeife. Komm schon, Lu. Wir haben nicht die ganze Nacht Zeit.«

Lucretia schwankte, und ihre Augen wurden müde. Sie wollte nichts lieber, als sich mit einem Roman im Bett zu verkriechen.

Aber Jolene ließ keine Widerrede zu. Ihr entkam man nicht. Sie hatte diese einnehmende Art an sich, der sich Lucretia einfach nicht entziehen konnte. Manchmal verglich sie sie insgeheim mit der Schlange Kaa aus dem *Dschungelbuch*.

Lucretia steckte den Spaten in die Erde und übergab an Jolene.

»Wieso bist du schon wieder fertig?«

»Weil wir uns ab sofort gerecht abwechseln. Darum!«

»Mit dir kann man wirklich nichts anfangen!«, grollte Jolene zänkisch und stieg widerwillig in die Grube. »Wir müssten bald auf den Sarg treffen.«

»Das dauert noch. Du siehst doch, dass ...« Lucretia unterbrach sich mitten im Satz und starrte auf das Licht neben dem Pfarrhaus, das im Wind schwankte.

»Dass was?« Jolene folgte ihrem Blick und erstarrte genauso. »Lu ... Der Reverend ist gerade im Haus verschwunden, oder?«

»Ist er«, hauchte sie und keuchte, als sie ihn sah.

Der Fremde hatte dieselbe Statur und Größe wie der unheimliche Mann aus den Tunneln. Und er hielt eine Laterne in der erhobenen Hand. Sein Gesicht lag im Dunkeln.

Sie waren wie gelähmt, bis das Licht heller wurde. Er setzte sich in Bewegung und kam direkt auf sie zu!

»Er kommt!«, kreischte Lucretia ängstlich und half Jolene aus dem Loch. Endlich konnten sie sich wieder bewegen. »Wir müssen weg!«

Jolene griff sich ihren Stock und rannte so schnell davon, wie es ihr möglich war. Lucretia war dicht hinter ihr, doch sie strauchelte mehrmals und hatte Mühe, ihr Gleichgewicht zu halten. Ihre Glieder schmerzten, und ihre Atmung setzte aus, sodass sie hustete.

»Warte, Jolene! Warte auf mich! Ich kann nicht ...« Sie stolperte über eine Wurzel und fiel der Länge nach hin. Die Luft wurde ihr mit einem Mal aus dem Brustkorb gedrückt.

Ihre Freundin rannte ungeachtet dessen weiter und verließ den Friedhof ohne sie.

»Nein!«, rief sie mit ausgestrecktem Arm. Lucretia drehte sich mühsam auf den Rücken. Sie schmeckte Blut.

Die Laterne war nun so groß, dass es kein Entkommen mehr gab. Gleich hatte er sie!

Sie wimmerte und bettelte um Gnade. Ihre Angst war unmenschlich. »Wir wollten doch nie ... Bitte verschon mich! Ich werde es nie wieder tun! Ich schwöre es! Hab Erbarmen!«

Sie krümmte sich zusammen und schützte ihr Gesicht. Das Licht brannte in den Augen und verhinderte die Sicht auf ihren Verfolger. Sie konnte ihn hinter der großen Lampe lediglich erahnen.

Als er direkt neben ihr stehen blieb und sich über Lucretia beugte, stach es wieder in ihrer Brust. Dieses Mal so stark, dass sie den Fremden sogar vergaß. Sie krümmte sich zusammen und presste ihre Hand darauf. Am liebsten hätte sie sich die Kleidung vom Leib gerissen, weil sie sie einengte.

»Ich ... Ich bekomme keine ...« Sie hustete und würgte. Lucretia übergab sich in ein Blumenbeet.

Erst, als sie aufgeregte Stimmen in ihrer unmittelbaren Umgebung hörte, war sie wieder mitten in der Realität. Der unbändige Schmerz und das Brennen in ihrem Oberkörper erinnerten sie daran, dass sie noch lebte. Oder war das bereits die Hölle?

»Miss Miller? Können Sie mich hören?«, sprach jemand auf sie ein.

Sie meinte, die Stimme zu kennen, konnte sie in ihrem schlechten Zustand aber nicht zuordnen und bloß verschwommene Schemen vor den Augen sehen. Das Sprechen war ihr unmöglich. Dazu war ihr Körper viel zu geschwächt. Sie spürte kaum, dass ihr Gegenüber sie bei den Armen packte und aufrichtete. Nun lehnte sie an einem kalten Stein.

»Bleiben Sie wach! Hilfe kommt sofort!«

Lucretias Augenlider fielen zu. Sie wurde schläfrig, während eine letzte brennende Schmerzwelle sie heimsuchte.

15. Kapitel

Myrna erwachte, weil sie Schreie auf dem Friedhof hörte. Zunächst dachte sie, sich die Geräusche einzubilden. Vielleicht streifte auch ein Fuchs auf Brautsuche durch Pendle und schreckte die Schlafenden auf.

Ihr Instinkt als Polizistin zwang sie dazu, aufzustehen und wenigstens nachzusehen. Eventuell brauchte jemand ihre Hilfe.

Sie warf einen Blick durchs Fenster. Blaulicht näherte sich und wurde von den Fassaden der Häuser zurückgeworfen. Der Wagen hielt direkt vor dem Friedhof. Myrna beeilte sich nun lieber.

Milton schlief seelenruhig in ihrem Bett, weshalb sie auf Zehenspitzen ihre Kleidung zusammenklaubte und das Zimmer lautlos verließ. Unten fand sie ihren Mantel nicht sofort und griff kurzerhand nach seinem, der noch immer über dem Stuhl hing. Der feine Stoff fühlte sich angenehm auf ihrer Haut an und duftete nach Milton.

Myrnas Augen ruhten auf den leeren Tellern, als sie in die Schuhe schlüpfte. Er war ein begnadeter Koch, das musste man ihm lassen. Und nicht nur auf diesem Gebiet war er gesegnet.

Sie riss sich von den Erinnerungen los, rannte über die Straße und durch das zweite Friedhofstor. Myrna sah Sanitäter, die eine leblose, zierliche Person gerade auf die Trage luden.

»Was ist hier passiert?«, fragte sie und suchte fieberhaft nach ihrer Polizeimarke.

Sie fand stattdessen ein paar Papiere und erinnerte sich daran, dass es nicht ihr Kleidungsstück war, in dem sie wühlte. Schnell stopfte sie die Rechnungen und Notizzettel zurück. Sie stutzte, als sie einen dicken Bankscheck in den Händen hielt. Miltons Finanzen gingen sie nichts an. Und dass er vermögend war, wusste sie bereits. Die vielen Nullen wunderten sie deshalb kaum. Myrna hatte es ohnehin nicht auf sein Geld abgesehen, weshalb sie sich kaum dafür interessierte. Etwas anderes ließ sie jedoch stutzen. Kurzerhand zückte sie ihr Handy und machte ein Foto des Schecks.

Ihre Gedanken flogen zurück zu Lucretia. Sie machte sich furchtbare Sorgen um ihre Nachbarin. Myrna war kein Mensch, der lange nachtragend war. Nicht einmal auf Hank war sie noch sauer. Dass Oakleys Tante etwas zustößt, hatte sie nie gewollt.

»Die Dame hat sich nachts auf dem Friedhof herumgetrieben«, erzählte ihr der zuständige Sanitäter auch ohne Polizeimarke. Die anderen kümmerten sich indessen um eine Beatmungsmaske und einen Tropf mit Flüssigkeit. Lucretia hielt die Augen geschlossen, als schliefe sie. »Hat sich wohl etwas überanstrengt. Sie ist voller Erde und Dreck.« Er deutete mit bedauernder Miene auf ein frisch gegrabenes Loch. »Solche Fälle kommen uns leider immer wieder unter. Viele sind verwirrt und suchen nach ihren Angehörigen, die längst unter der Erde liegen. Tja, da kann man nichts machen. Kennen Sie sie?«

»Sie ist eine Nachbarin von mir.« Myrna starrte fassungslos auf Nathans entweihtes Grab. »Hat sie etwas gesagt?«

»Kein Wort. Sie muss nun erst einmal stabilisiert werden. Hat sie Verwandte?«

»Einen Neffen. Ich kann ihm Bescheid geben. Er wird sich um alles Weitere kümmern.«

Der Rettungssanitäter nickte freundlich. »Sie hatte allem Anschein nach eine Herzattacke, aber da wir rechtzeitig kamen, wird sie es schaffen.«

»Wer hat Sie angerufen? Ich sehe niemanden«, meinte sie und drehte sich einmal um die eigene Achse.

»Wir dachten, das wären Sie gewesen. Der anonyme Anruf eines Nachbarn, hieß es.«

Sie verluden die bewusstlose Lucretia im Wagen und schlossen die Türen. Besorgt sah Myrna ihnen nach. Auf einmal war ihr furchtbar kalt. Sie stellte die Taschenlampe ihres Handys an und untersuchte den Friedhof.

Hatte Lucretia Nathan etwa ausbuddeln wollen? Wie verrückt war diese Frau tatsächlich? War sie womöglich gemeingefährlich für ihre Mitmenschen und besessen oder bloß verwirrt? Das würde sich alles in der Klinik klären.

Myrna ging hinüber zum Pfarrhaus und klopfte, weil sie Licht sah.

Reverend Hughing öffnete. Er war leicht außer Atem und stand im Nachthemd vor ihr. Die altmodische Schlafmütze saß schief auf seinem Kopf. Seine Hände führte er hinter dem Rücken zusammen.

»Inspector, was für eine Ehre. Was kann ich für Sie tun?«

»Sie haben nicht zufällig den Rettungswagen gerufen?«

»Ich bin eben erst von diesem Lärm aufgewacht«, sagte er, aber Myrna glaubte ihm kein Wort. »Was ist vorgefallen? Ist jemand verletzt?«

»Lucretia Miller war hier und hat sich am Grab von Theas Vater zu schaffen gemacht. Wissen Sie etwas darüber?«

Er spielte den Bestürzten. »So etwas tut sie? Wie kommt sie dazu?« Hughing beging den Fehler und bekreuzigte sich.

Myrna sah sofort seine schmutzigen Hände, die er nur schnell gewaschen hatte. Unter seinen Fingernägeln klebte frische Erde.

»Und Sie wühlen nachts auch im Garten?«, fragte sie. »Ist das so ein neues Hobby in Pendle, von dem ich noch nichts weiß?«

»Dazu kann ich Ihnen leider keine Auskunft geben, Inspector. Ich helfe meiner Totengräberin manchmal mit den Beeten. Das hält fit und ist gesund für den Rücken. Wäre das dann alles? In einer Stunde klingelt mein Wecker zum nächsten Glockenschlag. Ich werde Miss Miller in meine Gebete aufnehmen. Gute Nacht, Inspector.« Er gähnte übertrieben und schloss die Tür mit einem seligen Lächeln.

***

Thea dachte viel an Oakley, der in aller Frühe aus dem Bett gesprungen war, weil Myrna ihm mitgeteilt hatte, man habe seine Tante ins Krankenhaus gebracht. Die

Umstände, unter denen man sie aufgefunden hatte, waren wohl mehr als ominös gewesen. Mehr wusste Thea nicht.

»Siehst du so gerädert aus, weil Milton ein vortrefflicher Liebhaber ist oder wegen Lucretias nächtlichen Machenschaften?«

»Du glaubst doch nicht, dass sie das allein war«, raunte Myrna auf der Fahrt nach Preston. »Und über Miltons und meine Nacht gebe ich keine Auskünfte. Wir sind hier nicht bei *Sex and the City*. Ein wenig Privatsphäre möchte ich gern beibehalten.« Myrna grinste und zwinkerte verschmitzt. Das war Antwort genug.

Die restliche Fahrt über mutmaßten sie über Lucretias Motiv.

»Vielleicht hat sie geglaubt, dass dieser angebliche Schatz in seinem Grab liegt statt in den Tunneln.«

»Oder sie wollte einen zweiten Zugang zum Labyrinth finden. Das klingt völlig verrückt, wenn man es laut ausspricht.«

Thea schnaubte. »Ja, weil die Frau selbst verrückt ist. Hier ist es.«

Myrna vertraute auf ihr Handynavi und parkte in einem Randbezirk von Preston. Wenig später traf auch schon Harrison ein. Seinem euphorischen Gesicht nach zu urteilen, freute er sich ungemein auf die Befragung. Myrna ließ ihm den Vortritt.

James Carpenter öffnete persönlich. Seine dunklen Augenbrauen schoben sich zusammen. »Was wollen Sie denn hier? Können Sie nicht im Revier auf mich warten?«

Ward reckte das Kinn. »Es ist Ihnen sicher lieber, wenn wir die Sache hier klären.«

»Die Sache? Was für eine Sache? Kommen Sie gefälligst morgen wieder. Wir frühstücken gerade.«

Ward stellte den Fuß in die Tür. »Autsch, das tat weh!«, jammerte er, als das Holz dagegen schlug.

Nun drängte sich Myrna in den Vordergrund. »Wir sind hier, weil wir Fragen an Ihre Frau und auch an Sie haben. Fragen, die den Mordfall Michael Sims betreffen. Können wir reinkommen, oder müssen wir das vor aller Augen und Ohren auf der Türschwelle besprechen?«

Carpenter machte Platz. »Wenn es sein muss.« Er schenkte Harrison einen todbringenden Blick, als wäre dieser schuld an seiner Misere.

Thea baute sich vor der Frau am Tisch auf. »Sieh mal einer an, wen wir da haben. Die angebliche Kate Harper, die zufällig von ihrem eigenen Mann statt von Evans befragt worden ist.«

Kate ließ das Marmeladenbrötchen fallen und starrte sie der Reihe nach an. »James, was passiert hier?«

Der Sergeant setzte sich an ihre Seite und nahm ihre Hand. »Es ist alles gut. Nur die Ruhe. Sie werden gleich wieder gehen.«

Ungefragt setzten sich die beiden Ermittler daneben. Myrna zückte ihren Block und begann mit den Notizen, während Ward das Verhör führte und Thea sich still und leise im Zimmer umsah.

Harrison legte ihnen den Ausdruck vor. »Das sind Sie, nehmen wir an? Sie haben sich als Kate Harper ausgegeben. Wieso?«

»Bin ich ... verhaftet?«

»Nein.«

»Dann möchte ich meinen Anwalt sprechen. James, ruf Calvin an und sag ihm, dass ...«

Myrna schritt ein. »Das wird nicht nötig sein, außer, Sie wollen es unbedingt. Es würde das Prozedere aber nur in die Länge ziehen. Niemand hat gesagt, dass wir Sie verhaften. Wir möchten bloß einen Knoten an Fragen entwirren, bei dem Sie uns helfen können, Mrs Carpenter.«

Ihr Mann wechselte einen Blick mit ihr. »Wir hören uns zuerst an, was sie wollen, mein Schatz. Das kann nicht schaden. Du hast nichts zu verbergen.«

Kate nickte angespannt. »Ja, das auf den Aufnahmen bin ich. Ich war an diesem Abend im Restaurant.«

»Hielten Sie den Mann am Tisch für Sean Dougan?«, fragte Ward weiter. »Für denjenigen, der das Geschäft Ihres Vaters Cilian Anderson kaputt gemacht hat?«

Jegliche Farbe wich aus ihrem Gesicht. Sie nickte wieder und spielte nervös mit einer blonden Strähne.

»Du musst auf nichts antworten, was du nicht möchtest«, sagte Carpenter eindringlich. Er wirkte fast liebevoll, wenn er mit Kate sprach. Ganz anders, als sie ihn kennengelernt hatten.

Sie suchte den Blick ihres Mannes. »Du hast gesagt, ich habe nichts zu verbergen. Ich werde ihnen jetzt die ganze Geschichte erzählen.«

»Kate ...«

»Nein, ist schon gut. Das meiste wissen sie sowieso.« Sie bemühte sich um eine sichere Miene. »Mein Vater war Cilian Anderson, das ist wahr. Er hat sich nach der verheerenden Kritik und dem Niedergang seines Restaurants das Leben genommen. Aus diesem Grund habe ich Dougan zur Rede stellen wollen, aber er hat mich einfach abgewiesen.«

Thea stellte sich dazu. »Mit wem haben Sie auf der Toilette telefoniert?«

»Ich habe James angerufen, weil ich panisch wurde. Sie müssen verstehen, dass das keine einfache Situation für mich war. Erst streite ich mich öffentlich mit ihm, wenig später ist er dann tot. Nach was sieht das für Sie aus?«

»Danach, dass Sie ihn umgebracht haben, weil Sie dachten, er sei Dougan«, meinte Ward.

»Ich wünschte, der echte wäre tot«, zischte sie. »Er hat es verdient, zu leiden. Mein Vater war nicht der einzige Gastronom, dem er seine Lebensgrundlage weggenommen hat. Und im Anschluss landen die besten Rezepte seltsamerweise alle auf Pamela Gilbertons Speisekarte. Die zwei arbeiten seit Jahren zusammen.«

»Kate, pass auf, was du sagst«, ermahnte Carpenter seine Frau und legte ihr die Hand noch einmal auf den bebenden Arm. »Das nennt sich üble Nachrede, solange wir keine Beweise haben. Außerdem belastest du dich gerade selbst.«

Ward nahm jetzt ihn ins Visier. »Und Sie, Carpenter, haben uns alle hinters Licht geführt. Sie wollten meine Kollegin des Mordes bezichtigen, weil Sie Angst hatten, dass sonst Kate ans Messer geliefert wird. Bis jetzt sieht alles danach aus, dass Sie beide gemeinsame Sache gemacht haben.«

Der Sergeant kaute auf seiner Unterlippe. »Sie haben ja keine Ahnung, Harrison. Ich wollte bloß Kate helfen und habe mich deshalb um diesen Fall bemüht. Ich kam so spät an den Tatort, weil man zuerst meinen Kollegen dafür wollte. Sie können mich von mir aus einen Betrüger und Idioten nennen, aber ein Mörder bin ich nicht.«

»Sie wollten die Kameraaufnahmen verschwinden lassen, habe ich recht?«, fragte Myrna nun.

»Unsinn. Wieso sollte ich das machen? Das wäre doch aufgefallen. Ja, ich gebe zu, dass ich vielleicht die Teile mit Kate etwas bearbeitet hätte, aber dazu ist es nicht mehr gekommen, weil der liebe Mr Harrison hier zu früh aufgetaucht ist. Meine Frau hat aber nichts mit dem Mord zu tun.«

Wards Lächeln verflog. »Sie werden sich verantworten müssen. Immerhin waren Sie die ganze Zeit befangen.«

Carpenter wischte sich übers Gesicht. »Wenn Sie Kate dafür in Ruhe lassen, nehme ich alles auf meine Kappe.«

»James, nicht! Ich habe öffentlich mit diesem Mann gestritten und ihn tatsächlich für Dougan gehalten. Dass er ein Double war, konnte ich nicht ahnen. Es ist nur logisch, dass man mich für die Hauptverdächtige hält.«

Thea setzte sich nun doch mit an den Tisch. »Aber wenn Sie ihn für Dougan gehalten haben und diesen Mann schon eine Weile kannten, dann wussten Sie noch lange nichts von der Erdnussallergie seines Doppelgängers.«

»Allergie?«, rief sie irritiert aus. »Nein, der Dougan, den ich kenne, hat wirklich alles gegessen. Mein Vater hat ständig Witze über ihn gerissen und ihn sogar ›Allesfresser‹ genannt.«

Myrna erhob sich. »Das wäre dann erst einmal alles. Danke für Ihr Entgegenkommen. Behalten Sie die Details bitte für sich. Und Carpenter, Sie werden sich von dem Fall zurückziehen und keine Einsicht mehr in neue Beweise bekommen, solange er nicht geklärt ist. Ab sofort übernehmen wir.«

Er nickte widerwillig.

Wards siegreiches Grinsen auf dem Weg zum Auto war ein Foto wert, weshalb Myrna ihr Handy zückte und ihn ablichtete.

»Was sollte das denn?«

»Für unsere neue Fotowand in der Station.«

»Fotowand?« Er runzelte die Stirn.

Myrna zwinkerte geheimnisvoll. »Lassen Sie sich überraschen, Kollege. Thea und ich machen noch einen kleinen Abstecher. Fahren Sie ruhig nach Pendle zurück. Außerdem sehen Sie ständig aufs Handy, weil Sie sich Sorgen um Lucretia machen. Wir kommen auch zu zweit zurecht.«

»Danke, Evans. Ich melde mich, falls was ist.«

Er brauste davon. Thea stellte sich an ihre Seite und verschränkte die Arme. »Ein Abstecher wohin?«

Myrnas Augen blickten starr geradeaus. Sie war sichtlich bemüht, sich nicht in die Karten schauen zu lassen. »Ich habe da so ein Gefühl und muss etwas überprüfen.«

***

Als sie vor Dougans Villa hielten, trauten sie ihren Augen nicht. Stühle, Flaschen und Blumentöpfe flogen quer durch den Garten. Außerdem war lautes Geschrei zu hören.

»Mr Dougan? Mrs Brown? Sind Sie das?«, rief Myrna und drückte nonstop auf die Klingel am elektrischen Gartentor.

»Gefahr im Verzug!«, sagte Thea drängend. »Los, rein da!«

»Du bleibst direkt hinter mir und weichst mir nicht von der Seite. Er hat etwas von einer Waffe erzählt, die er auf jeden Eindringling richtet.«

Myrna selbst stieg schwungvoll über den Zaun und löste die Alarmanlage aus. Auf der anderen Seite angekommen, nahm sie ihre Dienstwaffe zur Hand. Thea brauchte etwas länger, um die Barriere zu meistern. Zusammen schlichen sie einmal ums Haus und dem Lärm entgegen.

»Das gibt es doch nicht!«, hauchte Thea erschüttert und begeistert zugleich. Am liebsten hätte sie laut gelacht. »Das ist ja fast noch besser als die Zankereien beim Krimidinner.«

Dougan wehrte gerade den nächsten Angriff von keiner Geringeren als Pamela Gilberton ab. »Du Schwein! Du Verräter!«, keifte sie und hob eine teure Vase weit über den Kopf.

Das war Myrnas Einsatz. Sie warf sich als Schutzschild zwischen Pamela und den am Boden kauernden Dougan. »Nichts da! Runter mit der Vase, aber sofort!« Myrna hielt die Waffe noch immer schussbereit.

Pamela stellte das gute Stück sofort ab und hob die Hände. »Dieser Mistkerl hat es nicht anders verdient!«

»Was machen Sie beide in meinem Garten?« Dougan wich zurück und stieß gegen Thea.

»Ihnen den Schädel retten, wie es aussieht«, erwiderte diese und behielt ihn im Auge.

Myrna drehte sich wieder zu Pamela. »Die Frage sollte eher lauten: Was tun *Sie* hier? Und wieso werfen Sie Mr Dougan Gegenstände an den Kopf?«

Pamelas ganzer Körper vibrierte vor Wut. Ihr Gesicht war rot angelaufen, und eine wulstige Ader schwoll an ihrem breiten Hals an. »Sean hat mein Lokal getestet, ohne mir etwas davon zu sagen.«

»So machen das Kritiker nun einmal«, entgegnete er.

»Wir hatten eine Abmachung! Außerdem warst es nicht du, sondern dein Double! Was fällt dir ein, mir diesen Schwindler auf den Hals zu hetzen? Wolltest du mich auch noch aus dem Verkehr ziehen?«

Myrna und Thea sahen von einem zum anderen und lauschten aufmerksam.

»Ich weiß nicht, von was diese Frau spricht«, sagte er ängstlich und duckte sich unter Pamelas erhobener Hand weg. Erst hinter Myrna fasste er wieder Mut. »An deiner Stelle wäre ich nicht so vorlaut! Du hast genug Geheimnisse für uns alle zusammen!«

Sie ballte die Fäuste und wollte erneut auf ihn losgehen, aber Myrna hielt sie mit aller Kraft davon ab.

Thea hatte genug gehört. »Da Sie noch immer nicht die Polizei rufen, nehme ich an, dass Pamela recht hat. Außerdem kennen wir die Gerüchte, dass Rezepte aus pleitegegangenen Lokalen vom ›Hungry Eyes‹ übernommen wurden. Restaurants, die Sie, Mr Dougan, zuvor praktischerweise in den Bankrott getrieben haben.«

»Alles Lüge!«, schrien beide gleichzeitig und verstummten. Bis auf die schrillende Alarmanlage war nun nichts mehr zu hören.

»Wir überprüfen das gerade«, sagte Myrna schließlich. »Es dauert ein wenig, aber in ein paar Tagen haben wir Gewissheit, um wessen Kreationen es sich in Wirklichkeit handelt.«

»Also haben Sie nichts. Verlassen Sie sofort mein Grundstück. Sie hören von meinem Anwalt.«

»Und von meinem!«, keifte Pamela schnippisch.

Dougan ging ins Haus und stellte endlich die Alarmanlage aus. Erleichtert atmete Thea auf. Der Lärm hatte in ihren Ohren geschmerzt und ihr Nervenkostüm unangenehm gespannt.

Myrna lächelte ihn an, als er wieder bei ihnen war. »Ich bin ursprünglich hergekommen, um mir eines Ihrer Gemälde anzusehen, das mir seit meinem ersten Besuch im Kopf geblieben ist.«

Dougans Miene wechselte von Verachtung zu Geschäftstüchtigkeit. »Sie wollen etwas kaufen? Deswegen sind Sie hier?«

Myrna nickte knapp und folgte ihm ins Haus. Auf einmal war er wieder die Freundlichkeit in Person, kaum winkte das große Geld. Zudem war er sich absolut sicher, dass ihm niemand eines seiner wenigen Haare krümmen konnte. Wie Thea diese überheblichen Reichen hasste!

»Ich habe vor Kurzem Geld bei einem Krimidinner gewonnen und möchte es gern in Kunst anlegen«, sagte Myrna. Natürlich log sie. Das Geld war längst in die Renovierung ihres Hauses geflossen.

Thea sah im Augenwinkel, dass sich Pamela heimlich aus dem Staub machte, und gab Myrna ein Zeichen, aber jene schüttelte den Kopf. Solange Dougan keine Anzeige erstattete, würden sie hier sowieso nicht weiterkommen und auf Granit beißen.

Wir kriegen euch beide früher oder später, versprach Thea stumm. *Und dann wissen wir endlich, wer von euch den Mord an Sims begangen hat.*

***

»Wie siehst du das, Evans? Evans, ich rede mit dir.«

»Wie? Was?« Myrna schrak hoch und begegnete dem abwartenden Blick der anderen.

Gemeinsam mit Ward, Callan und Thea saß sie in der Bibliothek des Chamberling-Anwesens und fasste alle neuen Erkenntnisse zusammen. Na ja, fast alle ...

»Ich habe gerade gesagt, dass wir das gesamte ›Hungry Eyes‹ auf den Kopf stellen sollten, aber Harrison ist kein Fan von meinem Vorschlag. Was denkst du?«

Myrna pflichtete ihrem Kollegen bei. »Das bringt nichts. Wir müssen ewig auf den Beschluss warten. Es gibt keine Gefahr im Verzug, also kann sich das um Tage oder sogar Wochen ziehen.«

»Ich könnte mich noch einmal ins System hacken. Pamela ist jedenfalls noch nicht geflüchtet.«

Ward schenkte ihm einen strengen Blick. »Das will ich nicht gehört haben!«

Callan zuckte mit den Schultern. »Dann eben nicht. Ich meine ja nur ...« Er setzte sich schmollend nach hinten und verschränkte die Arme.

Myrna stand auf und ging in die Küche.

Thea folgte ihr auf dem Fuß. »Was hast du? So abwesend kenne ich dich gar nicht. Ist was mit Hank? Geht es ihm schlechter?«

»Nein, im Gegenteil. Die Ärzte haben mir vorhin mitgeteilt, dass er jetzt wach ist. Außerdem hat er ein Alibi. Ein ziemlich teures, aber immerhin ist es wasserdicht.«

»Der Autobahnblitzer?«

Myrna nickte und schwieg, bis Thea wieder selbst das Wort ergriff.

»Hast du Angst, dass er dich nicht sehen will?«

Sie hätte ihr so gern mehr verraten, aber ohne einen Beweis würde sie diesen Fall bloß gegen die Wand fahren und ihr Gesicht verlieren. »Ja, das wird es sein«, murmelte sie, um das Thema abzuhaken.

Sie hatte genug mit sich selbst auszumachen. Seit sie endlich Hanks ehrlichen Brief gelesen hatte, fühlte sie sich noch viel mieser. Myrna war nie für voreilige Schlüsse bekannt gewesen. So kannte sie sich nicht. Außerdem gab sie normalerweise jedem die Chance, sich zu erklären.

Myrna verweilte noch eine Weile in der Küche, nachdem Thea gegangen war. Sie fasste einen Entschluss. Dieses Mal würde sie nicht einfach übers Ziel hinausschießen, sondern sichergehen.

Sie stellte sich unauffällig vor die Bibliothek und gab Callan heimliche Zeichen. Myrna formte ein ›Ich brauche dich‹ mit den Lippen.

Zum Glück beachteten Thea und Ward sie nicht. Die beiden diskutierten weiter über eine vorübergehende Schließung des Restaurants.

»Was ist denn los?«

»Ich habe einen Auftrag für dich, von dem niemand etwas wissen darf, bis ich es sage. Nicht einmal Thea.«

Das Grün seiner Iriden leuchtete wieder. Callan fühlte sich gebraucht und strahlte über das ganze Gesicht. »Du kannst dich auf mich verlassen«, flüsterte er. »Um was geht es?«

Myrna zeigte ihm das Foto auf ihrem Handy. Er hob eine Braue und zoomte heran. »Finley Hickson? Was ist das denn für ein bescheuerter Name?«

»Ganz gleich. Überprüfe für mich bitte sein Konto und sag mir alles, was du darüber finden kannst. Insbesondere will ich wissen, wie häufig und in welcher Höhe eingezahlt wurde und von wessen Konto. Auch, wann die erste Zahlung von diesem Mann«, sie deutete auf die krakelige Unterschrift des Scheckausstellers, »auftaucht. Danke, Callan. Du hast etwas gut bei mir.«

»Ich fange gleich damit an.«

»Nicht vor Thea und Ward. Ich möchte lediglich etwas überprüfen, allerdings noch kein Räumkommando auf jemanden hetzen.«

»Einverstanden. Aber findest du es richtig, *Churchyard Crimes* außen vor zu lassen? Immerhin sind wir ein Team.«

Myrna lächelte anerkennend und legte ihm ihre Hand auf die Schulter. »Ich werde euch über alles in Kenntnis setzen. Versprochen. Jetzt bin ich mir noch nicht sicher genug, ob das hier überhaupt mit dem Fall zu tun hat oder bloß ein dummer Zufall ist. Thea soll nichts davon auf ihrem Blog veröffentlichen, weißt du.«

»Schon kapiert.« Er zwinkerte verschwörerisch und ging zurück zu den anderen.

Myrna fühlte sich grauenhaft. Ihr Magen stauchte sich seit geraumer Zeit zusammen, wenn sie nur daran dachte. Manchmal wünschte sie sich, diesen Scheck niemals gefunden zu haben und die Augen zu verschließen. Sicher gab es für alles eine einfache Erklärung. Sie wollte gar nicht darüber nachdenken, wenn dem nicht so war.

16. Kapitel

Thea fragte sich an diesem Abend noch mehrmals, was plötzlich in ihre Freundin gefahren war. Ständig starrte sie aufs Handy. Vielleicht wartete sie auf eine Nachricht von Milton. Thea hatte das Gefühl, dass der Mann sie nach ihrer gemeinsamen Nacht sitzen gelassen hatte. Zumindest benahm sie sich so. Myrna hatte das nicht verdient. Sie war ein wundervoller Mensch mit einem großen Herz.

»Bist du dir sicher, dass ich zu Oakley soll? Er könnte auch rüberkommen, und wir übernachten alle drei hier.«

»Nein, geh nur. Er braucht dich jetzt, solange es Lucretia noch nicht besser geht.«

Thea kniff die Augen zusammen. »Schickst du mich weg, weil du etwas vorhast? Irgendwie benimmst du dich seltsam. Was hat er dir angetan, Evans?«

Myrna lachte. »Gar nichts. Ich brauche einfach nur etwas Ruhe und Zeit für mich. Dieser Fall lässt meinen Kopf rauchen. Ich möchte endlich klarsehen und mich noch einmal mit unserem Board beschäftigen.« Sie schob Thea beinahe vor die Tür.

»Ich sage Oakley ab. Du brauchst mich beim Brainstorming.«

»Keine Widerrede. Dein Freund braucht dich dringender. Lass ihn jetzt nicht hängen, Thea.«

Sie gab sich geschlagen. »Ich bin nicht weit weg. Nur die Straße runter. Meine Nummer hast du.«

Myrna nickte. »Ich kenne den Weg, *Mum*.«

Sie lachten gemeinsam, doch Thea verging die gute Laune, kaum dass sie vor Lucretias Haus in der Camelot Avenue 5 stand. Ihr sechster Sinn meldete sich, und sie sah noch einmal zurück. *Was verheimlichst du mir?*

Bevor sie weiter darüber nachdenken konnte, öffnete Oakley die Tür und schloss sie in seine Arme.

»Wie geht es deiner Tante?«, fragte sie.

Er band sich seine Haare zu einem Zopf und ging voraus in die Küche. Oakley bereitete Thea und sich zwei Becher heiße Schokolade zu, während er erzählte. »Besser. Sie kommt durch, aber sie musste operiert werden und schläft jetzt hoffentlich eine Weile. Ich kann sie erst morgen wieder besuchen.«

»Ein Herzinfarkt?«

»Die Ärzte haben meine Befürchtung bestätigt, ja. Sie hat schon seit einer Ewigkeit nicht mehr ihre Tabletten eingenommen. Es war nur eine Frage der Zeit, bis sie umfällt. Ich fasse es nicht, dass Lu auf dem Friedhof war und dort gegraben hat. Sie ist uns noch ein paar Erklärungen schuldig.«

»Hauptsache, es geht ihr gut.«

Er setzte sich zu Thea auf die Couch und lehnte den Kopf an ihre Schulter. »Ich mache mir Sorgen, dass sie durchdreht. Der Umgang mit Jolene hat ihr nie gutgetan. Denk nur an ihre Einbrüche in dein Haus und ihr Abenteuer in dem unterirdischen Labyrinth. Wenn ich nicht auf sie achte, wer dann?«

Thea küsste seinen Scheitel. »Würde es dir helfen, mit mir in meinem Blog zu stöbern, bis wir müde werden? Ich habe erst vorhin einen Artikel online gestellt. Sicher läuft die Kommentarspalte heiß.«

»Hast du denn keine Angst, dass dir Leute wie dieser Dougan auf die Zehen treten, wenn du über sie schreibst?«

Sie lächelte siegessicher. »Die halten mich für viel zu unwichtig, als dass ich ihnen gefährlich werden könnte. Ich spiele keine Rolle in ihrer glamourösen Scheinwelt.«

Sie unterhielten sich eine Weile über die neuen Hinweise von ›Wookieeboy‹, ›Peach92‹ und den anderen.

Thea scrollte durch die Spalte und stoppte, als sie auf Fotoanhänge stieß, die ihr neuer Nutzer ›Tommy_GT3‹ hochgeladen hatte. Er schrieb dazu:

Ist das dieser Sean Dougan? Wir haben ihn vor einem Jahr selbst im Restaurant erlebt. Ein richtiger Widerling.

Darunter tauchte das nächste Foto von ›Peach92‹ mit den Worten auf:

Viele sagen, dass er sich etliche Male hat ersetzen lassen. Er kam kaum noch selbst in die Lokale, um das Essen zu testen. Was für ein Schwein!

Thea überlegte fieberhaft. Sie sah sich die Schnappschüsse ganz genau an. »Hier ist es der echte Dougan. Siehst du die Narbe an seinem Handgelenk? Da hat er sich verbrannt. Sein Double hat diese Verletzung nicht.« Sie deutete auf das nächste Bild. »Das hier müsste Sims sein.«

Sie fanden noch weitere Bilder sowie eingescannte Zeitungsausschnitte. Theas Abonnenten waren dieses Mal mehr als fleißig gewesen und hatten alles zusammengetragen, was sie hatten finden können.

Natürlich blieb auch ›Wookieeboy‹ nicht still:

Sie haben ihn als Kind geklont!!!

Oakley wechselte einen skeptischen Blick mit Thea. Dann brachen sie in Gelächter aus.

»Ich kenne ihn schon eine Weile. Man gewöhnt sich an seine Art, glaub mir.«

»Zurück zu Dougan.« Oakley wurde wieder ernst. »Ein berühmter Mann wie er spielt mit seinem Ruf. Die Einzigen, die etwas von seinem Double an diesem Abend wussten, sind er, seine Ehefrau ...«

»... Claudia Brown.«

»Richtig, Claudia Brown, und der Doppelgänger selbst. Was wäre, wenn man Dougan mit diesem Wissen erpresst hat? Reiche Männer lassen sich nicht gern verärgern. Einen Mord würde ich ihm zutrauen.«

Thea streichelte Oakley durchs Haar, während sie nachdachte. »Er kann es leider nicht gewesen sein. Harrison hat sein Alibi überprüft. Das Paar war den gesamten Tag und die folgende Nacht in einem von diesen Sexhotels irgendwo in der Wildnis.«

Oakley setzte sich wieder auf. »In was?«

Thea grinste. »Kennst du diese Gurus, die dir Drogen einflößen und dich in andere Sphären bringen? Fast wie in einer Sekte.«

»Zum Glück nicht.« Er verzog das Gesicht. »Gab es Kameras?«

»Jede Menge. Ihr Alibi ist astrein. Fast schon zu dicht für meinen Geschmack, als hätten sie geahnt, dass ...« Thea starrte auf das Foto, das sie gerade noch einmal vor sich sah. »Moment mal!« Sie vergrößerte es und sah sich den Hintergrund an. »Das gibt es doch nicht!«

Schnell schickte sie Callan und Myrna das Bild zu, um sich zu vergewissern, dass sie keine Gespenster sah.

***

Myrna bekam schwitzige Finger, als Callans Nachricht einging und ihre Befürchtungen bestätigte. Sie hatte Glück, dass er mit dem Namen Finley Hickson nichts anfangen konnte und deshalb noch nicht weiter gegraben hatte. Myrna musste sich erst selbst an diesen Namen gewöhnen.

Sie rief Milton an und hoffte, dass er so spät noch zu erreichen war.

»Hallo, meine Schöne. Was kann ich für dich tun?« Die Wärme in seiner Stimme sorgte für das gewohnte, wohlige Gefühl in ihrem Magen. Gleichzeitig wollte sie sich am liebsten übergeben. »Wenn du mich extra um Mitternacht anrufst, muss es dringend sein.«

»Ich habe einen Notfall hier im Chamberling-Anwesen. Kannst du kurz rüberkommen?«

»Du hast Glück, dass ich längst in meinem Wagen sitze und soeben in deine Straße einbiege.«

Myrna lief ein Schauer über den Rücken. »Du wolltest herkommen?«

»Ich weiß, es ist spät, aber ich hatte das Gefühl, dass du heute vielleicht nicht allein sein willst. Stört es dich, dass ich dich überfalle?«

Myrna wollte Ja sagen, verneinte aber. »Ich bin froh, wenn ich mit dir reden kann. Das wollte ich sowieso. Es ist dringend.«

»Dann bis gleich.«

Sie legte auf und atmete durch. So nervös war sie schon lange nicht mehr gewesen.

Milton umarmte sie wenig später an der Tür und küsste Myrna leidenschaftlich. »Ich habe dich schrecklich vermisst.«

Sie schob ihn sachte von sich. »Milton, ich habe über uns nachgedacht.«

»Das klingt aber nicht besonders positiv. Machst du dir etwa Sorgen?«

Er schloss die Haustür und hielt mit dem Rücken zu ihr inne, als müsste auch er sich erst sammeln.

»Milton, das mit uns geht mir eindeutig zu schnell. Ich bin gern in deiner Nähe, aber die Sache mit Hank ...«

»Ich weiß, was du sagen willst. Du bist noch nicht über ihn hinweg.« Er legte seine Stirn in Falten und sah dabei immer noch verflucht attraktiv aus. Milton hätte ein Männermodel sein können. »Darf ich trotzdem heute Nacht bleiben? Nun bin ich schon so weit gefahren.«

Myrna schluckte. »Du darfst. Willst du ein Glas Wein? Es ist vom letzten Mal noch etwas da.«

»Sehr gern.« Er legte Schal und Mantel ab. Der kastanienbraune Rollkragenpullover stand ihm vorzüglich. Dazu trug er legere Jeans und sah ganz anders aus als die letzten Male in seinem schicken Anzug.

In der Küche bereitete Myrna alles vor. Als ihr Handy vibrierte und eine Nachricht von Thea anzeigte, öffnete sie den Anhang sofort. Es war ein Foto von Sean Dougan bei irgendeinem Empfang, auf dem eine Person im Hintergrund markiert war. Myrna erkannte sie sofort wieder. Weiter unten hatte Thea noch einen weiteren Bereich eingekreist und ›Größe 10/11‹ neben die Schuhe geschrieben. Sie schickte ihr noch den Chatverlauf ihres Blogs mit. Nun war die Sache klar. Das Puzzle fügte sich zusammen.

Myrna wartete einen Moment, bevor sie zurückging. Sie musste zunächst ihr Herz beruhigen.

Miltons charmantes Lächeln fing sie sofort wieder ein. Er ließ sein Glas gegen ihres klirren. Ein heller Klang erfüllte das Zimmer. »Auf uns und eine Zukunft, wie wir sie uns wünschen. Ich hoffe, dass ich dann noch Teil davon bin. Aber ich möchte dich nicht drängen. Weißt du, ich mag dich wirklich. Du bist für mich keine schnelle Nummer, keine Kerbe am Bettpfosten. Dein Temperament hat mir vom ersten Moment an gefallen.« Jedes Wort klang ehrlich.

»Hach, Milton, könnte es doch nur so einfach sein.« Myrna drückte die Tränen weg und schob ihm ein Kuvert über den Tisch. Es tat ihr im Herzen weh, was nun folgte.

»Was ist das? Ein Ehevertrag?« Er lachte betont munter.

Myrnas Gesichtszüge erstarrten. »Das sind deine Kontoauszüge.«

Milton hielt inne und sah sie an. »Meine ... was?«

»Deine Kontoauszüge. Ich habe dich prüfen lassen, nachdem ich in deiner Tasche einen Scheck von Sean

Dougan gefunden habe. Sein krakeliges Kürzel findet sich genauso auf seinen Gemälden. Du hast im Laufe des letzten Jahres ein paarmal Geld von diesem Mann bekommen. Ich bin immer davon ausgegangen, dass du keine Verbindung zu ihm hast und wir nur zufällig in diesem Restaurant waren.« Myrna schluckte und musste sich beherrschen. Sie mimte die Coole, die sie schon lange nicht mehr war. »Erst im Nachhinein habe ich begriffen, dass du mich als Alibi benutzt hast, um an den Mann heranzukommen. Außerdem gibt es Fotos von euch beiden. Ihr arbeitet seit mindestens einem Jahr zusammen.« Myrna schoss ins Blaue. Kein Gericht dieser Welt würde ihre Indizien zulassen. »Milton, du bist derjenige gewesen, der Michael Sims getötet hat.«

Stille trat ein. Dann krächzte er, und Tränen schossen ihm in die Augen. Es dauerte einen Moment, bis Myrna begriff, dass er lachte. »Jetzt hast du mich aber drangekriegt. Für einen kurzen Moment habe ich dir geglaubt.« Er schlug sich auf den Oberschenkel.

Myrna blieb ernst. »Du bist der Knotenpunkt, der alles verbindet. Es war von vorneherein geplant. Du hast mich absichtlich an diesem Abend ins Restaurant eingeladen.« *Und ich doofe Kuh bin auch noch darauf reingefallen!*

Ihm blieb das Lachen im Halse stecken. »Das meinst du doch nicht ernst! Ich weiß, dass Verabredungen mit einem Cop oft schwierig sind, aber mich als Mörder zu beschuldigen, ist selbst für mich neu. Gehen wir mal logisch an die Sache heran: Wenn ich Geld von ihm erhalten habe, wieso sollte ich ihm dann etwas antun? Und wie überhaupt?«

»Das eigentliche Ziel war nicht der Kritiker, sondern sein Double«, erklärte sie weiter. »Ich nehme an, dass Dougan dich beauftragt hat, während er sich ein wasserdichtes Alibi verschaffte.«

»Und warum sollte Dougan seinen Doppelgänger umbringen lassen? Das ergibt keinen Sinn. Er braucht ihn doch.«

»Ich nehme an, weil Sims gierig wurde und ihn erpresst hat. Schließlich hätte er Dougans Ruf mit einem einzigen Gang zur Presse zerstören können. Er hat ihn unzählige Male ersetzt und Restaurants in seinem Namen in den Ruin getrieben. Zudem hat Dougan gemeinsame Sache mit Pamela Gilberton gemacht und ihr die Gerichte weitergegeben, damit sie ihr Lokal hochziehen kann. Im Gegenzug erhielt er ihre Verschwiegenheit. Sie war als ehemalige Angestellte eingeweiht und hat seine Machenschaften gedeckt. Zu dumm, dass er sich ihren Groll auch noch aufgehalst hat, indem er Sims ausgerechnet in ihr Lokal schickt und ihn dann auch noch dort ermorden lässt. Wahrscheinlich wollte er sie auf diese Weise loswerden. Rate mal, was er als Nächstes mit dir getan hätte. Du bist nichts weiter als sein Laufbursche, Milton. Der, der die Drecksarbeit erledigt und später als Bauernopfer herhalten muss. Letzten Endes entsorgt er euch alle, um sein Vermögen und seinen Ruf zu retten. Sobald ich ihn auf dich anspreche, wird er dich ans Messer liefern und seinen Kopf aus der Schlinge ziehen.«

Miltons Miene verfinsterte sich. Myrnas Hand wanderte langsam zu ihrer Schusswaffe, doch das Halfter war leer. Hektisch tastete sie nach der Pistole.

»Oh, suchst du die hier?« Milton richtete den Lauf auf sie und entsicherte die Waffe. »Die habe ich dir schon bei unserer Begrüßung abgenommen. Ich wusste doch, dass ich gut küssen kann. Wenn Frauen sagen, dass sie dringend reden wollen, kommt nie etwas Gutes dabei heraus. Außerdem war der Scheck von Dougan nicht mehr in der richtigen Manteltasche. Du hättest besser nachdenken sollen, ehe du ihn zurücksteckst. Nicht böse sein, Evans, aber hast du wirklich geglaubt, ich bin deinem Spielchen nicht gewachsen?«

Myrnas Hals wurde eng. Sie schluckte fest und unterdrückte ein Zittern. »Bist du deshalb um Mitternacht in der Gegend gewesen? Weil du gemerkt hast, dass ich in deinen Sachen geschnüffelt habe? Wolltest du mir auf den Zahn fühlen, was ich alles weiß?«

»So war es sicherer für mich. Man muss auf alle Eventualitäten vorbereitet sein. Ich hätte dich eben genauso wenig unterschätzen dürfen.« Nun lächelte er nicht mehr smart, sondern fies. »Ich bin neugierig, was du noch alles herausgefunden hast. Wo sind überhaupt deine Beweise? Ein paar Überweisungen werden vor Gericht nicht ausreichen. Ich war die ganze Zeit bei dir, falls du dich erinnerst, und saß mit dem Rücken zu Sims.«

Myrna beruhigte ihren Puls und atmete gleichmäßig. Es war nicht das erste Mal, dass sie bedroht wurde. Sie erinnerte sich an das, was sie bei der Polizei gelernt hatte, und verwickelte ihn zunächst in ein Gespräch. Sie brauchte Zeit, um nachzudenken.

»Du warst kurz auf der Toilette und hast den toten Winkel der Kameras ausgenutzt, um in die Küche zu huschen und das Erdnussöl ins Essen zu schütten. Unsere Nachbarin wird dich wiedererkennen, wenn wir dich ihr gegenüberstellen. Sie war an dem Abend ebenfalls dort und hat dich gesehen.« Noch nie hatte sie so gut geblufft wie heute. Ob Jolene ihn als den Mann identifizierte, der in der Küche gewesen war, wussten die Götter. Es war aber möglich. Zumindest passte er auf ihre vage Beschreibung.

Myrna setzte alles auf eine Karte. Sie fühlte sich gekränkt und wollte endlich die Wahrheit wissen. Der Schmerz in ihrem Herzen zerriss sie beinahe.

»Das hätte jeder andere genauso machen können. Wie viele waren wir? Vierzig Gäste? Dazu kommt noch das Personal.«

»Und trotzdem gibt es das viele Geld, das Dougan dir gezahlt hat, obwohl du ihn angeblich nicht kennst. Erklärst du es mir?«

Milton strich sich das Haar zurück und blies die Wangen auf. »Dass unser Abend heute so endet, hatte ich nicht gehofft. Ja, Dougan ist mein Auftraggeber. Er malt, wie du sicher weißt. Ich sollte für ihn ein paar Bilder verkaufen. Deshalb die hohen Summen.« Alles klang plausibel. Einfach zu plausibel. Dagegen sprach die Waffe, die er noch immer auf sie gerichtet hielt.

Myrna wollte die Arme verschränken, aber als Milton einmal mit der Pistole fuchtelte, behielt sie ihre Hände lieber neben dem Körper. Sie bemühte sich um Fassung, als sie sagte: »Wie gut, dass ich weiß, dass er für seine Bilder viel höhere Summen verlangt. Ich habe ihn selbst gefragt. Du lügst, Milton. Außerdem ist dein echter Name Finley Hickson. Ich denke, wir werden noch ganz andere Dinge über dich herausfinden, wenn wir tief genug graben.«

»Viele Menschen haben Pseudonyme. Ist das ein Verbrechen? Ich mag meinen Namen eben nicht besonders. Milton Langley klingt deutlich gehobener. Er ist ein Welteroberer, ein Geschäftsmann, ein Erfolgsmensch. Finley hingegen passt nach Lancashire wie die Faust aufs Auge. Dich konnte ich mit dem neuen Namen schließlich ebenso beeindrucken.«

»Mir ging es nie um dein Geld«, sagte sie traurig und ließ die Schultern sinken. »Ich wollte dich als Person kennenlernen. Von mir aus hättest du auch die Kleidung von heute tragen und mit mir die nächste Imbissbude aufsuchen können. Ganz egal. Ich habe mir nur einen Mann gewünscht, der ehrlich zu mir ist. Leider habe ich meistens Pech, was das angeht.«

Seine Augen schimmerten kurz. Sie sah einen Anflug von Sehnsucht darin. Milton schluckte. »Und dennoch hast du gerade alles kaputt gemacht, was wir hätten haben können. Wieso musstest du mir auch hinterherspionieren?«

Myrna besann sich. Sie durfte kein Mitleid bekommen. Obwohl sie wusste, wie die Wahrheit aussah, wollte ihr Kopf immer noch fieberhaft nach einer anderen Lösung suchen, die es nicht gab. Es war aussichtslos. »Außerdem bist du hoch verschuldet«, redete sie einfach weiter und schob ihre Hand Richtung Smartphone in ihrer Hosentasche. Blind drückte sie ihren Daumen auf den Button und hoffte, dass das Telefon nun entsperrt war. Auf diesen glatten Dingern traf man kaum die Taste, wenn man nicht hinsah. Sie zeigte auf den Umschlag, den er bis jetzt nicht einmal angerührt hatte. »Dougans Aufträge kamen dir also sehr gelegen. In einer Überweisung hat er einen Zusatz vermerkt: ›Sims‹. Er hat dich reingelegt und wird dich als Sündenbock benutzen, falls nötig. So glaub mir doch.«

Myrna hätte am liebsten geweint. Sie hatte bis zuletzt gehofft, dass sich alles als großer Irrtum herausstellte und sie fröhlich so weitermachen konnten wie bisher.

Aus dem Augenwinkel sah sie den grünen Button mit dem Telefonhörer und tippte darauf. Ein Anruf ging raus. Wessen Namen sie aus der Liste gewählt hatte, wusste sie nicht. Sie durfte den Blickkontakt mit Milton nicht unterbrechen, sonst würde er ihr auch noch das Telefon und damit ihre letzte Rettung nehmen.

»Und nun? Rufst du die Polizei und lässt mich verhaften? Soll ich ein Geständnis ablegen?« Er lachte grimmig.

»Es würde mir helfen, wenn du mir wenigstens erklärst, warum du es getan hast. Du bist kein schlechter Mensch, aber irgendetwas hat dich dazu getrieben.«

Milton kaute noch eine Weile auf seiner Lippe. Schweiß perlte von seiner Stirn. Er war nervös und angespannt. Keine gute Kombination mit einer geladenen Pistole in der Hand.

»Dougan und Pamela hatten mich unter Kontrolle. Ich war nur ein kleiner, mieser Dieb, als sie mich getroffen haben«, erzählte er. »Die feinen Anzüge, das schnelle Auto, selbst deine Halskette ... Alles davon hat er mir gestellt, um dich herumzukriegen und für unseren Plan einzuspannen.«

»Ich war also nichts weiter als dein Werkzeug. Unser Aufeinandertreffen war von vorneherein geplant, weil ich als Detective Inspector für Lancashire zuständig bin und die Ermittlungen im Fall Sims leiten würde.« Myrna versteckte ihre Enttäuschung nun nicht mehr. »Warum hast du gestohlen?«

»Ich habe von einem Leben in Amerika geträumt und wollte dieser Hölle entfliehen. Nicht jeder kommt aus einer privilegierten Familie und hat den besten Start. Dougan hat mir für diesen letzten großen Gefallen meine Freiheit versprochen. Deshalb auch der dicke Scheck, den ich dummerweise noch nicht eingelöst hatte, als du darüber gestolpert bist. Ich habe dich wirklich unterschätzt.« Fast anerkennend nickte er.

»Du wolltest Dougan ausnehmen? Was ist passiert?«

»Sie haben mich auf frischer Tat ertappt. Ich war ihnen ab da komplett ausgeliefert. Als Dougan gemerkt hat, dass er mich mit Geld besser im Griff hat, ist er irgendwann darauf umgeschwenkt, aber Pamela hat die Kameraaufnahme von meinem Diebstahl behalten.«

Myrna ging ein Licht auf. »Du warst das in ihrem Büro. Hast du nach Beweisen gegen dich gesucht?«

»Ich glaube, Pamela hat nur geblufft, war mir aber nie sicher. Mit dem Video hatte sie mich in der Hand. Als du für die nötige Ablenkung im Restaurant gesorgt hast, bin ich reingegangen. Leider blieb zu wenig Zeit.«

»Ein Freund von mir hat dich gesehen. Noch ein Zeuge mehr, der dich ins Gefängnis bringt. Warst du das mit Hanks Unfall? Hast du ihn umgefahren, weil du mich verfehlt hast? Oder wolltest du den Nebenbuhler aus dem Weg räumen, um mich ganz für dich zu haben?« Sie sprudelte fast über vor Fragen.

»Ich weiß nicht, was du meinst. Mit deinem Ex habe ich nichts zu tun. Du wärst auch so zu mir gekommen, weil er dich tief enttäuscht und sich selbst ins Aus befördert hat. Da musste ich gar nicht nachhelfen.«

Myrna überlegte, ob er sie belog, doch dafür gab es nun keinen Grund mehr. »Hast du schon einmal gemordet?«

»Nein!«, rief er sofort. »Und ich habe auch nicht gedacht, dass dieser Kerl im Restaurant gleich tot umfällt. Ich dachte, dass Dougan ihm nur Angst einjagen will. Das musst du mir glauben.«

»Und dennoch bist du nicht zur Polizei gegangen.«

»Diese Leute sind mächtig, Evans. Niemand stellt sich gegen die Reichen, schon gar kein kleiner Verbrecher wie ich. Du hast es doch selbst gesagt: Ich wäre im Gefängnis gelandet, und Dougan hätte sich trotzdem ein schönes Leben gemacht. Also habe ich lieber mitgespielt.«

»Du bist feige, Milton. Und gierig. Nichts weiter.«

Myrna war dieses Mal zu weit gegangen. Er sprang auf und wedelte mit der Waffe vor ihrem Gesicht herum. »Du hast ja keine Ahnung, wie es ist, andere bestehlen zu müssen, um seine Träume zu verwirklichen, weil es anders nicht geht!«

Myrna zeigte keine Angst. »Du hast recht, das habe ich nicht! Und weißt du auch, warum? Weil ich immer viel gearbeitet und um meinen Platz in der Welt gekämpft habe! Mir ist nichts zugeflogen, aber ich musste auch niemandem sein Hab und Gut wegnehmen! Das sind nur Ausreden von einem Mann, der zu faul ist, seine Talente richtig zu nutzen!«

Er schlug sie mit dem Knauf der Pistole nieder. Myrna ging mit einem heiseren Schrei zu Boden. Sie fühlte etwas Klebriges an ihrer Stirn. Blut lief ihr ins Auge und brannte unangenehm, doch sie war bei Bewusstsein.

Sie nutzte Miltons Schock über die eigene Tat aus, um ihm mit einem gezielten Tritt die Waffe aus der Hand zu schlagen. Die Pistole flog im hohen Bogen davon und landete irgendwo hinter der Couch. Danach rappelte sie sich auf und rannte los.

Myrna rüttelte an der Haustür, doch sie war verschlossen und der Schlüssel nicht da. Er hatte sie eingesperrt!

Weiter ging es zum nächsten Fenster, aber er war zu schnell und packte sie grob am Arm. Myrna wurde zu Boden geschleudert.

Sie sprang auf und wehrte sich mit gezielten Tritten. Milton war erstaunlich stark, wehrte ihre Faustschläge jedes Mal ab und traf sie mit doppelter Härte an der Schulter. Sie wusste von seinen Muskeln, aber nichts davon, dass er sie so gezielt einzusetzen wusste. Dieser Mann hatte das Kämpfen offenbar auf der Straße gelernt. Und er zeigte kein Erbarmen.

Myrna schaffte es, Milton an der Schläfe zu treffen. Er taumelte zurück, was ihr die Möglichkeit gab, in die Bibliothek zu flüchten. Ob er inzwischen die Pistole gefunden hatte, wusste sie nicht. Sie hatte sich mehr darauf konzentriert, seinen Hieben auszuweichen.

»Ich kann dich nicht gehen lassen! Versteh das doch!«, rief er fast verzweifelt durch das Haus. »Komm raus und stell dich mir, Evans!« Er schien nicht zu wissen, wo sie war.

Sie wendete ihren Kopf, als sie Stimmen hörte, die sich dem Haus näherten. *Thea? Callan?*

»Sind das deine Freunde da draußen? Ich werde sie gebührend empfangen, wenn du dich mir nicht auf der Stelle zeigst! Komm raus, oder einer von ihnen wird sterben!«

Myrna zuckte zusammen. Ihr Blick fiel auf die geheime Tür. Sie fasste einen riskanten Plan, um ihn in die Falle und von den anderen wegzulocken.

Milton hatte in jedem Zimmer das Licht gelöscht, damit man ihn von draußen nicht sah. Er plante definitiv, sie zu töten. »Komm raus, kleine Evans! Denk an die schöne Zeit, die wir zusammen hatten!«

Sie schlich auf Zehenspitzen durch den Raum und zog das verzierte Buch aus der obersten Reihe. Das Regal an der Wand schob sich zur Seite. Spätestens jetzt würde er sie hören. Schnell holte sie den kleinen Schlüssel aus ihrer Hosentasche, steckte ihn ins Schloss und öffnete die alte Tür zu den Tunneln.

Myrna wartete, bis Milton in ihrem Blickfeld auftauchte und vor Wut brüllte, ehe sie in die Dunkelheit eintauchte und nicht mehr zurücksah.

17. Kapitel

Thea und Oakley liefen zum Chamberling-Haus. Es hatte eine Weile gedauert, bis ihr Freund seine Mailbox abgehört hatte, aber als darauf Myrnas und Miltons Stimmen zu hören gewesen waren, hatten sie Callan alarmiert, der wiederum Harrison Bescheid gesagt hatte. Zum Glück waren alle noch wach gewesen.

Sie trafen vor ihrem Haus zusammen, das im Dunkeln lag.

»Sie sind nicht mehr hier.« Ward schnaufte und hielt sich die Seite.

Harry rannte Richtung Tür und sprang daran hoch.

»Dein Hund glaubt etwas anderes«, antwortete Thea.

Callan nickte. »Ihr Handy ist noch im Haus. Sie hat es die ganze Zeit nicht verlassen. Und normalerweise trägt sie es immer bei sich.«

Thea verengte ihre Augen. »Woher weißt du das? Bist du etwa noch immer bei ihr eingeloggt?«

Callan zog eine Schnute. »Na ja, ich habe zumindest nicht mehr reingeschaut, bis es nun brenzlig wurde.«

Thea seufzte, aber sie hatte keine Zeit, ihm eine Standpauke zu halten. Sie steckte den Schlüssel ins Schloss und wunderte sich, dass abgeschlossen war.

Vorsichtig betraten sie das Chamberling-Anwesen mit den knarrenden Dielen. Man hörte kein Lebenszeichen. Angst zerrte an Theas Nerven. War Myrna tot? Kamen sie zu spät, und der Mörder war auf und davon?

Harry zog an der Leine, bis Ward nachgab und ihm folgte. »Hierher!«, hörten sie ihn aus der Bibliothek rufen.

Zu Theas Entsetzen stand die Tür zum Labyrinth sperrangelweit offen. Harry hechelte und bellte in den Tunnel, von dem drei weitere Türen abgingen.

»Nicht schon wieder«, raunte Harrison. »Hat jemand alte Brötchen übrig?«

***

Myrna rannte blindlings durch die langen Gänge, bog mal rechts, mal links ab und nahm dann noch eine Treppe nach unten. Sie wählte jede Tür immer aus dem Bauch heraus und hoffte, nicht in einer Sackgasse zu landen.

Den Geräuschen nach zu urteilen, folgte Milton ihr noch immer.

»Evaaaaaans!« Seine geisterhafte Stimme hallte von den Wänden zurück. »Wo bist duuuuu? Ich komme dich hoooolen!«

Myrna hetzte weiter und wurde immer panischer. Sie wagte es kaum, sich den Weg zu leuchten. Hier unten hatte sie keinen Empfang mehr, und die Luft wurde stickiger. Irgendwann prallte sie nur noch hart gegen die Wände, sobald eine Gabelung folgte.

»Evans, ich bin ganz nah«, zischte er fast an ihrem Ohr, doch sie bildete es sich ein. Seine Stimme kam von überall her und versetzte Myrna in blankes Entsetzen. »Lass uns reden, Myrnalein! Ich tue dir auch nicht weh!«

Sie wollte ihn anbrüllen und als Lügner beschimpfen, aber dann hätte sie womöglich ihre Position verraten. Myrna fragte sich, ob sie ihn mit ihren Selbstverteidigungskünsten vielleicht doch außer Gefecht setzen konnte, aber die Gefahr war zu groß, dass er die Pistole dabeihatte.

Myrna prallte brutal gegen eine Barriere, doch dieses Mal gab die Wand überraschenderweise nach. Mit lautem Getöse stürzte sie in den Raum dahinter. Sie hustete und keuchte. Ihr Knie tat weh und schwoll sofort an, weil sie auf einem Stein gelandet war.

»Was zum ...?« Myrna sah sich um und beleuchtete nun doch den Weg. Das Zimmer war eine Sackgasse.

Sie rappelte sich auf und stand etwas zu lange da, um die vollen Regale zu betrachten. Ein Luftzug traf sie im Nacken.

»Kuckuck!«, flötete Milton in ihr Ohr.

Myrna schrie auf und machte einen Satz zur Seite. Sie ließ das Handy fallen, dessen Taschenlampe nun eine Ecke des geheimnisvollen Zimmers beleuchtete.

Sie griff nach einem Stein und hielt ihn wie eine Waffe hoch. »Lass mich gehen, Milton! Du kommst sowieso nicht davon. Du hast selbst gesagt, dass du kein Mörder bist.«

»Was macht es für einen Unterschied, ob ich noch jemanden umbringe? Hier unten hört man dich weder schreien, noch findet man jemals deine Leiche. Du hast dir dein eigenes Grab geschaufelt.« Er war eiskalt.

»Du hattest bei unserem Kennenlernen recht, Milton: Du bist kein Vergewaltiger und auch kein Entführer. Aber eines bist du ganz gewiss: ein Mörder. Und mit so einem könnte ich niemals zusammen sein.«

»Keine Sorge, du warst von Anfang an bloß Mittel zum Zweck. Für Amerika würde ich mit jeder Frau ins Bett springen.«

Seine Worte trafen sie hart. »Belüg dich ruhig selbst. Ich habe in deinen Augen gesehen, dass du mehr für mich empfindest.«

Milton grinste. »Süß, wie du versuchst, an mein Herz zu appellieren. Tut mir leid, Evans, aber Geld ist mir wichtiger als eine Beziehung. Von Liebe kann ich mir nichts kaufen. Wir hatten eine schöne Zeit, die ich sehr genossen habe. Trotzdem scheiden sich unsere Wege heute.«

Er entsicherte die Waffe erneut und zielte auf ihre Brust. Milton würde sie nicht verfehlen.

»Ich hätte dir damals den Schädel einschlagen sollen, statt nur dein Schienbein zu treffen«, zischte sie hasserfüllt.

Das brachte ihn nur noch mehr zum Grinsen. »Ich werde dein Temperament vermissen, Evans.«

Myrna kniff die Augen zusammen und erwartete den tödlichen Schuss, der nicht kam. Stattdessen hörte sie einen dumpfen Aufschlag, gefolgt von einem Keuchen.

Vorsichtig öffnete sie die Augen und sah ihn am Boden liegen. Vor ihr stand ein großer Mann mit dunkler Kapuze. In der rechten Hand hielt er einen Stein und in der linken eine altmodische Laterne, in der ein warmes Licht flackerte.

Ängstlich wich sie zurück und versuchte, den Fremden einzuschätzen. Myrna knallte gegen ein Regal und stöhnte schmerzerfüllt. Die Schulter, an der Milton sie getroffen hatte, brannte höllisch.

»Ich hoffe, es geht Ihnen den Umständen entsprechend gut, Miss Evans«, sagte er mit sonorer Stimme und schenkte ihr das melancholischste Lächeln, das sie je gesehen hatte. »Ihre Freunde sind bereits unterwegs.«

Myrnas Beine gaben nach. Das Adrenalin war mit einem Mal fort, und ihr ganzer Körper schlotterte, als hätte sie Schüttelfrost. Kurz darauf saß sie selbst am Boden.

Er schob ihr die Dienstwaffe herüber und ließ ihr die Laterne als Lichtquelle. Dann verschwand er auf leisen Sohlen in der Finsternis.

»Warten Sie!«, krächzte Myrna kaum hörbar. »Wer sind Sie?«

Eine Antwort blieb aus. Er ging so lautlos, wie er gekommen war. Fast wie ein Geist.

***

Sie hatten Mühe, mit Harry mitzuhalten, der Myrnas Spur nach einer Duftprobe ihres Mantels aufgenommen hatte und ihr durch die vielen Tunnel und Türen folgte.

Theas Seite stach bereits, aber sie hetzte weiter. Sie würde es sich niemals verzeihen, wenn Myrna etwas zustieß. Wäre sie doch nur zu Hause geblieben!

»Da vorne ist Licht!«, rief Oakley.

Sie mussten über Geröll steigen, um Myrna zu finden. Auf dem Boden neben ihr stand eine alte Laterne. Überall lagen Staub und Steine. Eine Wand war allem Anschein nach eingestürzt und gab den Blick auf ihre Freundin frei, die sich ängstlich in eine Ecke drängte, als sie hereinkamen.

»Evans, wir sind es!« Thea nahm sie erleichtert in den Arm.

»Er liegt dort«, erwiderte sie bloß und nickte zu Milton, der sich nicht rührte. »Ich glaube, er ist bewusstlos.«

Harrison zückte Handschellen. »Wie gut, dass ein vorbildlicher Sergeant immer vorbereitet ist.«

Harry setzte sich und erwartete offenbar ein Leckerli für seinen Einsatz. Auch das hatte Ward zu bieten. Er streichelte ihn ausgiebig. Nun mussten sie bloß noch hoffen, dass er sie alle wohlbehalten zurückführte.

»Thea, warte!«, rief Myrna, die von Oakley gestützt wurde, weil sie ihr Knie nicht voll belasten konnte. »Wir sollten uns den Weg hierher merken. Sieh dich mal um.«

Sie reichte ihr die Laterne. Thea drehte sich einmal im Kreis und staunte nicht schlecht. Zwar sahen sie kein Gold, aber dafür standen unzählige verstaubte Regale mit Kisten voller Bücher und Akten um sie herum.

»Ob das der wahre Schatz ist? Ein geheimes Archiv?«

»Jedenfalls scheint der Raum wichtig genug gewesen zu sein, um ihn zuzumauern und zu verstecken. Vielleicht ein Überbleibsel aus dem Krieg, als sich Spione in deinem Haus eingenistet haben. Die Steine der eingestürzten Wand sind nicht so alt wie die anderen. Diese hier wurden erst lange danach eingesetzt. Jemand wollte das Zimmer vor fremden Augen verbergen.«

»Ich habe keinen Stift dabei«, sagte Thea zerknirscht.

»Aber ich ein Taschenmesser!« Callan zückte seine Wunderwaffe und ritzte an jeder Gabelung einen Pfeil in die Wand.

Thea übernahm den Platz an Myrnas Seite, während Oakley und Ward sich um Milton kümmerten, der nur manchmal den Kopf hob und ihn dann wieder herabfallen ließ. Sie wünschte diesem Widerling die schlechtesten Träume.

»Hast du ihm den Stein auf den Kopf geschlagen?«

»Nein, ich hatte Hilfe. Aber vielleicht habe ich auch geträumt. Ich weiß es nicht mehr genau. Alles verschwimmt durch das nachlassende Adrenalin.«

»Die alte Lampe sagt etwas anderes«, meinte Thea bedrückt. »Du hast dir das nicht eingebildet. Den unheimlichen Laternenmann von Callan gibt es wirklich. Nur seine Erklärung dafür gefällt mir nicht. Inzwischen bin ich mir sicher, dass Jolene und Lucretia meinen toten Vater wieder ausbuddeln wollten.«

Myrna rieb sich die Stirn. »Ich glaube, meine Kopfschmerzen könnten nicht schlimmer sein.«

»Kein Wunder. Du hast eine große Beule. War das Milton?«

»Ja, mit dem Knauf meiner eigenen Pistole. Zum Glück konnte ich fliehen. Thea, hier unten ist noch jemand, und er geht ein und aus, wie es ihm gefällt.«

Sie nickte angespannt. »Ich habe nun keine Angst mehr vor dem Labyrinth. Wir werden das Geheimnis zusammen lüften, wie Callan es immer wollte. *Churchyard Crimes* ist einem großen Ding auf der

Spur. Und wer auch immer dieser Fremde ist, er wird uns nicht mehr in die Quere kommen. Dafür sorge ich.«

Nach einer gefühlten Ewigkeit führte Harry sie sicher zurück in die Bibliothek. Ein weiteres Leckerli und jede Menge Liebe erwarteten den Hund.

Myrna fiel Thea und Callan um den Hals, küsste Ward auf beide Wangen und bedankte sich bei Oakley für seine Unterstützung. »Was würde ich nur ohne euch machen?«

»Jedenfalls keine Alleingänge mehr!«, erwiderte Callan betont streng und brachte sie alle zum Lachen.

»Wie recht du doch hast. Man sollte viel häufiger auf seine eigenen Worte hören.«

Thea nieste zum Abschluss ein paarmal und bat Harrison, mit Harry lieber das Weite zu suchen, ehe ihre Schleimhäute anschwollen.

Er verfrachtete den gefesselten Milton in sein Auto, um ihn zur Arrestzelle von Pendle zu bringen, in der er sitzen würde, bis weitere Maßnahmen gegen ihn ergriffen wurden.

Thea bemerkte Myrnas traurigen Blick, als sie dem Wagen nachsah, und legte schweigend den Arm um sie.

***

Oakley suchte die Station nach der zuständigen Ärztin ab und fand sie in ihrem Büro.

»Guten Morgen. Meine Tante Lucretia Miller fragt nach einem Schmerzmittel. Darf sie das in ihrem Zustand denn? Sie wurde erst kürzlich am Herzen operiert.«

»Guten Tag, Mr Miller«, erwiderte sie fröhlich. »Bitte setzen Sie sich. Ich schaue gleich mal nach, wie die heutige Messung ihrer Werte aussah. Wir behalten Ihre Tante noch ein paar Tage hier, um sie zu beobachten.«

Oakley nickte. Ihm war es recht, wenn Lucretia in guten Händen war.

»Können Sie mir mehr zu Ihrem Zustand sagen? Auch, was ihren Kopf betrifft?«

»Ihren Kopf? Gibt es da Bedenken?«

»Zuletzt hat sie Dinge gesagt und getan, die ich nicht nachvollziehen kann.«

Sie machte ein mitfühlendes Gesicht. »Bedaure, aber das kann ich nur im Beisein und mit Erlaubnis der Patientin tun. Am besten, Sie holen ihren nächsten Verwandten her. Hat sie einen Vormund?«

»Ich bin ihr nächster Verwandter, Oakley A. Miller.« Er zeigte seinen Ausweis vor. »Ihr offizieller Vormund bin ich nicht, aber wir leben unter einem Dach. Außer mir hat sie niemanden.«

»Laut Miss Millers Akte hat sie am 23. Februar 1991 einen gesunden Jungen zur Welt gebracht. Er müsste heute zweiunddreißig Jahre alt sein. Haben Sie Kontakt zu ihm?«

Oakley erstarrte. »Am ... 23. Februar 1991 hat meine Tante einen Sohn bekommen und selbst geboren?«

»Ja, das hat sie.« Die Ärztin wirkte sehr sicher. »Wir möchten bitte dringend mit ihm sprechen. Es geht um die Nachsorge und eine eventuelle Hilfe im Haus, bis sie wieder ganz auf den Beinen ist.«

Oakley fiel aus allen Wolken. »Ich befürchte, da liegt ein Irrtum vor. Handelt es sich wirklich um Lucretia

Miller und nicht vielleicht doch um ihre jüngere Schwester Cynthia?«

»Eine Cynthia Miller haben wir nicht im System. Sie muss woanders behandelt worden sein.«

»Und sind Sie sich mit dem Geburtsdatum absolut sicher?« Es konnte Oakley nun nicht mehr am Platz halten. Am liebsten hätte er den Bildschirm an sich gerissen und selbst nachgesehen.

Sie rückte die Brille zurecht und las noch einmal. »Ja, hier steht es schwarz auf weiß. Sie hat ein Kind. Ich nehme doch an, dass Sie beide sich kennen?«

»Ähm, ja, natürlich. Entschuldigen Sie. Ich habe da gerade wohl etwas falsch verstanden. Bekommt sie denn nun ein Schmerzmittel?«

»Ich veranlasse alles. Die Schwester wird sich um Miss Miller kümmern.« Sie lächelte, auch wenn Oakley ihr alles andere als normal vorkommen musste.

Mit bleischweren Füßen und verwirrenden Gedanken verließ er das Zimmer. Oakley fühlte sich völlig fehl am Platz. Er vergaß sogar kurz, welche Zimmernummer seine Tante hatte.

Der 23. Februar 1991 ist mein *Geburtstag!*, dachte er beunruhigt. *Was passiert hier?*

***

Myrna traute sich kaum, anzuklopfen, aber sie tat es. Ihr schlechtes Gewissen war unmenschlich. Als sie Hank lächeln sah, fiel ihr ein Stein vom Herzen. Er war allein und freute sich sichtlich über ihren Besuch in der Klinik.

»Ich habe gehofft, dass du kommst.«

»Und ich, dass du mich nicht gleich wieder davonjagst«, erwiderte sie bedrückt.

»Komm schon rein und setz dich. Hast du auch Lucretia Millers liebreizende Stimme gehört, oder habe ich noch Halluzinationen von der Narkose?«

»Hast du nicht. Sie liegt ein paar Zimmer weiter, weil sie einen Herzinfarkt hatte. Eine lange Geschichte, die ich dir ein anderes Mal in Ruhe erzähle.« Sie atmete durch und rückte einen Stuhl heran. »Wie geht es dir?«

»Das Atmen fällt mir noch schwer, aber die Lunge selbst ist nicht betroffen. Nur das mit dem Bein wird eine Weile dauern. Ein mehrfacher Bruch.«

»Wirst du arbeiten können?«

»Ich hoffe es.«

»Ich helfe dir, wo ich kann. Danke, dass du mir das Leben gerettet hast. Das hätte nicht jeder gemacht.«

»Ich würde es immer wieder tun.« Hank sah sie eindringlich an. Er meinte es ernst. »Den Fahrer habt ihr nicht zufällig erwischt?«

»Noch nicht, aber es ist nur eine Frage der Zeit.«

Ihre Blicke trafen und verhakten sich eine Weile. Myrnas Mund wurde trocken. Sie riss sich los und goss ihnen ein Glas Wasser ein, bevor sie sich wieder setzte.

Myrna nahm ihren Mut zusammen und sah ihm tief in die braunen Augen. »Hank, es tut mir furchtbar leid, dass ich dir nicht zugehört habe. Dein Brief hat alle Fragen beantwortet.«

»Und ich muss mich dafür entschuldigen, dass ich dir nicht längst alles erzählt habe, aber du hast mir kaum die Möglichkeit dazu gegeben. Mir blieben nur dieser Brief und die Hoffnung, dass du ihn irgendwann liest.«

»Das verstehe ich vollkommen.« Myrna lächelte traurig und griff nach seiner großen Hand. »Ich habe meine erste Regel nicht befolgt, weil mir die Gefühle dazwischengefunkt haben«, erklärte sie reumütig.

»Und die wäre?«

»Jemanden ausreden zu lassen. Ich habe dir das Wort abgewürgt und wollte keine weitere Erklärung hören. Das ist sonst nicht meine Art. Ich wollte die Wahrheit nicht wissen, und das als Detective Inspector. Die Angst, wieder verletzt zu werden, war in diesem Augenblick größer.«

Hank zog sie auf das Bett und hielt ihre Hände fest in seinen. »Und ich hätte nicht so ein Geheimnis aus Alison machen dürfen. Sie gehört schließlich in mein Leben.«

»Wieso hast du mir nicht einfach gesagt, dass sie deine Tochter ist? Das hätte uns so vieles erspart.«

Er lächelte voller Wehmut. »Ich hänge dieses Thema nicht gern an die große Glocke. Immerhin kämpfe ich noch immer um das Sorgerecht. Meine Ex-Frau in spe macht mir die Hölle heiß. Aber ich gebe nicht auf. Alison bedeutet mir die Welt.«

»Wie alt ist sie?«

»Acht Jahre. Wir haben uns ein paarmal getroffen, aber mein Fehler von damals lässt den Kontakt immer wieder abbrechen.«

Myrna drückte seine Hände noch etwas fester. »Du meinst, als du das Sorgerecht komplett an deine Frau abgetreten hast?«

Hank nickte. »Ich war einfach nicht reif genug, und nun will meine Ex es mir heimzahlen. So langsam nähern wir uns aber wieder an. Ich habe gute Chancen, Alison bald wieder ganz in meinem Leben zu haben.«

»Rauchst du deshalb manchmal? Weil du Stress hast?«

»Tue ich. Eigentlich habe ich längst aufgehört, aber an besonders schlimmen Tagen entspannt mich die Zigarette. Auch das wird sich legen. Du hast es also immer gemerkt?«

»Du kaust an diesen Tagen Pfefferminz.«

»Einem Inspector kann man eben nichts vormachen.«

Myrna war froh, dass er so zuversichtlich in die Zukunft blickte. Sie hatte einen Kloß im Hals. »Wenn du nur energisch genug geblieben wärst, hätte ich dir sicher irgendwann zugehört«, sagte sie inständig.

»Ich habe auch meinen Stolz. Selbst, wenn ich ihn für dich jederzeit über Bord werfen würde. Ich war verletzt, als du mit diesem Milton zusammengekommen bist.«

»Keine Ahnung, was mich geritten hat. Er war der größte Fehler meines Lebens! Diese Abreibung habe ich wohl verdient.« Sie deutete auf ihre Beule und ließ den Kopf hängen.

Hank streichelte liebevoll über ihre Wange. »Sei nicht so hart zu dir selbst, Myrna.«

»Meine Freunde nennen mich ...«

»Ich will aber nicht dein Freund sein, sondern der Mann an deiner Seite.«

Als sie sein schiefes Lächeln sah, fiel sie ihm um den Hals. »Ich bin so froh, dass es dir gut geht. Niemals hätte ich mir verziehen, wenn ...«

Er hustete. »Nicht so stürmisch. Du drückst mir sonst noch mehr Rippen ein.«

Sie lachten gemeinsam, und es war das befreiendste Geräusch, das sie je gehört hatte.

Ehe sie sich's versah, zog Hank sie noch einmal näher und küsste Myrna zärtlich.

***

Lucretia wartete auf Oakleys Rückkehr. Für einen jungen, sportlichen Mann ließ er sich erstaunlich viel Zeit. Das dauerte ja ewig mit den Schmerzmitteln! So langsam wurde sie ungeduldig.

Als sich die Tür öffnete, stand nicht Oakley vor ihr, sondern ausgerechnet Jolene.

Lucretia setzte eine verärgerte Miene auf, verschränkte die Arme vorsichtig vor der Brust und drehte sich weg. »Dass du die Nerven hast, hier aufzutauchen!«

Jolene humpelte herein und stellte einen potthässlichen Blumenstrauß, den sie sicher bloß aus einem anderen Zimmer geklaut hatte, in die Vase auf ihrem Tisch.

»Ich dachte, wir könnten kurz reden.«

»Dafür ist es jetzt etwas zu spät.«

»Es tut mir wirklich leid, Lu. Ich habe Panik bekommen und bin davongelaufen. Eben dachte ich noch, du seist hinter mir, schon warst du weg.« Sie untermalte ihre Worte mit einem bedrückten Gesicht.

Lucretia blieb hart. Sie war schwer enttäuscht. »Eine Freundin lässt die andere nicht im Stich, Jolene. Ich hätte mehr von dir erwartet und selbst auch mehr verdient, nach allem, was ich für dich getan habe. Erst recht, weil du mich jedes Mal in gefährliche Aktionen hineinziehst.«

»Du bist doch selbst und im Alleingang das eine Mal ins Chamberling-Anwesen eingebrochen! Was kann ich denn dafür?«

Sofort stritten sie wieder. Lucretias Brust drückte und schmerzte, weshalb sie schnell ruhiger wurde. Es hatte keinen Sinn, mit Jolene zu diskutieren.

»Du hast keinen guten Einfluss auf mich. Vielleicht sollten wir ab hier lieber getrennte Wege gehen und wirklich nur Nachbarn sein.«

Es tat ihr im Herzen weh, diese Worte auszusprechen, aber Jolene hatte nichts anderes verdient. Lucretia wandte sich ab und starrte angespannt aus dem Fenster, bis sich ihre Freundin auf den Rückweg machte. In der Spiegelung der Scheibe konnte sie Jolenes traurige Miene sehen. Na, wenigstens hatte sie dieses Mal ein schlechtes Gewissen! Sie schloss die Tür mit hängendem Kopf. Auf dem Gang verstummte letztlich auch das Geräusch ihres Gehstocks.

Lucretia brach in Tränen aus. Erst, als Oakley zwanzig Minuten später eintrat und ihr einen Strauß Dahlien mitbrachte, lächelte sie wieder.

»Danke«, wisperte sie und roch an den frischen Blumen. »Deine sind viel schöner als die von Jolene.« Sofort ging es ihr besser, auch wenn das Wiedersehen mit ihrer Freundin einen faden Beigeschmack hatte.

»Sie war hier?«

»Leider ja. Aber immerhin hat sie sich zum ersten Mal bei mir entschuldigt. Ein Fortschritt.«

»Was ist auf dem Friedhof genau passiert? Ihr wart doch zu zweit, habe ich recht? Hat sie dich aufgeregt?«

Lucretia schniefte und winkte ab. »Sie war nur zu feige, um bei mir zu bleiben, als es darauf ankam.«

Oakley war angespannt. Er konnte nicht stillstehen und setzte sich auch nicht. »Was wolltet ihr dort? Zum Glück haben Thea und der Reverend keine Anzeige erstattet. Ihr habt in einem Grab gescharrt. Du warst über und über mit Erde beschmiert.«

Lucretia schluckte. »Muss das jetzt sein? Falls du denkst, ich werde verrückt, kann ich dich beruhigen. Mir geht es wunderbar.«

»Sagen das nicht alle Verrückten?« Sein Mundwinkel zuckte.

»Setz dich zu mir, Oakley.« Sie klopfte neben sich auf das Bett, aber er bevorzugte den Stuhl.

Oakley versteifte sich und biss sich merklich auf die Unterlippe. Lucretia fühlte sich auf einmal eingeschüchtert.

»Was hast du? Du schaust so ernst?«

Er schien sich zu besinnen, schüttelte einmal den Kopf und lockerte seine Schultern. »Ach, nichts. Ich bin nur so furchtbar besorgt gewesen. Zum Glück geht es dir gut. Der Arzt sagt, du darfst dich jetzt nicht aufregen. Wir reden wann anders über die Angelegenheit auf dem Friedhof.«

Lucretia atmete auf. Das schlechte Gefühl in ihrem Magen verschwand.

Oakley tauschte die Blumen, die für einen winzigen Farbtupfer in dem ansonsten kargen Zimmer sorgten, aus und nahm ihre Hand in seine.

»Es tut gut, dass du da bist. Ich habe mit Jolene gebrochen. Ein für alle Mal.«

Er riss die Augen auf. »Hast du deshalb geweint?« Natürlich hatte er es bemerkt. »Du hast dich also von dieser Hexe befreit? Das wurde auch Zeit.«

»Befreit ist zu viel gesagt. Ich schäme mich für einige Dinge, die ich getan habe, aber sie war trotzdem immer meine engste Freundin.«

»Ihr habt euch gehasst.«

»Liebe und Hass liegen nah beieinander.« Lucretia betrachtete ihn eine Weile. Etwas war anders, das spürte sie. Sie war vielleicht klein, hager und ein bunter Vogel, aber sicher nicht so dumm. »Was hast du auf dem Herzen?«

»Ich? Gar nichts. Alles bestens.« Er zwang sich zu einem Lächeln.

»Habt ihr euch getrennt, du und diese Shaw?«, fragte sie hoffnungsvoll, erntete aber ein Augenrollen.

»Nein, und das werden wir auch nicht. Ganz gleich, was du versuchst.«

Lucretia seufzte tief und ließ sich ins Kissen zurücksinken. »Ich habe mir für dich immer eine andere Art Frau gewünscht.«

»Mit weniger Ringen im Ohr und hautengen Kleidern? Nein, so etwas suche ich nicht«, erwiderte er lächelnd. »Thea ist genau die Richtige für mich. Es war Schicksal, dass sie hergezogen ist.«

»Schicksal, dass ich nicht lache!«, blaffte sie erzürnt und entzog ihm die Hand.

»Weißt du mehr als ich? Nathan ist wohl kaum geplant gestorben.« Ihm verging das Lachen, als er ihren bitteren Blick sah. Er schickte ein verunsichertes »Oder?« hinterher und schluckte fest.

Lucretia schob sich nach oben, damit sie aufrecht saß, und sah ihm tief in die Augen. »Es gibt Dinge, die du noch nicht über Nathan Shaw und Pendle weißt. Hol dir lieber einen Kaffee. Das hier wird ein langes Gespräch.«

18. Kapitel

Peter öffnete die Tür des Pfarrhauses und lächelte. »Inspector Evans! Wenn Sie Miss Shaw suchen, sie kehrt gerade die frischen Herbstblätter zusammen und räumt ein wenig auf.«

»Ich bin nicht wegen Thea hier.«

Peter schluckte. War sie ihnen auf die Schliche gekommen? Würden jeden Moment die Handschellen klicken?

Er bemühte sich um eine gefasste Mimik und bat sie herein. Über seinem Kopf war es mucksmäuschenstill. »Tee?«

»Kaffee wäre mir lieber«, sagte sie und bedankte sich.

»Gehen Sie ruhig ins Wohnzimmer. Es ist bescheiden, aber gemütlich.«

Peter setzte eine Kanne Kaffee auf. Myrna hatte sich auf der Kante des Sofas niedergelassen. Er setzte sich gegenüber in einen alten Sessel und wartete darauf, dass sie den Anfang machte.

»Ich muss mit jemandem reden.«

»Sind Sie und Miss Shaw keine Freunde mehr?«

»Doch, aber ich möchte Thea nicht meine Sorgen aufhalsen.«

»Ist das nicht normalerweise ein wichtiger Bestandteil einer Freundschaft?«, fragte er und lächelte bestärkend. »Was haben Sie auf dem Herzen?«

»Sie haben sicher gehört, was mir in den Tunneln und davor widerfahren ist?« Er nickte bedächtig. »Es lässt mich nicht mehr los. Alles könnte nun so schön sein, aber ich träume nachts von Milton und dem, was er getan hat. Ich hasse mich dafür, dass ich so naiv war.«

»Hass ist ein viel zu großer Begriff. Sie schämen sich eher, aber hassen tun Sie sich ganz sicher nicht. Der Mensch ist ein Lebewesen, und diese begehen Fehler und lernen daraus.«

»Aber wie oft muss ich es denn noch tun?«, rief sie aus. In ihrer Stimme schwang Verzweiflung mit. »Ich habe Angst, dass ich meinen Instinkt verliere.«

»Sie meinen, den für Ihre Arbeit als Kommissarin?«

Myrna nickte und fuhr sich durch den blonden Pixie. »Erst mein Ex-Freund, dem ich seine Lügen abgekauft habe, dann Hank, dem ich unnötig misstraut habe, und schließlich Milton, der der Schlimmste von allen war. Was mache ich falsch?«

Peter lächelte weiterhin. Es rührte ihn, dass sie ins Pfarrhaus gekommen war, um über ihre Probleme zu sprechen. »Sie machen überhaupt nichts falsch. Ganz im Gegenteil: Sie lassen sich auf Gefühle, auf die Liebe ein. Das ist alles. Und die Liebe macht uns manchmal blind und vielleicht sogar etwas naiv. Das ist aber kein Grund, an sich zu zweifeln. Sie sind ein vortrefflicher Detective Inspector. Wir hatten nie einen besseren.«

»Hatte Pendle überhaupt schon mal einen?«, fragte sie nach.

»Nicht dass ich wüsste, aber immerhin mehrere Sergeants. Ward Harrison ist schon eine ganze Weile bei uns. Er ist das beste Beispiel dafür, wie gut Sie Ihren Job machen. Wir kannten ihn als faulen Trinker, der sich nicht um die Belange der Gemeinde gekümmert hat. Kaum sind Sie da, hat er sich zum Positiven verändert.«

Er holte den Kaffee und unterhielt sich noch eine Weile mit ihr über den Fall, Milton Langleys Lügen und das Leben in Pendle. Ein wenig ersetzte er ihren Therapeuten.

Am Ende des Gesprächs lächelte sie eindeutig lockerer als zu Beginn. »Kann ich wiederkommen, wenn es mir schlecht geht?«

»Jederzeit. Dafür bin ich hier. Ich behüte meine Schäfchen. Und diese Albträume werden mit der Zeit blasser, bis sie verschwinden. Genießen Sie stattdessen das Leben. Wir haben nur eines davon.«

»Danke, Reverend. Jetzt weiß ich, was Thea an Ihnen findet. Sie hat Ihnen gleich vertraut.«

Peters Hals wurde eng. Er fühlte sich wie ein Verräter an seinen Mitmenschen. Sein Blick wanderte zu dem Kreuz über der Tür. »Ich werde jetzt meine Messe vorbereiten. Sie sind herzlich in unseren Gottesdienst eingeladen, falls Ihnen danach ist.«

»Ich überlege es mir. Bedauerlicherweise bin ich nicht sehr gläubig.«

»Das macht nichts. Gott wird Sie auch weiterhin beschützen. Er liebt alle seine Kinder.«

Myrna streifte den Mantel über. »Mit Gott hat meine letzte Rettung eher weniger zu tun«, meinte sie und sorgte für ein Fragezeichen bei ihm. Als sie gehen wollte, blieb ihr Blick an einem Foto hängen, das im Regal stand. »Darf ich?«

»Nur zu.« Peter sah über ihre Schulter. »Das bin ich in jungen Jahren. Ich hatte gerade mein Theologiestudium beendet.«

»Sie sahen sehr attraktiv aus.«

»Ich würde mich selbst immer noch als guten Fang bezeichnen. Sie sollten sehen, wie gut ich Croquet spiele«, erwiderte er und wurde mit einem Schmunzeln belohnt.

Auf einmal packte Myrna den Rahmen fester, sodass ihre Knochen hervortraten. »Und der Teenager neben Ihnen? Wer ist das?« Sie zeigte mit dem Finger auf ihn.

»Das ist mein bester Freund Nathan.«

»Nathan Shaw, Theas Vater?« Peter bildete sich ein, dass ihre Stimme eine Oktave höher war als davor.

»Ja, das ist er. Leider liegt er seit einem halben Jahr unter der Erde.« Er seufzte lang gezogen. »Ich vermisse ihn jeden Tag aufs Neue.«

»Kennt sie das Foto?«

»Alethea hat sich nie dafür interessiert. Sie ist nicht gut auf ihn zu sprechen, also wollte ich sie nicht mit alten Erinnerungen und Bildern bedrängen.«

Myrna nickte. »Das verstehe ich.«

»Sie kümmert sich nachher um sein Grab. Es wurde, wie wir wissen, von zwei Unbekannten *umdekoriert*.« Er malte Gänsefüßchen in die Luft.

Myrna musste lachen. »Manchmal haben Sie eine seltsame Ausdrucksweise, Reverend. Wir wissen beide, wer dahintersteckt.«

»Und dennoch werde ich nicht darüber sprechen.« Dann fügte er raunend hinzu: »Ich denke, dass die zwei es nicht noch einmal versuchen werden. Belassen wir es bei einem großen Schrecken und Miss Millers Aufenthalt auf der Krankenstation. Das reicht völlig.«

»Darf ich vielleicht doch noch eine Tasse Tee bekommen, bevor ich zurück an die Arbeit gehe?«

»Aber gewiss. Einen Moment.« Als er zurückkam, saß Myrna kerzengerade auf dem Sofa.

Das Gespräch ging fortan in jede erdenkliche Richtung außer Nathan Shaw.

Sie wirkte kopflos, als sie das Pfarrhaus verließ. Hatte er Myrna etwa doch verschreckt oder zu viel auf sie eingeredet?

»Gute Besserung Ihnen und liebe Grüße an Mr Forsythe!«, rief er ihr zu und winkte.

Er schloss die Tür und wartete, bis Myrna aus seinem Sichtfeld verschwunden war. Danach stieg er die Leiter zum Dachboden hoch. Das Zimmer war leer, der Vogel ausgeflogen.

Peter erschrak, als er unter sich ein Geräusch hörte.

»Ach, du bist es. Wo warst du?«, fragte er etwas strenger.

»Ich habe lieber das Weite gesucht, als Myrna Evans zu Besuch kam. Worum ging es?«

Peter kam wieder herunter. »Um ihr Seelenwohl. Nichts, was dich beschäftigen müsste. Wir sollten stattdessen über Lucretia sprechen.«

Sein Gegenüber seufzte. »Ich habe doch gesagt, dass es mir leidtut. Das wollte ich ganz sicher nicht. Aber sie lebt und ist wohlauf. Ich wollte ihr bloß einen kleinen Schrecken einjagen.«

»Es hätte ins Auge gehen können. Dann wärst du zum Mörder geworden.«

»Übertreib es nicht, Peter. Wir haben sie beide gerettet. Sie ist in ihr eigenes Unglück gerannt, weil sie ihre Nase in fremde Angelegenheiten gesteckt hat.«

»Zum Glück weiß ich, dass du nicht so herzlos bist, wie du tust.«

Er räumte Tassen und Besteck in die Küche. Peter hielt schlagartig inne, als sein Blick auf das Bücherregal im Wohnzimmer fiel. Beinahe verschüttete er den Rest Tee. Er nahm den leeren Rahmen in die Hand und starrte auf sein entsetztes Spiegelbild.

»Was ist denn los?«

Peter leckte sich über die spröden Lippen. »Wann warst du das letzte Mal in den Tunneln?«

Es brauchte keine Worte für die Antwort, die er im Gesicht des anderen ablesen konnte.

***

Churchyard Crimes stieß ein paar Tage später im ›Hills Inn‹ auf den gelungenen Abschluss der verzwickten Ermittlungen an.

Harrison gesellte sich mit der Mitteilung zu ihnen, dass sowohl Pamela Gilberton als auch Sean Dougan für ihre Verbrechen angeklagt wurden. Ward hatte sich gemeinsam mit Sergeant Carpenter die Mühe gemacht, die betrogenen Gastronomen ausfindig zu machen. Allesamt würden gegen die beiden Betrüger aussagen und beweisen, dass die köstlichen Gerichte von ihnen stammten. Zudem hatte Milton seine Erpresser ans Messer geliefert und belastende Insiderinformationen vorgelegt, die seine Haftstrafe verkürzten. Myrna hatte sich dennoch geschworen, ihm nie wieder in die Augen zu sehen. Dieser Mann war Geschichte für sie.

Benedict McCain hatte das ›Hungry Eyes‹ übernommen, wodurch Charly und Mary ihre Jobs behielten. Der Küchenchef war heilfroh, nicht mehr unter Pamelas Fuchtel zu stehen. Er hatte längst eigene Kreationen auf die Karte bringen wollen, wie er betonte.

Aufgrund James Carpenters Mithilfe beließen sie es bei einer Rüge für den Sergeant und seine Frau, die ebenfalls Kronzeugin im Falle Dougan wurde und für ihren verstorbenen Vater aussagte.

Nun wurde gefeiert und gelacht. Hank hatte extra für die kleine geschlossene Gesellschaft eine vierköpfige Band bestellt, die munter irische Volks- und Seemannslieder spielte.

Myrna ging ihm hinter dem Tresen zur Hand, weil er an einer Krücke lief. Die verliebten Blicke der beiden blieben den anderen nicht verborgen. Thea zwinkerte ihr verschmitzt zu, und Callan machte ein Gesicht, als wäre er am falschen Ort. Zudem durfte er noch immer kein Bier trinken und quengelte regelmäßig deswegen.

»Hast du kurz Zeit?«, fragte Hank und zog Myrna nach hinten.

»Willst du mich etwa nach oben entführen?« Sie kicherte vergnügt.

»Liebend gern, aber das muss noch warten. Da wir das mit uns langsam angehen lassen, würde ich dir gern meinen besten Freund als seelischen Beistand zur Seite stellen.«

Wie aufs Stichwort trottete der braune Labrador aus dem Hinterzimmer und sah Myrna erwartungsvoll an. Sie kraulte Foster hinter den Ohren.

Tränen kitzelten in ihren Augen. »Aber deine Frau ...«

»Sie hat zugestimmt, dass er eine Weile bei mir bleibt. Seit meinem Unfall ist sie etwas zurückgerudert und hat sogar eingewilligt, dass ich Alison häufiger sehen darf. Siehst du, es hatte alles sein Gutes.«

»Hank, das ist wundervoll!« Myrna umarmte ihn lange. »Ich freue mich so für dich.« Sie hob den Finger. »Also keine Zigaretten mehr?«

»Keine Zigaretten mehr«, wiederholte er lachend. »Wegen meiner etwas zu teuren Fahrt über die M65 kann ich mir sowieso keine mehr leisten.« Er wurde wieder ernst. »Aber es ist noch ein langer Weg bis zum Ziel. Noch habe ich das Sorgerecht nicht zurück, und meine Ex wird es mir auch nicht kampflos überlassen. Sie ist weiterhin der Meinung, dass ich ein nutzloser Vater und kein Vorbild bin. Ich werde wohl erst beweisen müssen, dass es Alison gut bei mir hat.«

»Das schaffst du, Hank.«

Etwas vergnügter setzte sich Myrna zurück an den runden Tisch. Thea hatte ihren Laptop herausgeholt.

»Du kommst genau zur rechten Zeit. Ich habe zu Hause unseren finalen Beitrag für ›Churchyard Crimes‹ verfasst. Außerdem habe ich mich bei meinen Followern für die Mithilfe bedankt. Hätten sie mir nicht dieses Foto von Dougan und Milton gesendet, hätte ich deine Mailboxnachricht auf Oakleys Telefon sicher missverstanden und wäre erst viel später auf die Lösung gekommen.«

»Außerdem wussten sie, dass er sich diverse Male hat doubeln lassen«, sagte Ward und fütterte Harry heimlich unter dem Tisch.

Thea fixierte ihn. »Du hast also wieder meinen Blog gelesen.«

Harrison setzte eine belanglose Miene auf. »Reiner Zufall.«

Thea kaufte ihm diese Behauptung sowieso nicht ab und grinste mit Callan um die Wette.

»Wo ist Oakley? Feiert er nicht mit uns?«, fragte Myrna.

»Nein, er wollte heute den Dachboden unsicher machen. Als ich ihn gefragt habe, was er sucht, hat er nur etwas von einem *Familiengeheimnis* gemurmelt. Ich bohre später nach.« Sie reichte Myrna den Laptop. »Du willst dir meinen Artikel sicher noch einmal durchlesen, so wie ich dich kenne.«

Myrna gab ihn zurück und setzte stattdessen ihr Ale an den Mund. »Ich glaube, es ist mir heute egal, was du schreibst. Du hast meinen Segen.«

Ihre Freundin stutzte kurz, dann lächelte sie. Thea drückte auf Enter und klatschte in die Hände. »Das wäre geschafft! Hank, die nächste Runde geht auf mich!«

Myrnas Herz wurde schwer. Sie musste es ihr sagen. Heute noch. Sie wartete, bis sich die anderen verabschiedet hatten und Hank in der Küche beschäftigt war, um sich zu sammeln.

Die Band packte ihre Instrumente ein und ging, der Schankraum leerte sich.

Myrna holte das Foto aus ihrer Tasche und reichte es Thea.

»Ist das Reverend Hughing? Wow, der sieht ja blutjung aus.« Sie kicherte.

»Thea, erkennst du den Jungen, der neben ihm steht und den Arm um seine Schultern gelegt hat?«

Sie drückte sich das Bild fast gegen die Nase. »Hmm, dunkelblonde, kurze Haare und schokobraune Augen. Er kommt mir bekannt vor. Wer soll das sein?«

Myrna ließ nicht locker. »Sieh noch einmal ganz genau hin. Erkennst du keine Ähnlichkeit?«

Thea wiederholte das Prozedere. Auf einmal warf sie das Foto von sich, als hätte es ihr einen Stromschlag verpasst. »Das sind *meine* Augen!«, rief sie entsetzt. »Evans, was wird hier gespielt? Ist das ... Ist er ...?«

»Auch das melancholische Lächeln ist deines. Du siehst deinem Vater verdammt ähnlich.« Myrna steckte es in Theas Jackentasche, damit es niemand sonst sah. »Ich habe dieses Bild bei Hughing gefunden. Er hat mir bestätigt, dass es sich bei dem Mann um Nathan handelt, seinen besten Freund.«

»Wieso zeigst du mir das?«, fragte Thea gepresst. Sie war nicht begeistert.

Nun folgte der Moment der Wahrheit. »Ich habe euch nicht alles verraten, was in den Tunneln passiert ist, als Milton mich bedroht hat. Da war ein Fremder in einem langen, dunklen Mantel. Callan hat nicht gesponnen, sein Laternenmann ist echt. Und er hat mich vor Milton beschützt.«

»Das hast du mir doch schon erzählt. Was hat das mit Nathan zu tun?« Sie verengte die Augen.

Myrna atmete tief ein. »Der Mann hat mir sein Gesicht gezeigt und kurz mit mir gesprochen. Es waren dieselben traurigen Augen und dasselbe melancholische Lächeln wie auf diesem Foto.« Theas ganzer Körper versteifte sich. »Dein Vater ist am Leben, und er geistert bei Nacht durch sein eigenes Haus – durch *dein* Haus.«

Thea fokussierte einen Punkt in der Maserung des Tisches. Es wirkte, als würde alle Kraft auf einmal aus ihrem Körper weichen. Sie behielt glücklicherweise die Fassung und sprach ganz ruhig weiter. »Sein Totenschein fehlt, sagt Callan. Und Lucretia wollte seinen Sarg ausgraben. Außerdem war niemand außer Hughing bei seiner Beerdigung. Evans ...«

»Ja?«

Thea suchte Myrnas Blick. Der ihre war entschlossen. »Es wird Zeit, dass *Churchyard Crimes* auf Geisterjagd geht und diesen Spuk ein für alle Mal beendet.«

***

Callan radelte durch die frische Herbstnacht. Es nieselte, aber er hatte noch keine Lust, nach Hause zu fahren. Dafür war er viel zu glücklich und aufgedreht. Schlafen könnte er jetzt sowieso noch nicht.

In Schlangenlinien ging es über die verlassenen Straßen von Pendle, bis er beinahe in Burnley war. Schnell kehrte er um. In diese Gegend verschlug es ihn selten. Seine Mutter warnte ihn davor, hier zu sein. Ein verlassenes Industriegebiet war nicht der passende Ort für einen Teenager, betonte sie gern.

Als er gerade in die Pedale trat, bremste er auch gleich darauf wieder. Was war das? Der Schrottplatz nebenan hatte nun seine volle Aufmerksamkeit.

Callan legte sein Fahrrad auf den Boden und näherte sich dem abgesperrten Bereich. Niemand war zu sehen, also kletterte er kurzerhand über den Zaun. Reifenteile,

Autowracks und scharfkantiges Metall häuften sich zu beiden Seiten. Dazwischen huschten Ratten und andere Nager umher, die er mit seinem Erscheinen verschreckte.

Sein Ziel war ein lieblos abgestelltes Auto, das halbherzig mit einer löchrigen Plane abgedeckt worden war. Es sah nicht nach einem Wrack aus, auch wenn der rechte Scheinwerfer einen Riss und die Motorhaube eine große Delle hatte.

Callan zog die Plane ab und betrachtete den alten Volvo eingehend. Er checkte das Kennzeichen selbst. Wenn Myrna oder Harrison das in die Hand nahmen, würde es ewig dauern. Das System brauchte nicht lange, bis es ihm den Halter ausspuckte.

Er pfiff durch die Zähne. *Das wird ja immer besser*, dachte er und rief sofort Myrna an.

»Callan? Ist alles gut?«, fragte sie besorgt. »Wo bist du?«

»Auf einem verlassenen Schrottplatz bei Burnley.«

»Was treibst du in dieser Gegend? Soll ich Fiona Bescheid geben, damit sie dich abholt?«

»Nicht nötig, ich fahre gleich heim.« Er beruhigte sie lieber schnell, ehe seine Mutter davon hörte. »Das Auto, das Hank überfahren hat, war ein dunkelgrüner Volvo 66, oder?«

»Genau. Ich bin mir ziemlich sicher.«

»Und ein Licht vorne war kaputt?«

»Das rechte, ja. Wieso fragst du?«

Callan lächelte breit. »Weil ich eben genau diesen Wagen gefunden habe. Und du wirst mir nie glauben, wem er gehört.«

»Wem?« Er kostete seinen Triumph noch etwas aus, bis es Myrna zu viel wurde. »Callan, wem gehört das Auto?«, rief sie.

»Es ist auf keine Geringere als Jolene Downing zugelassen. Ihr gehört der Unfallwagen. Sie hat Hank überfahren.«

ENDE

Nachwort

Vielen Dank, dass ihr meinen Krimi gelesen habt! Ich hoffe, er konnte euch ein paar Stunden vom Alltag ablenken und hat euch eine spannende Zeit beschert.
Wie ihr sicher bemerkt habt, sind einige Informationen über das Borough Pendle in Lancashire Fakt, während andere meiner Autorenfantasie entspringen, um euch das Lesevergnügen so angenehm wie möglich zu machen und euch auf eine spannende Reise rund um Totengräberin Alethea Shaw und Inspector Myrna Evans mitzunehmen.
Nicht alles über Pendle entspricht der Wahrheit, weshalb ich trotz Hexenprozessen und seltsamen Erscheinungen immer zu einem Besuch des urigen Städtchens raten würde. Lasst euch von den herrlichen Landschaften verzaubern, genießt ein Ale im *Pendle Inn* oder wandert rings um den Pendle Hill. Ob ihr ihn betretet, überlasse ich euch, denn bis heute soll es dort spuken ... ;-)

Danksagung

Danke an das Team von dp DIGITAL PUBLISHERS für die nette Betreuung und die Chance, endlich einmal wieder in einem Verlag zu veröffentlichen!

Ein besonderer Dank gilt meiner fleißigen Lektorin Katrin Gönnewig, mit der das Arbeiten so angenehm wie möglich wurde. Danke für deine Mühe und die netten Gespräche. Das Buch hat durch dich den letzten Schliff bekommen.

Außerdem möchte ich mich bei Anne Peisler von dp bedanken, die das Projekt wunderbar begleitet hat, und bei Gisela B. Schmidt, die mich durch ihre Reihe erst wieder auf das Genre Cosy Crime brachte.

Ohne euch wäre das Buch nicht das, was es heute ist.